嘘つきジュネ

Jean Genet, menteur sublime

Tahar Ben Jelloun

タハール・ベン・ジェルーン

岑村 傑=訳

インスクリプト

INSCRIPT Inc.

Jean Genet, menteur sublime

ジュネを親密に知るということは、誰であれ無傷ではすまない、ひとつの冒険である。

——ファン・ゴイティソーロ（『キメラ』、一九八二年二月号）

あなたにサインはしたが、約束の言葉は与えていない。

——ジャン・ジュネ

目次

嘘つきジュネ

声

白く光り輝いている、ジャン・ジュネの声。記憶のなかの声には色がついているものだ。ジュネの声はどこかまばゆく、それでいていたずら小僧のようでもあった。わたしにはいまも聞こえる。煙草でやられ、ちょっとしわがれた、女性的といってもよい声、微笑みかけてくるようなあの声。時とともにその声は厚みを増し、穏やかになり、いつまでも響いて消えることがなく、聞く者の心を締めつける。ジュネは『恋する虜』にこう書くだろう。「あらゆる声がそうであるように、わたしの声も細工されていて、細工だと勘づく読者がいたとしても、それがどのような性質の細工なのかまでわかっている者はひとりもいまい」

わたしにもそんな細工はまるでわかっていなかった。あの声には一貫した何か、ほとんど変わることのない調子のようなものがあったのだ。けして声を荒げることはなく、怒っていても、かならず言葉を選びながらそのいらだちを表現する。ジュネにはそれが自然なことだった。そして書くとなると、人前で話すときの声とはもちろんちがう、内なる声に耳を傾けるのだ。ジュネは、ぼそぼそとしゃべっているかと思うと、ある言葉を叩きつけるように発音してその重要さを相手にわからせようとする。そんなときにははっきりとした身ぶり手ぶりも入って、誰かの顔や態度を描き出そうとしているかのようだった。嘘の声。真実の声。その時々にふさわしい声。それらの声のあいだをジュネは予告なしに渡り歩く。無邪気を装っていても、見ているほうが吹いてしまうほどに見え透いていた。嘘をつくことはくるくると回転することだ。ジュネはカヴァフィス〔一八六三－一九三三。ギリシャの詩人。没後に編まれた『詩集』で知られる〕と意気投合したことだろう。カヴァフィスは「真実は勝者たちだけのものではない」と言って、こう続ける。「真実であればよいというわけではなく、詩人とは自分が見ていないことについてさえ証言する者だ」。ジュネは「明証の糸」（ルネ・シャール）〔アンドレ・ブルトンに宛てた一九四七年の手紙のなかでシャールが用いている表現〕の上に立ってはいなかった。それどころか、彼には一切が複雑に絡みあっているように思え、すべての物事とすべての人間、自分が愛している何人か以外の人間に対して、不信を膨らませていた。それゆえに極端から極端へと走り、それで困りはしなかった。めったに約束をすることのなかったジュネは、だが、ひとたび交わした約束はかたく守る人間だった。そのほかの、サインや契約や証文といったものについては、ばかにしたり鼻で笑ったりしたものだった。

誰かの口ぶりを真似しているときは別にして、ジュネの声が「細工されている」と感じたことなどついぞなかった。三十年以上を経ても、その声をはっきりと覚えている。その声が聞こえると、わたしは時をさかのぼり、一九七四年五月五日午前の、あの秋のような陽光のなかにたち戻る。わたしは三十歳で、ジュネはいまこの本を書いているわたしと同じ六十四歳だった。彼の書いたものはよく読み返すが、それ以上にわたしのそばから離れないのは彼の声なのだ。わたしにとって、それは真の人間の声であり、嘘つきや、ぺてん師や、ばくち打ちや、役者の声ではなかった。もちろん、聖人の声などでは断じてない〔サルトルの『聖ジュネ――演技者と殉教者』へのあてこすり〕。

電話だったので、こちらはジュネの姿を思い浮かべるのに苦労する。アメリカでのブラックパンサーと一緒の写真を見たことがあるだけだった。ボクサーのような鼻と禿げ頭を思い出す。街で会ってもジュネだとわかるかどうか怪しかった。彼のことは、彼がアメリカの黒人受刑者支援に乗りだしていた時期に耳にしていた。一九六九年七月に開催された第一回アルジェ・パンアフリカン・フェスティバル〔文学、音楽、映画、ダンスなど、さまざまな分野の芸術家が会したアフリカ文化の祭典〕でのことだ。人間が月面を歩いた直後だったが、それを疑ってかかっていたわたしたちは、むしろアンジェラ・デイヴィス〔一九四四―。ジュネがデイヴィスを擁護するために書いた文章が『公然たる敵』に収められている〕を首領とした一団の黒人闘士たちのことを話題にした。ジュネの名は、そこではじめてジャン・セナック〔一九二六―七三〕の口から聞いたのだった。セナックはフランスの詩人で、アルジェリア人になることを選び、一九七三年にアルジェで暗殺されている。同性愛者であり、反逆児であり、詩や自由思想や創造的な想像力にアレルギー反応を示す強硬な軍事体制にとって目障りな存在だったからだ。

「ジャン・ジュネという者だ。あなたがわたしのことを知らなくても、わたしはあなたを知っていてね。あなたの本を読んだ。ぜひ会いたいんだが……。お昼を食べる時間はあるかな。」わたしは思った。冗談だろう、それじゃあべこべだ。フランス文学の生ける伝説がわたしを食事に誘うなんて！　びっくりだった。彼の行動が常識はずれで、論争やスキャンダルを巻き起こし、戯曲も上演禁止になっているということについては知らないではなかった。一九七〇年から七二年にかけて処女小説『ハッルーダ』を執筆していたときには、友人に勧められてはじめて『泥棒日記』を読んでもいた。「読んでみなよ。タンジールが出てくる。きみもぼくも知らないタンジールだ」。はたして、わたしはそのなかで男が語るバルセロナからタンジールへの旅に驚嘆し、しかし同時に混乱した。その読書体験はわたしにとって衝撃だったが、それはためになる、すばらしい衝撃だったのだ。

ジャン・ジュネがわたしに会いたいだって！　時間はあるに決まっているじゃないか！　何か予定があったとしても、彼の誘いを受けるためだったら全部キャンセルしただろう。ジュネがわたしを「あなた」と呼んだのはそれが最初で最後だった。距離を置きたい相手でなければ、彼はすぐに「きみ」で語りかけた。

ジュネが一九七三年にモーリス・ナドー社から出た『ハッルーダ』を読んでくれているということを、わたしは知っていた。フランス・キュルチュール〔ラジオの文化情報専門チャンネル〕の番組で彼がその本についてしゃべっていたからだ。その発言は『ユマニテ』紙に掲載された〔「誰もけっして語らなかった二、三の本について」、

『公然たる敵』所収〕。レンヌ通りで書店をしている友人からそのことを教えられたのは数日後で、キオスクでその新聞を手に入れるには遅すぎた。その友人によれば、ジュネはサルトルを批判したとのことだった。一九七四年五月二日にジュネはこう語っていたのだ。「タハール・ベン・ジェルーンの『ハッルーダ』、アメッドの『あるアルジェリア人の一生』、ペレグリ〔一九二〇－二〇〇三。アルジェリア生まれのフランスの作家〕の『町の馬』、ナビール・ファレス〔一九四〇－。アルジェリアの作家。アルジェリア戦争時にはFLN（民族解放戦線）に参加した〕の『オリーヴ畑』といった本を読めば、移民たちの貧困、孤独、その悲惨を知ることができる。彼らの悲惨はわたしたちの悲惨でもあるのだ。〔……〕わたしは語らなければならない、そして何度でも語るつもりだ、嘆きとは無縁なその明晰な声について。なぜならフランスの知識人たち、連中がまだ「指導的思想家」と呼ばれているのも間抜けな話だが、彼らがはっきりと言わないから、最良の人間たちと考えられていたあの連中が口を開かずにいるからだ。なかでもいちばん気前のよかったはずのジャン＝ポール・サルトルはもうすでに手持ちが底をついてしまったようで、しかもその破綻に浸っているのもまんざらではないと見た。彼はタハール・ベン・ジェルーンやアメッドのあの声に力を貸すような言葉や名前を、ひとつとして発しようとしない。かつてフランツ・ファノンの本をあれほどみごとに解説しえた彼だというのに〔一九六一年にファノンが著した『地に呪われたる者』に、サルトルは序文を寄せている〕。〔……〕いや、サルトルはもうすでに誰の「指導的思想家」でもない。そう思っているのは変わり者の集まり《バンド》だけで、そいつらだってとっくにちりぢりだ＝萎え《デバンデ》ている〔フランス語débanderの「集まりbandeをちりぢりにする」という意味と「勃起しているbander状態が治まる」という意味をかけている〕」

彼の言っていることはまずわたしを驚かせた。正確ではなかったからだ。わたしの小説は移民たちの貧困など描いていなくて、フェズとタンジールの街で性を発見するひとりの子どもの話だ。ジュネの頭のなかに残っていたのはその子どもの母親の姿であり、子供たちに「ハッルーダ」と渾名されるその元売春婦の物乞いの姿だった。記事を最後まで読まないうちから、わたしは「お礼を言わなくては」、と考えた。ありきたりの礼状をガリマール社に送り、封筒の裏には自分の住所を書いておいた。「ノルウェー館、大学都市、ジュルダン大通り、パリ十四区」

ジュネから返事があるなどとはゆめにも思っていなかったし、しかもわざわざ電話とは、予想だにしなかった。大学都市では各部屋に電話はなくて、かかってきたときにはベルで教えてくれた。電話に出るにはそれから受付まで降りていかなければならない。パジャマだったので、着替えるあいだ、わたしは相手がもう切ってしまったのではないかと、とにかく心配だった。

電話がかかってくることはめったにない。両親か、きっと何かでパリに来ている兄からにちがいない、と思った。わたしが受話器をとると、彼は一気にしゃべりだした。一度も言いよどむことなく、矢継ぎばやに言葉をつないだ。暗記した台詞のようで、言いまちがいが許されない俳優が朗誦しているみたいだった。「ジャン・ジュネという者だが……」

ジュネはリヨン駅の向かいのレストラン、〈ウーロペアン〉で会いたいと言った。わたしはメトロに乗ったが、会える日が来るとは思ってもいなかった作家に会いに行くというので動揺していた。案の定、そんなふうに誘われて慌てていたわたしは駅をまちがえ、気づいたら北駅だった。またメトロに降りていきながら、『泥棒日記』に書いてあったことが頭に浮かぶ。その辛辣さ、その残酷さ、その大胆さでわたしをノックアウトした本だ。思い出していたのは疢のこと、シラミのこと、生々しい言葉のことだった。「シラミがわたしたちに住みついていた。やつらのおかげで服がもぞもぞとし、何かがいるのはわかって、その感じがなくなればやつらが死んだということだった。わたしたちはそのうっすらと透きとおった虫たちが蠢いているのを知る——そして感じる——のが好きで、やつらは、なついているというのではないが、わたしたちとはうまが合って、だから自分たちふたり以外の人間のシラミとなるとわたしたちはぞっとしたものだった。シラミを見つけては始末していたわたしたちは、しかし昼のうちには卵が孵ってしまっているだろうと期待してもいたのだ。嫌いも憎いもなく、ただ爪でやつらを潰した」

この一節を覚えていたのは、それを読むと軍隊の懲罰収容所で南京虫退治（やつらを潰すとひどい臭いがした）をしたりシラミを潰したりして過ごした夜のことが鮮明に脳裏に蘇ってきたからだ。わたしたちの場合は、規則で頭を一日おきに短く刈られていたので、シラミはもっぱらシーツに潜んでいたのだが。

パリを端から端までメトロで横断し、わたしはようやく、遅れに遅れて、到着した。まばゆいほどに晴れわたった日だった。ジュネは歩道で、一冊の本を手にしていた。彼の頬が若々しい桃色、明るいピンク色にほてっているのに驚いた。赤ん坊のようで、にこにこして、背は低く、真っ白なシャツにあまりきれいではないベージュのズボン、くたびれた革の上着。指にはニコチンの跡。小型葉巻〈パンテール〉を吸っていて、煙が臭い。レストランに入りながら、わたしは如才なくふるまおうと、彼の作品が大好きだと言った。怒りはしなかったが、彼はこう答えた。「本のことはもういい。わたしが書いたのは刑務所から出るためで、世の中を救うためじゃない。小学生の良い子ちゃんのようにしこしこと鉛筆を動かしたおかげで命拾いをした、ただそれだけのことだ」

わたしはびっくりして、このへまをどう繕ったらよいのかわからず、ちょっとうろたえてしまった。わたしはいささか幻想を抱いていて、自分の作品のことをそんなふうに言う大作家がいるとは考えていなかったのだ。文学の世界に足を踏み入れたばかりでまだうぶなところがあった。しかし、このジュネの暴力的な、驚くべき返事が、人生においても仕事においてもわたしをおおいに助けてくれたことは確かだ。自分の前で自分の作品の話がもち出されることに耐えられない作家に、わたしははじめて対面していたのだった。そんな作家はそうそういるものではない。わたしはジュネにどうしてなのかを尋ねた。彼はわたしを見つめ、そして言った。「大事なのはどっちだ。人間か、それとも作品か」。彼は手にもっていた本をわたしの前に置いた。アラビア語の本だ。彼は言った。「『千夜一夜物語』なんだが、きみに翻訳してもらえないかと思って」。わたしは、それにはすでにいくつか優れた翻訳があると答えた。彼は食いさがりはせず、そのかわり長々としゃべりだした。「パレスチナから戻ってきたところだ、ヨルダンとパレスチナ人キャンプからね。ヨルダン警察に逮捕されて、国外退去処分さ。「黒い九月事件」のことやちびの王様の責任のこと〔一九七〇年九月六日にPFLP（パレスチナ解放人民戦線）が起こしたハイジャック事件を機に、ヨルダン国王フセイン一世（在位一九五二－九九年）が国内からのパレスチナ・ゲリラの一掃に乗りだして、「黒い九月事件」とも呼ばれる内戦状態が生じた〕をしゃべっていたから、要するにわたしは歓迎されざる人物だったということだ。さて、いいか、おぞましかった、わたしがそこで目にしたものは。そう、おぞましい。人はあちらで起きていることを知るべきだ。わたしは脱水症状の子どもたち、天に向かって嘆願する母親たち、明け方に征服者と戦いに出かける戦士たちを見た。ほんとうにたくさんのものを目にし、そしてアラファトに頼まれて文章を書いた。アラビア語に翻訳されたよ。いまは手元にないが、きみに渡すからそれがきちんと訳されているかどうか教えてくれ。わかるだろう、パレスチナ人に対しては言葉が正確でなければならない。誤解があってはいけない。大事なことだ」

ジュネはビールとポテト・ピューレを注文した。ギャルソンが訊く。「ピューレと何にしますか。肉？　魚？」「ハンバーグ」。ジュネは説明した。「パリじゃピューレをメインで食べることができない。わたしにはもうほとんど歯がなくて肉は嚙めないからピューレで栄養を摂っているのに、ところが肉を頼まなきゃピューレも注文できやしない！　でもきみは好きなものを食べてくれ。わたしのおごりだ」

そのあと、食事をしているあいだは、『ハッルーダ』のこともフランス・キュルチュールでの発言のこともまったく話題にのぼらなかった。彼が話したのはパレスチナ人キャンプのこと、出会ったパレスチナ人戦士ハムザのこと、ハムザの母親のこと〔ハムザとその母親は、後述のように、ジュネの遺作『恋する虜』に重要人物として登場する〕、穴の開いたボールで遊ぶ子供たちのこと、土埃のこと、水不足のこと、女たちの威厳のことだった。その威厳ある女たちのことをとくに熱を入れてしゃべると、ジュネはこう言った。「何かをしなければならない、ヨーロッパ人は向こうで何が起きているのかを知るべきだ。わたしは世間に情報を伝えることで彼らを助けると約束したんだ。このまえ『フィガロ』紙のクロード・モーリヤック〔一九一四－九六。フランソワ・モーリヤックの息子で、作家、批評家。第二次世界大戦後は『フィガロ』を中心に多くの文芸批評、映画時評を発表した〕から手紙を受けとった。何についてだったかもう覚えていないが、とにかく文章を書いてほしいということだった。まるまる一ページくれるという。彼に電話して今回のパレスチナ訪問を記事にしたいと申し出たら、ちょっと黙ってから彼はこう言ったよ。「だめです、お願いしているのは文芸欄です！」まったく、わたしは文学なんぞに用はない！　わたしが望んでいるのは、証言し、告発することだ！　文学だって！　ぺてんもいいところだ！」

それからジュネが、まるで暗記した文章を読みあげるかのようにゆっくりと語ったことは、今日わたしが『恋する虜』の冒頭で読むことのできる一節とほとんど同じだった。「パレスチナでは、よそでそうである以上に、女たちが男たちよりもひとつ余計に美点を備えているように思えた。男たちだって勇敢で、熱意にあふれ、また他人への思いやりも深いが、彼らは皆、自分たちの美徳の枠に閉じ込められていた。女たち、もとより基地に入ることは許されずキャンプでの仕事を任されていた彼女たちは、自分たちの美徳のすべてをさらなる高みに引き上げていた。大きな笑い声が響いているような気にさせる、そんな高みだ」

わたしは理解した。わたしたちが一緒に何かをすることになるとすれば、彼にとって何をおいても語らなければならないのは、パレスチナの女たちのことなのだ。それこそがこの昼食会の隠れた目的でもあった。わたしはがっかりするどころか、興奮を覚えていた。わたし自身、パリのパレスチナ人たちの活動に浅からず関わっていたし、しかも友人のひとりであるマフムード・ハムカリ〔一九三八－七三。一九六九年からフランスのPLO代表を務めた〕を失ったばかりだった。ハムカリは自宅の電話に仕掛けられた爆弾によって暗殺されたのだ。当時はそれが、ヨーロッパのパレスチナ代表の誰それを排除したいときのイスラエル諜報機関のやり方だった。わたしはハムカリの追悼のために一篇の詩を書き、それはビラになってベルギーのパレスチナ・シンパたちによって配られていた。

わたしはすかさずジュネに、ちょうど寄稿をしはじめていた『ル・モンド』紙でその問題について記事を書くので任せてほしいと提案した。彼はあっけにとられたようにわたしを見て、そして言った。「彼らがイスラエルの友人たちの機嫌を損ねるものを載せるとは思えないが」。ジュネはそのとき、さらにはその後も生涯を通じて、フランスのメディアは「シオニストに牛耳られている」と確信していた……。

ジュネと会った翌日、わたしは『ル・モンド』の編集長ピエール・ヴィアンソン＝ポンテ〔一九二〇－七九。おもに『ル・モンド』で政治記者として活躍した〕を訪ねた。友人のフランソワ・ボット〔一九三五－。『ル・モンド』の週刊付録『ル・モンド・デ・リーヴル』を中心に文芸ジャーナリストとして活躍したあと、作家活動に専念〕が彼に紹介してくれて以来、ヴィアンソン＝ポンテのとり計らいでわたしは『ル・モンド』に書けるようになっていたのだ。彼はわたしに『ル・モンド・ディプロマティーク』紙〔一九五四年に『ル・モンド』の付録として創刊された月刊誌。現在は経営も編集も独立している〕を率いているクロード・ジュリアン〔一九二五－二〇〇五。アメリカを専門とするジャーナリスト。一九七三年から『ル・モンド・ディプロマティーク』の紙面の刷新を進め、部数を伸ばした〕に会うように勧めてくれた。わたしはすぐに会いに行った。ジュリアンは上品で物腰が柔らかく、他人に対する好奇心が旺盛な人物だった。彼はわたしに言った。「おもしろそうだ。七月の最終面を使ってもらおう。よく読まれるページだ。書いたものを待っているよ」

こうしてジュネとの本格的な共同作業が始まった。彼はほとんど毎日、ノルウェー館のわたしの部屋に来てしゃべった。わたしがそれを書き留めた。どんな場所かわたしに見当がつかないときには、彼がペンをとってさっとキャンプの見取り図を描いてくれた。彼は正確であること、的確であることにこだわって、同じことを何度も繰り返し言う。わたしは彼の言うことをほとんどそのまま書きとる。彼はわたしの書いたものを読み返し、赤ペンで気にいらない部分を消す。それが何時間も続いた。『ル・モンド・デ・リーヴル』での仕事とは正反対の作業だった。あちらではすばやく書くことを教えられ、ときには最終編集直前に故人追悼記事を一本あげるように命じられもした。わたしは緊急で仕事をする術を身につけていたのだ。ルポルタージュ取材に出た経験もあったし、ニュースは生ものなので、記事はテレックスで送っていた。もちろん、だからといって、当時の『ル・モンド』編集長であった偉大なるジャック・フォーヴェ〔一九一四－二〇〇二。『ル・モンド』に政治記者として入り、その後要職を歴任して、一九六九年から八二年まで編集長を務めた〕が口をすっぱくしてこう言っていたことに変わりはない。「情報は、掲載するまえに、それが事実だということを一度ならず確認しなければならない、たとえ他紙に遅れをとることになろうとも」。求められていたことを思っても、隔世の感がある。

わたしたち、ジュネとわたしが、どれだけの午前と午後を費してその記事を練りあげていったのかはもう覚えていない。ある日、朝早く（彼はふだん六時に起きていた）、たった一語を変えるためだけに彼はわたしに電話してきた。「いいか、これはパレスチナ人のこと、祖国のない男たち女たちのことなんだ。このうえ彼ら彼女らを醜い言葉や不適切な言葉で手酷く扱うなんていうことは、あってはならない。パレスチナ人には、わたしたちの言葉のなかでも最良の言葉こそがふさわしいんだ。だから正確の上にも正確を期さなければならないし、文章に出来の悪いところや曖昧なところが少しでも残っていてはだめだ」。わたしはその記事を、自分の古いタイプライターで十数回打たなければならなかった。ジュネは赤いボールペンを手にそれを読み返し、ところどころに下線を引き、余白に書き込み、自分で言った言葉のいくつかを消し、声に出して読み、それからわたしに戻して、わたしはそれを打ち直す……。彼の目にはわたしはもはやひとりのジャーナリストではなく、メッセージの伝達を彼から託された、ひとりの共犯者だった。彼は情熱に突き動かされ、自分があちらで見たこと、パレスチナ難民の非人間的な生活条件について証言するためには何事も辞さないと覚悟していた。自分の役目に本気でとり組み、そのために彼からユーモアのセンスが失われてしまったほどだった。深刻な顔になり、いらいらして、仕事の合間には、パレスチナの人々の不幸に背を向けているフランスのマスコミに毒づいた。

そんな数知れない見直しと修正を経て記事がついに書きあがると、ジュネはその掲載にあたってひとつの必須条件をつけた。PLOのパリ代表であるイッズアッディーン・カラック〔一八三六‐一九七八。マフムード・ハムカリの後を継いでパリのPLO代表を務める〕からわたしへの許可を得なければならない、というものだ。そこで大学都市のわたしの手狭な部屋に、その記事を囲んで、ジャン・ジュネ、イッズアッディーン・カラック、そしてパリにたち寄っていて合流してくれたマフムード・ダルウィーシュ〔一九四一‐二〇〇八。パレスチナを代表する詩人。パレスチナ民族の悲運を人間の条件へと昇華させて歌う〕が顔を揃えた。わたしはその記事をまずフランス語で読みあげ、それからイッズアッディーン・カラックとマフムード・ダルウィーシュのためにすぐにアラビア語に訳した。ふたりはおおいに満足し、ジュネが彼らパレスチナ人に惜しみなく向ける関心に感動していた。マフムードはジュネとはすでに顔見知りだった。アンマンで知りあったのだ。わたしたち四人での、フランス語とアラビア語の入り混じった話し合いが始まった。ジュネは一切合切をまじめに考えすぎていて、わたしたちには彼の細かさ、厳密さが少し過剰のように思えた——それはイッズアッディーンとマフムードを、ことに優れたユーモアのセンスの持ち主だったマフムードを、苦笑させもした。ジュネのほうのユーモアはといえば、彼らの前ですっかりなりを潜めてしまっていた。それでも、わたしがこの集まりでいまでも覚えているのは、みんなが上機嫌で、とても親密な触れ合いだったということだ。そのときにどうして想像することができただろうか、イッズアッディーン・カラックが四年後に、同じそのパリの街で、おそらくはイラクの諜報機関によって、暗殺されるということを。ジュネはたしかにパレスチナ人と彼らの大義を理想化していたが、しかし彼は自分がしていることの何たるかをわきまえていた。それは彼の初陣ではなかった。アメリカの黒人とともに戦った経験からジュネは、もし勝負に勝ちたいのであれば、やすやすと妥協してはならず、周到でなければならないということを学んでいたのだ。

その記事をクロード・ジュリアンにもっていくと、彼はわたしに、ジャン・ジュネの発案になる文章、ジュネのパレスチナのための戦いから生まれた文章を発表できてとてもうれしいと言った。記事は一九七四年七月号に掲載された〔「女たち」、『公然たる敵』所収〕。その内容についてはごく限られた反応しか得られなかったが、かわりにわたしの友人たちは、彼らに言わせれば怪物作家である人物とわたしが交際しているということに驚いていた。わたしが知っているジュネは作家というよりも闘士なのだと正しいところを伝えようとしても、彼らはおまえはついていると繰り返すばかりだった。そのうちのひとりはこう言った。「ジュネがきみについて書いたっていうだけでもすごいのに、今度は一緒に書いているなんて！」後年わたしは、つねにジュネのほうからつきあう相手を選ぶのであって、その逆ではない、ということの徹底ぶりを知った。彼をつかまえることは不可能で、近づくことさえ難しく、いつも手の届かないところにいた。わたしが会っていたころの彼は、彼が「くそったれども」と呼ぶ連中をなんとしてでも避けようとしていた。税務署の役人も、あるいは彼との旧交を温めたいと望んでいる昔の知り合いもそうだ。友情において、彼はあくまで自分を曲げなかった。

運び屋

わたしには、どうしてジュネがわたしを「選んだ」のか、長いあいだ不思議だった。なぜわたしで、ほかのマグレブ作家ではなかったのか。わたしが行き着いた答えは、わたしならジュネが近東からもってくる悲痛なメッセージを世間に広める手助けをすることができるから、というものだった。それに、わたしたちがパレスチナ問題に対してある部分で重なる見方をしていたということもある。わたしとまったく同じようにジュネは、事態を放置し、そうすることでパレスチナ人の生活条件の悪化を引き起こしたアラブ諸国に怒りを覚えていたのだった。

わたしは彼にとって、彼の言葉、彼の発言を、運んでいけるところにはどこへでも運んでいく人間だった。

ジュネはよく、わたしが『ル・モンド』紙に寄稿していることについて質問をして、原稿料はいいのか、検閲はないのか、パレスチナ人に共感を覚えている人間はいるか、といったことを知りたがった。『ル・モンド』が契約記者としてアラブ人を迎えたのははじめてのことだった。アンドレ・ロード〔一九三六－九五。詩人。アルジェリア戦争などの政治問題に対しても積極的に行動を起こした〕とフランソワ・ボットが『ル・モンド・デ・リーヴル』の一ページを「アルジェリア詩の新世代」に割き、わたしにモロッコについて同様のページを組むことを依頼してきたのだった。そして、ジャック・フォーヴェとピエール・ヴィアンソン＝ポンテの存在が大きかった。このふたりのジャーナリズム界の巨人は、人道主義者で、開かれた考えをもち、アラブ世界、イスラム世界に関心を寄せていた。彼らがいなければ、そこで「自分の席」を守るのは並大抵ではない『ル・モンド』のなかで、わたしはあれほど長く頑張り続けることはとうていできなかっただろう。ジュネがわたしを問い質したのは、その数年フランス国外で暮らすことが多かった彼が、『ル・モンド』はあの唾棄すべき「ブルジョワジーの機関」のひとつだという考えを捨てられずにいたからだ。「機関＝体制《アンスティチュシオン》」というのも、よく彼の口にのぼった言葉である。わたしが『ル・モンド』に協力しているというので、彼も少し宗旨替えをした。その新聞をまた読むようになっていて、たまにそのあら探しをするのだ。毒づき、読んでいる新聞を床に投げつけることもあった。ある日、彼はわたしにこう尋ねた。「誰だ、エリック・ルーロー〔一九二六年–。『ル・モンド』で中近東問題専門の記者として活躍したあと、ミッテラン大統領に請われて外交官となった〕って。ユダヤ人か？　中東について書いていることはまちがっちゃいないが、もっと頑張らないと……」

ジュネは住所も、電話も、決まった住まいももっていなかった。だから、いつも彼のほうからわたしに電話してくるのだった。彼のアドレス帳は何枚かの紙切れで、そこに必要な数少ない電話番号が書かれている。彼をそれを全部眼鏡ケースのなかにしまっていた。「きみの番号もある。ガリマール社で金のことや万事についてわたしの窓口になっているローラン・ボワイエ〔一九三二–。一九五八年から九六年までガリマール社の法務部門の責任者を務める〕の番号、アントナン・アルトーの作品を管理している女ポール・テヴナン〔一九一八–九三。アルトーの口述筆記者を務め、ガリマール社からアルトー全集の編集を任された〕の番号、イッズアッディーン・カラックの番号、それからわたしの弁護士のロラン・デュマ〔一九二二–。政界でも活躍し、ミッテラン大統領のもとでは大臣も務めた〕の番号、それだけだ。ポール・テヴナンが医者のだんなに頼んでくれて、ネンブタールの処方箋を出してもらう。眠るための座薬だよ。午後の六時に寝て、目を覚ますのは朝の五時、六時ごろだ」

政治

一九七四年五月、大統領選がたけなわだった。わたしたちはビストロでカフェを飲んでいた。テレビで候補者のヴァレリー・ジスカール・デスタンがしゃべっていた。ジュネは彼を嫌っていた。こう言う。「やつを見たか、しゃべるときに鶏のけつの穴みたいなおちょぼ口をしやがる。さあこれからフェラをしようって顔だ!」翌日、『ユマニテ』紙(一九七四年五月十三日付)にジュネは、ジスカール・デスタンを皮肉る辛辣な記事を書く〔「ジスカール・デスタンのもとで死ぬこと」、『公然たる敵』所収〕。ジスカールはジュネにとって、フランスで彼が嫌悪している貴族出のブルジョワジー、銀行界、道徳的偽善、空疎な決まり文句と一般論といったものすべてを体現している人間だった。「テレビでのジスカール・デスタンがなかなかの芸達者だったことは言っておかねばなるまい。憤ったふりをし、嘘をつき、まやかしを吐き、ぬけぬけと断言や否定をし、誹謗中傷に走り、はては愚にもつかぬおしゃべりに逃げる、というのがその芸だ〔……〕「わたしだって労働者を愛し、フランス国民を愛している」と、ジスカール・デスタンは言った。入植者は、OAS〔秘密軍事組織〕の時代、アルジェリア人たちに向かって言ったものだ。「わたしだってアラブ人を愛している」。その入植者はこう言い返された。「さてさて、われわれアラブ人のほうは、愛してもらうのにはうんざりですが」。［……］彼の侮蔑に、彼のあくなき権力欲に、昨夜正体を見破られたのではないかと恐怖した彼の憤怒に圧殺され、ヴァレリー・ジスカール・デスタンのもとで死ぬというのか。そんなことを受け入れてはなるまい」

わたしにはしだいに、ジュネが真の政治センスはもちあわせていないということがわかった。彼の反応は反射的なもので、ほんとうに政治的なものではないのだ。後年ジュネが教えてくれたのだが、アルジェリア戦争中に兵役を忌避した、友人であり恋人であるアブドッラーを救ってもらおうと、ジョルジュ・ポンピドゥーに訴えたことがあるのだそうだ。ジュネはポンピドゥーが好きだった。大統領はジュネに、アブドッラーが支障なく移動でき、警察に職務質問されても面倒にならないように便宜をはかるお墨付きを与えた、とも言われている。ところがその一方で、わたしは、そのようなお墨付きがあるとジュネの口から聞いたことは一度もないのだが。

ムハンマド・ショクリー〔一九三五－二〇〇三。モロッコのアラビア語作家〕は、その著書『タンジールのジャン・ジュネとテネシー・ウィリアムズ』（ケ・ヴォルテール社、一九九二年）のなかで、当時タンジールのフランス総領事だったポール・クローデルの息子からの招待に、ジュネがはっきりこう答えたと書いている。「行かない。わたしがその手の招待に出かけていくことは断じてない。［……］わたしが一緒に食事をしたことがあるただひとりの国家元首はジョルジュ・ポンピドゥーで、亡命していたわたしの友人がパリに戻るのを認めてくれたときのことだ。わたしはずっと、大統領やら指導者やら政治的責任者やらを嫌ってきた。たとえばアメリカでは、やつらは、同性愛者で元泥棒だというのでわたしに入国ビザを拒否した。アメリカにはわたしのような泥棒も同性愛者もいないっていうのか！　ソ連にも行けない、スターリンの時代にジダーノフ〔一八九六－一九四六。ソ連の政治家、マルクス主義理論家。戦後は、社会主義的リアリズムを標榜して文学、芸術、哲学にも介入した〕がわたしの本を禁じたからだ」

どうしてジュネが共産党の日刊紙に書いているのかを、わたしはつねづね知りたいと思っていた。それはイデオロギーとは無縁の話で、ご多分にもれず、そうすることを選んだ裏には打算があり、ジュネはそれをわたしに唐突に告白した。「わたしは二本の記事を『ユマニテ』に渡したが、それは編集長のロラン・ルロワ〔一九二六－。政治家、ジャーナリスト。一九七四年から九四年まで『ユマニテ』の編集長〕のことが好きだからだ。彼は、わたしが調べたいことがあると、『ユマニテ』の記録や、ときには党の資料までいくつか見せてくれるので、助かっている。原稿料がわりに、彼らのところにある貴重な、とくにアルジェリア戦争についての文書を、閲覧させてもらうというわけだ」

ジュネは一度も、少なくともわたしの前では、共産党の迷走を、そのモスクワへの従属、その時代錯誤的スターリニズムを、批判することはなかった。それには触れなかった。それを苦々しく見ているというふうではなかった。ジュネには、自分にとって臭い物には蓋をしてしまえる才能があった。ジュネもよく知っていたとおり、共産党はほうぼうから叩かれていたが、左翼社会党と手を組んでフランソワ・ミッテランを大統領にしようとしたことで、汚名を雪いだかたちになった。ある日ジュネがわたしに言ったのもそのことだった。「ほら、共産党員たちは左翼連合に加わっていて、ミッテランもよろこんでいるじゃないか。ミッテランが選ばれたら、彼らの票のおかげでもあるんだ！」

タンジール

一九七四年、夏のなかばに、予告なくジュネはタンジールにやってきた。ジュネがそれほど好きではなかった街だ。〈エル・ミンザフ・ホテル〉に部屋をとった彼から、会おうと言ってきた。出向いていくと、彼はホテルの隣の、わたしの兄の店でわたしを待っていた。当時たしか十二歳だった、わたしの甥のウマルとしゃべっているところだった。

「遊ぶのは好きか。

——うん、ギターを弾くのが。

——ほかの遊びは？

――しないよ。音楽が好きで、それから絵も描く。
――まじめだな。
――ああ、まじめに生きなきゃいけないんだ。
――まじめすぎるのはよくない。気にいらないことはないのか。
――うん、ないよ。
――絶対に腹をたてない？
――たてるさ、楽器を弾かせてもらえないときとか。
――反抗しないのか。
――しないよ、どうしてするのさ。
――親にもか。
――しない、大好きだよ、やさしいもの。
――親はみんなやさしいのかな。
――うん、意地悪な親なんていやしないよ。
――大きくなったら何になりたい？
――芸術家。
――気にいらないことのない芸術家なんて、芸術家じゃないぞ！
――どうして？

——悲劇や試練を体験したときに、人は芸術家になるからさ、まあ、だいたいそうだ。

——ああそうなんだ！　ぼくは建築家になりたい、家やビルなんかを建てたいって思ってるんだ。

——金をたくさん稼ぎたいのか。

——うん、どうして？　お金ってよくないものなの？

——いや、金はいいものだ。わたしは金がないときには泥棒をした。おかげで刑務所には入ったが。

——そうなの？　刑務所に？

——おまえさんは泥棒にはなれないな！

——泥棒って、でも、しちゃいけないんだよ。

——誰が決めた？

——宗教で決まっているし、親にも盗みはいけない、嘘はいけないって教えられた。

——嘘をついたことがないのか。

——いや、何回かあるけど、でも小さい嘘さ……。

——禁止されていることをするってことを覚えなきゃだめだ。やってみればわかるさ、楽しいもんだぞ……」

困って、甥は話題を変えようと、ジュネが泊まっているホテルを尋ねた。

「〈エル・ミンザフ〉だ……。わたしのような老人にしてはしゃれたところかい。

――そんなことないよ、でも高いと思ってさ！

――高級ホテルにこのとおりの格好で行って、わたしがいるせいで、しゃれた、お上品な連中の気分が台無しになるのを眺めるのが好きなんだ」

リベルテ通り八十一番地の兄の店〈マガザン・キャピトル〉の前で、わたしはこの会話に静かに耳を傾け、口を挟むことはしなかった。そのすぐあとで小さな甥はわたしのところにやってきて、こう訊いた。「どうしてあの偉い作家さんはあんなにぼろぼろの服を着て、それに、あんなに臭いの？」ジュネは不潔ではなかったが、もう見栄えをとり繕おうという気がなかった。いつでも同じズボンを履き、二枚もっている同じ白いシャツを着まわしていた。吸っている〈パンテール〉はとてつもなくひどい臭いがした。キューバ産の煙草ではなく、粗製品をブレンドしたような代物だった。甥を面食らわせたのは、きっとその臭いだ。ジュネとわたしは、フランス領事館の正面にある〈カフェ・ド・パリ〉に落ち着いて、ミント・ティーをふたつ頼んだ。ジュネはタンジールの街にどれほどうんざりしているのかを、とうとうとしゃべった。「コート・ダジュール以下、サン＝トロペ以下、おまけに貧しいときている。ここではすべてが人工的だ。フェズやラバトなんかのほうがいい。それにここはフランスやアメリカのホモたちの社交場だ。男の子の値がはらない。大麻だって安い。昔、まだ国際都市だったころは、タンジールはもっとおもしろくて、正真正銘あばずれた街で、本物の悪党、スパイ、男娼がいて、おかま専用のバーだってあったな、〈シェ・ミシュ〉っていう店だったと思う、ミシュは殺されたって聞いたが……」

彼はまた、〈シネマ・モーリタニア〉の向かいにあったバーで、年をとったアメリカ人女性がやっていた〈パラード〉の話をし、それから〈ウィスキー・ア・ゴーゴー〉での夜の記憶も蘇ってきて、ほかの場所の名前も出たが、何だったかもう覚えていない。どうしてジュネはタンジールに来ていたのだろう。いずれにせよ、当時そこで暮らしたり滞在したりしていたアメリカ人作家たち、ポール・ボウルズやアレン・ギンズバーグなどに会うためではあるまい。彼の口からはもう語られることのなかった、あさましい秘め事のために来ていたのだ。

弟子

タンジールでのジュネの近しい友だちのひとりということになっていたムハンマド・ショクリーは、ジュネの到着以来、彼に会いたがっていた。ジュネはどうとでもとれるように手を振った。「ショクリーっていうのは小脇にぶ厚い本を十冊も抱えて歩いていて、人に向かってヴィクトル・ユゴーのことを、まるで自分がついこのあいだ発見した若い作家だとでも言わんばかりに話すようなやつだ。まったく、鼻もちならん」

わたしは彼に、どうしてショクリーと疎遠になったのかを尋ねた。わたしは書店〈コロンヌ〉で、ショクリーがジュネと並んで写っている写真を見たことがあったのだ。ジュネは怒りだした。「すぐに友だちだ！　たまたま一回こんなふうに一緒にお茶を飲んだからって、友だちになると思うか？　いや、わたしは彼の友だちじゃないし、彼もわたしの友だちじゃない」

ムハンマド・ショクリーは教師だが、読み書きを覚えたのは二十歳になってからだった。一九五〇年代にリーフ山地からタンジールへとやってきた彼が、この街で自分の居場所を見つけるのは、至難のわざだった。たいがいの独学者がそうであるように、彼も本と読書に情熱を傾け、誰か作家がタンジールにたち寄ろうものなら、ひとりとして逃そうとはしなかった。かくしてジュネに、テネシー・ウィリアムズ、アレン・ギンズバーグ、ブライオン・ガイシンに、さらにほかの何人かの作家に、近づいていったのだった。彼はまた、ポール・ボウルズの知遇も得た。ボウルズはモロッコ人の若者に囲まれていて、多くが社会の最下層の出身である彼らにそれまでの人生を語ってもらっては、それをテープレコーダーで録音していた。それらの物語を彼はアメリカで出版する〔*Five Eyes*, Black Sparrow Press, 1979. 邦訳は『モロッコ幻想物語』越川芳明訳、岩波書店、二〇一三年〕。テープ起こしと翻訳はボウルズが手ずからおこなったが、咎める者はいなかった。ショクリーもそこに加わっていて、その延長で生まれたのが『裸足のパン』*For Bread Alone*〔奴田原睦明訳、『グリオ』第五号（一九九三年）所収。その一部は『世界文学のフロンティア5』（岩波書店、一九九七年）でも読める〕と題された本である。わたしがショクリーと出会ったのは、その本が一九七三年にアメリカで出版されたあとのことだったが、〈コロンヌ〉でも一冊売られているのを目にしたことを覚えている。ショクリーは当時もうすでに、ボウルズとうまくいっていなかった。さらにそれからしばらくして、わたしとショクリーの共通の友人であるムハンマド・ベラーダ〔一九三八―。モロッコの小説家。ライラ・シャヒードの夫でもある〕が、わたしにその本を訳したらどうかと勧めてきた。そうした経緯で、一九八一年、『裸足のパン』*Le Pain nu* がマスペロ社から出版されたのだった。

ジュネにまっとうな友情の感覚がどれほど欠落しているのかを理解するのに、わたしは時間がかかった。『泥棒日記』を読んで彼が裏切りを称賛しているのを知ってはいたが、わたしはそこに倫理的価値よりも美的価値を見ていた。けれどもジュネは実際、長いあいだ親交のあった多くの人間を裏切ってきたのだった。映画監督のニコ・パパタキス〔一九一八―二〇一〇。ギリシャ系のフランスの映画監督。サン＝ジェルマン＝デ＝プレのキャバレー〈ラ・ローズ・ルージュ〉の支配人だったときにジュネと出会い、親交を結ぶ〕もそのひとりだ。エドマンド・ホワイトはそのジュネ伝のなかでこんな逸話を紹介している。「パパタキスは浅黒い肌と蒼い目をした美男子で〔……〕ソランジュ・シカール〔一九〇二―六九。女優〕のもとで演劇を学び、ミレイユ・トレペルと暮らしていた。そのトレペルと、ジュネは〈カフェ・ド・フロール〉で知りあったのだった。一九四四年のある日、一文無しで腹を空かせていたジュネとニコのふたりは、ニコが知っているアパルトマンに盗みに入ることにした。〔彼らはスーツケースをもってそこに行くと、アパルトマンの鍵を見つけ出し、なかに忍び込んで高価な本をスーツケースに詰め、そしてその本を売り払った。〕

それから少しして、ニコは、編集者から大金を受けとったばかりのジュネに出くわす。金がなくてどうにも困っていたニコは、ついこのあいだ一緒に盗みを働いたジュネに、その金を分けるようにと詰め寄った。ところが、パパタキスによると、ジュネは譲るまいとして、アベイ通りの警察署に駆け込んで警官をひとり連れて出てきたのだった」

そんなことがあったにもかかわらず、のちにジュネはパパタキスと一緒に仕事をし、さらに一九五一年にパパタキスが女優のアヌク・エメと結婚するときには新郎側の立会人となり、新婦には映画シナリオ『マドモワゼル』をプレゼントした。一九六〇年代の終わり、アヌク・エメにそれを贈ったことを忘れた、あるいは忘れたふりをしたジュネは、そのシナリオをあるプロデューサーに売る。その結果が、一九六二年に公開されたトニー・リチャードソン監督の、なんともまずい映画である。主演は……ジャンヌ・モローだった。

わたしは、一九八二年に、バスティア〔コルシカ島の都市〕の地中海映画祭でニコ・パパタキスに会った。話題がジュネのことになると、彼は悲しい目になった。ひどく傷ついた人間の目だ。わたしの質問に彼は答えをはぐらかし、不渡り小切手をつかまされた話や訴訟沙汰になった話などをした。ふたりのあいだにはもめごとでは済まないことがいくつもあり、その関係は複雑怪奇で、ジュネは裏切りへの情熱を実践に移しては堪能していた。はじめて激しく口論したあとも、パパタキスはまたジュネに会い、『愛の唄』の制作に参加していた。白黒の短篇映画で、厚い壁に隔てられたふたりの囚人の恋愛物語だ。映画は全篇、ニコが所有していたキャバレー〈ラ・

ローズ・ルージュ〉のワイン貯蔵庫で撮影された。しかしその後、ふたりの仲はすっかり悪化してしまう。一九八〇年代になって、ジュネの前でわたしがパパタキスの名を口にすると、いやな顔が返ってきたものだった。ジュネがパレスチナの知識人エドワード・サイードに語ったものとしてエドマンド・ホワイトが紹介している、この言葉を思い起こさずにはいられない。「友人を裏切るためには多大な努力をしなければならなかった。けれども最後には、その犠牲に見合うものを手に入れたのだ」

ある日、ジュネと連帯の重要性について話しているときに、彼がわたしを遮ってこうたたみかけてきたのを覚えている。「友情、友愛、連帯……そんなものはうわっつらの言葉で、でたらめだ、無意味さ、意味があるのは愛だけで、ほかは一般論に堕した無駄話だ……」

ムハンマド・ショクリーはほかの多くの者と同様、ジュネに選ばれて拒絶や忘却の憂き目にあう、その犠牲者となった。ジュネはどのみち、誰とであれ、自分から心がけて関係を築こうとすることも、維持しようとすることもなかった。自分が必要なときに人を利用し、そして捨てるのだ。例外は、彼が擁護する大義についている人間だけだった。

ショクリーは名声を得ると、著作で、テネシー・ウィリアムズとの友情と合わせて、ジャン・ジュネとの友情もつぶさに語った。一九六八年十一月十八日、ジュネのほうからショクリーに道で声をかけてきたのだった。最初ショクリーは警戒を解かなかったが、結局、次の日にジュネとプチ・ソッコ〔タンジールの旧市街（メディナ）のなかの小さな広場。ホテル、レストラン、カフェで囲まれている〕でお茶を飲む約束をした。ふたりは会って、文学について長時間話し込み、ショクリーは『赤と黒』、『ドリアン・グレイの肖像』、『異邦人』のことをもち出して、スタンダールの主人公は他人とは思えない、とジュネに打ち明けた。実際、ジュリアン・ソレルさながら、ショクリーも自分の父に売られていたのだった。三百フランで市長のところへではなく、テトゥアンの大麻吸いに月三十ペセタでだったが。ジュネの応答は、ちょっとした文学講義になった。「それこそまちがいだ、あなただけではないんだが。そんなふうにしたら、文学作品の美しさは絶対にわからない。小説を読むときに、登場人物の誰それの人生が自分の人生と似ているなどと考えてはだめだ。距離をとる必要がある。他人の人生は自分の人生ではないんだ。〔……〕カミュに関しては、やつは運がよかったんだな。『異邦人』を書いたのは、フランスで軍隊と教会の権威が失墜していた時期だった。いま、小説の主人公は、拒むのがさらに自由だ。愛する女のために死ぬなんて、めったにない。女のほうが男に向かって銃を撃つことだってあるし、男が独房のなかで女への愛情にどっぷりと浸ってよろこぶことも、絞首台に向かって歩きながら女の名前を繰り返すことも、もうない〔スタンダール『赤と黒』の主人公ジュリアン・ソレルのふるまいを念頭においている〕。漠然たる拒絶についてはじめて書いたのはカフカだろうね。たとえば、『審判』のヨーゼフ・Kだ。重い罪に問われ、というよりもうそれは彼を殺そうという陰謀なのだが、ところが裁判はおこなわれない。そして命が風前の灯火《ともしび》というときに、彼は女と恋愛喜劇を繰り広げているんだ」

ジュネがもうショクリーには会わないと決め、それからは親しかったということを否定するまでになったのは、この独学の作家がジュネという正真正銘の謎をとらえそこなって、大きなへまをしでかしたため、というのが本当のところだ。ショクリーはジュネと会ったあと、家に戻ると、自分たちがしゃべったことを一言一句ノートに書き留めることを習慣にしていた。よかれと思ってそのノートをポール・ボウルズに見せると、ボウルズはそれをさっさと英語に訳し、『タンジールのジャン・ジュネ』*Jean Genet in Tangier*と題してアメリカで刊行した。一九七五年にエッコ・プレスから出て書店に並んだその本には、ウィリアム・バロウズが序文を書いていた。

そのことを知り、ジュネは怒り狂った。それで彼らの関係は決定的な破局を迎えたのだった。どうしてショクリーは、彼らふたりだけのものである会話の内容を、公にするなどということができたのだろう。どうしてそこに写真まで載せるということを、あえてしたのだろう。せめて誰かにまえもって相談するくらいはしたのだろうか。ジュネの憤りはおさまりようがなかった。

ショクリーは一種の盗みを犯したことになるのだが、それはジュネの好みからはかけ離れた盗みだった。ジュネは、なんであれ自分の名前と人生に少しでもかかわることには、とにかくうるさかったのだ。わたしが覚えているのは、ガリマール社の制作部から自分の本のポケット版の見本を見せられて、ジュネが大騒ぎしたことだ。そこには彼の姓しか出ていなくて、名がなかった。「わたしはジュネじゃない、ジャン・ジュネだ！」

数年後、自分の人生を小説風に語る『代書人』〔*L'Écrivain public*, Le Seuil, 1983〕の執筆中、ジュネとの出会いに一章を割くために、わたしもノートをとっていたことがあった。だが、事前に彼には相談した。

「抜け目ないことだ！

――ほかの連中にしたみたいに、わたしを叩くっていうことはないだろうね。

――知らんよ、好きにすればいい、だがわたしがどう反応するかはわからんぞ。一か八かだな。

――わたしが、きみのゼンガクレンやブラックパンサーやパレスチナ人のための戦いのことを語るとしたら、嫌じゃないのかい？

――どうしてわたしの意見を訊くんだ。許可がほしいのか。作家が何かを書くのに許しを求める必要はないし、それに、作家本人だけが自分の書くことに責任を負うんだ。きみに講釈を垂れるつもりはないが……」

わたしがタンジールでジュネに会ったその一九七四年の夏、ショクリーはすでにジュネをいらだたせていた。ショクリーはジュネに心酔していたが、その関係は複雑なものだった。ショクリーはアラビア語の翻訳がなかったジュネの作品を、ほんとうに読んだことがあったのだろうか。それとも、作品のことはブライオン・ガイシンから話を聞いただけだったのだろうか。いずれにせよ、彼が原文で読んだということがありえないのは確実だ。ショクリーは、自分の本が翻訳され、フランスで出版してもらえるかもしれないという密かな望みを抱いて、ジュネに近づいたのだろうか。作家ジュネが彼を魅了していたのではあるが、しかし、それ以上にショクリーは、『泥棒日記』で描かれる「泥棒」や「反逆児」にほとんど自分を同化させていた。自分はジュネと同じ悲惨を経験した、ジュネが自分の「アイドル」になったのはそのせいでもある、とショクリーはある日わたしに言った。ジュネが自分のことをジュネの弟子だと考えていたのだと思う。ジュネにはそれを断じて言ってはいけないし、おくびにも出してはならないということを、彼は心得ていた。そんなことをすればジュネはすぐに彼の前から姿を消してしまっただろう。

　ジュネがショクリーに何を見ていたのか、なぜタンジールに寄るたびごとに彼に会い、話を聞き、親しくつきあっていたのかは、知るよしもない。ショクリーのほうは反対にずっとわかりやすくて、父親によって弟が絞め殺され、そして自身も売られることになったこの男にとって、ジュネは分身であり、父であったのだ。ジュネは彼のことを理解し、そして助けた。まちがいなく、ポール・ボウルズ以上に。ボウルズは、ドリース・シャルハディ〔一九三七－八六。ラルビー・ライヤーシーの筆名〕（『穴だらけの人生』）を利用したあとで、そして、共同で十冊あまりの本をものしたムハンマド・ムラーベト〔一九三六－〕を利用するまえに、ショクリーをひどい仕方で利用したのだから。

　わたしがボウルズのずる賢い手口を知ったのは、ショクリーの自伝『裸足のパン』の翻訳に乗りだしていたときだった。その本の原稿を見せてくれと頼んだのだが、それが存在していないことがわかった。ショクリーは毎日、まえの晩に書いた五、六枚をもってきて、わたしはそれを訳した。一個の人間としては興味深い体験になったが、実際の作業としては閉口した。わたしはプロの翻訳家ではないのだ。わたしが適切な言葉を見つけようとしていると、ショクリーは、おぼつかないフランス語のくせに、酒も入っていてせっかちだったので、よくわたしに異を唱えたものだった。

　そのときにわたしは、彼がジュネにすっかり感化されていることに気づいた。ショクリーはイブン・バットゥータ中学で働いていたが、欠勤が多く、給料を二晩、三晩で使い果たしていた。そうしておいて、学校の用務員から、一〇パーセントや二〇パーセントの利子で金を借りるのだった。また彼の女に対するふるまいは、攻撃的で、尋常ではなかった。彼にべったりになった若い女のことを覚えているが、ショクリーはわたしの前で彼女を邪険にした。罵り、辱め、ぶつぞ、と脅すのだ。彼はわたしにこう言った。「これが女の扱い方だよ。甘い顔をするとつけあがるからね。女っていうのはそういうものさ！」

　一九八〇年にフランソワ・マスペロのところから刊行されるや、『裸足のパン』は大成功を収めた。ベルナール・ピヴォ〔一九三五－。文芸ジャーナリスト、評論家〕はショクリーを自分のテレビ番組〈アポストロフ〉〔ピヴォが司会を務めて一九七五年から九〇年まで続いた〕に呼んだ。わたしたち、フランソワとわたしは、観客席にいて気が気ではなかった。というのも、スタジオに入るまえにショクリーがずいぶん飲んでいたからだ。案の定、彼は船を漕ぎだしていた。幸いピヴォは何も気づかず、その番組のおかげで、『裸足のパン』はほぼ世界中でベストセラーになったのだった。その結果、ショクリーは編集者から月に五千ディラハム（当時で四千五百フラン相当）を受けとり、楽に暮らすことができた。その金の一部を投じて彼は自費で『裸足のパン』のアラビア語版を刊行し、そして死ぬまで書きつづけ、本を出したのだった。番組の前日、わたしたちは一緒にジュネを訪ねていた。ジュネはショクリーに温かく接して、彼には「いい本を書いたな」と言い、わたしには「よくぞ訳した」と言った。

感謝してもらおうなどとは思っていなかった。わたしはそういう人間で、何かをしてあげても助けた相手からは何も期待しない、ということを学んでいたのだ。それを教えてくれたのはジュネだった。彼はわたしに言ったものだ。「何かをするっていうのは、それをすべきだと思ってするということで、自分をよく見せようとしてするんじゃない。よいことをしてもいいし、したければ悪いことをしたっていい、でもその行為に見返りはいっさい求めてはだめだ。ほら、親切にしてくれた人間に対するわたしのふるまいは、ほめられたものじゃないだろう。けれど、少なくとも、わたしはほかの人間とはちがうっていうことにはなる……」

『裸足のパン』が出版されると、モロッコの新聞雑誌に、わたしへの悪意に満ちた記事が掲載された。わたしが哀れなショクリーを搾取し、彼から著作権をかすめとり、自分の悪いイメージを繕うために彼を利用した、と主張するジャーナリストたちがいたのだ。正確な文言は覚えていないが、その新聞や雑誌でわたしが読んだもの、わたしの家族が目にしたものは、許しがたく、不公正で、抗議して訂正を求めるに値した。自己弁護に乗りだして、いちいち全部に抗議するのは望むところではなかったので、わたしは、もちろんそういった記事のことは承知していたショクリーに話をし、対応してくれるように、わたしの擁護というのではなくて、きちんとした真実を明らかにすることを、お願いした。

彼の返事を、わたしはけして忘れないだろう。

「だめだ、そんなことはできないよ。彼らが言っていることが本当じゃないってことはわかっているけど、連中とは友だちなんだ、一緒に酒を飲んで楽しんで、大麻も吸うし、アルコール漬けの夜を何度も過ごした仲だ。だから、もめて、友だちじゃなくなってしまうようなことはしたくない」

ジュネのようだ、とわたしは思った。ジュネのようだが、ジュネほど強烈ではないし、圧倒的でもない。なんともしみったれた裏切りだった。凡庸なのだ。

ジュネの亜流だ。まったくのできそこないだ。およそ二十年後、ショクリーが死ぬ一年まえに、彼もよく知っていたわたしの母が他界したときに、わたしたちは和解した。そして、彼が死んだ二〇〇三年十一月十五日、ラマダンの日、たまたまわたしはタンジールにいた。国の要人なみの葬儀が執りおこなわれ、何人もの大臣、総督、知事などが参列して、ショクリーは無信仰だったのだが、イスラム式に埋葬された。埋葬されたのは、人生によって一度ならず辱められ、蔑まれ、わずかな安楽さえ奪われた人間だった。彼はいまマルシャーヌ〔タンジールの一地区〕の墓地に眠っている。海から遠くないところだ。ララーシュ〔タンジールの南に位置する大西洋に面した港町〕の、ジュネが眠る場所に少し似ている。

かくして、ジュネには弟子がいた。だが、ジュネはその弟子のことを記憶から抹消した。裏切るまでもなかった、ただ思い出から消したのだ。

アリ・ベイ袋小路

さて、一九七四年夏のタンジールに戻ろう。ジュネがわたしの小さな甥とのおしゃべりを終えたあと、わたしたちは、フェズ通りのアリ・ベイ袋小路に住んでいるわたしの両親の家へと、昼食に呼ばれに出かけた。その袋小路のかつての名を使って「レオン・ラフリカン」〔レオ・アフリカヌス（一四八八－一五四八）のこと。スペインの旅行家、地誌家。幼少期に家族とともにモロッコに移住し、フェズで学んだ〕と表札に掲げた邸宅の前でジュネは足を止め、そこに誰が住んでいるのかとわたしに尋ねた。外国人たちだ。「なんと、レオン・ラフリカンを知っている外人たちか！　笑わせる《セ・リゴロ》よ！」（「笑わせる」というのは、ジュネお気にいりの言い回しのひとつだった）

わたしはジュネに両親を紹介したが、両親には、ジュネが何者か、かいもく見当がつかなかった。父は歴史書、しかもアラビア語で書かれたものしか読まなかった。母は読み書きができなかった。わたしはふたりに言った。「友だちだよ、パレスチナ人の味方だ」。わたしの友人ということならばと、両親はジュネをよろこんで受け入れた。ジュネは彼らにアラビア語でちょっとした挨拶をした。「アッサラーム・アライクム、ラバース、アナ・ジャン、クッルシャイ・ラバース（こんにちは、ごきげんよう、わたしはジャンです、問題なし）……」母は彼に微笑んだ。父はスペイン語で彼に答えた。おかしかった。こらえきれなくて、みんなで大笑いとなった。家のなかは心地よい空気に包まれていた。

リーフ戦争〔モロッコの反スペイン・フランス植民地主義抵抗運動。一九二一年に蜂起したリーフ地方の部族勢力は、一九二三年にイスラム共和国（リーフ共和国）の樹立を宣言するまでにいたったが、以後劣勢に陥り、一九二六年に降伏した〕の歴史をよく知っていた父は、わたしに通訳をするように言った。リーフ共和国の樹立が宣言されたとき、父は十五歳で、ジュネは十二歳だった。彼らは長いことふたりで話をして、ジュネはアブドゥルカリーム・ハッタービー〔一八八二頃－一九六三。リーフ戦争で反スペイン・フランス闘争を主導した〕を称賛した。「わたしはつねづね、アブドゥルカリームにはおおいに敬服してきました。勇敢で、革命家だ」。それから父が間を置かずに、一九二〇年代のスペインに占領されたモロッコの町メリリャでの自分の生活のことや、ナドール、ケタマ、フェズを非合法に横断した旅のことをしゃべった。

ジュネがわたしに言った。「きみの親父さんは冒険家だったんだな！」わたしは訂正した。父は生きるために密輸をしていたのだ。スペインの生産品、とくに織物を買って、それをフェズにもち込み、ディーワーン街のキサリア〔織物や絹製品の市場〕で売りさばいていたのだった。

　すると、蠅に刺されたかのように、ジュネが反応した。「ディーワーンDiwaneてことは、ディヴァンDivan〔オスマン・トルコ皇帝の閣議室〕か！　親父さんはディヴァンの街に店を構えていたことになるし、それにディーワーンっていうのは詩集の名前にもあるだろう、マフムード・ダルウィーシュが教えてくれた。すると、親父さんは密売人で、国境を越え、家族を食わせていくために危険を省みなかったというわけだ。勇敢だ！　いいな、そういう男は。お上に刃向かう人間は大好きだと、彼に伝えてくれ」

　父の話は、山中を逃げまわったこととか、闇夜の寒さのなか、一頭のロバに商品を負わせて、いまにも列車が来るのではないかと恐れながら鉄道のトンネルをくぐったこととか、そういった話になっていた。

　父はおそらくほらを吹いていたのだが、ジュネは笑みを浮かべながら、じっと耳を傾けていた。突然ジュネは天井に目をやり、いくつかの大きな染みに気づいた。季節は夏だった。彼はわたしに言った。「無名の人間たちが絵を描いた、ギリシャ教会の天井のようだ」。わたしは、そうではなくて湿気がそういう跡をつけるのだ、タンジールの冬はひどくじめじめしているから、と教えてやった。わたしたちの家はごくつましい家だった。壁にはところどころひびが入り、窓はたてつけが悪かった。家具は最低限のものしかなかった。白黒のテレビが台の上に置かれ、その台の引き出しのひとつはパン専用で、もうひとつには父の服がしまわれていた。もっとも父は、白いサルウェル〔ゆったりした亜麻布のズボン〕、白いシャツ、グレーのセーター、栗色のジェラバ〔フード付きのゆったりした長衣〕という、いつも決まった格好だった。壁には、わたしの兄とわたしの写真が何枚か、それと骨董屋で買った時計や、数珠、古いカレンダーがかかっていた。

　母がオリーヴと塩漬けレモン入りの子羊のタジンを用意していた。ジュネはパンをスープに浸して、おいしそうに食べていた。彼の歯はあいかわらずぼろぼろだった。彼は、わたしの父にもう歯が一本もなく、入れ歯もしていなくて、堅くなった歯茎でじかに噛み砕いていることに気づいた。感心して彼は父に、どうやって歯なしの生活を手に入れることができたのか尋ねた。父は歯医者との攻防をこと細かに語り、入れ歯は、食べても痛くて、ぐらぐらするので我慢できないと言った。父は気が短いことで有名だったし、医者にかかることが大嫌いだった。

　入れ歯についての話がひとしきり盛りあがると、今度は目と耳の話になった。ほとんど年のちがわないふたりは、当時同じ衰えに悩まされていた。視力が落ち、耳が遠くなっていたのだ。だが、ふたりとも老いなどに負けないという意志をもち、断固働きつづけよう、動きつづけようとし、怒りを覚えたらいささかも譲るまいと考えていた。

　父は諦念とは無縁の人間だった。反逆児、憤激の士だ。ささいなことで腹をたてては、役人、役所、警察、国家、そして何よりも偽善を憎むのだった。神が偽善者たちを断罪するコーランの一節、あるいは何節もを、よく口にしたものだ。もしヨーロッパで暮らしていたならアナーキストに、さもなければ、革命家ではないだろうが、正義の番人にでもなっていただろう。父はわたしに、空き巣に入られた話をジュネにするように言った。泥棒たちがわたしたちの留守中に家に忍び込み、もっていけるだけのものをごっそりと盗んでいったのだ。それがわかり、父は愕然とし、母は泣いた。警察が来て現場検証をおこない、出ていくときに警官のひとりが父に、その週のうちに出頭してもらうことになると告げた。父はそれまで警察署に足を踏み入れたことがなかった。仕方なくそこに行ったものの、なんとも居心地が悪かった。警官が、子供たちや仕事や、ほかのあれこれについて質問をしだすと、父は立ちあがって言った。「すまないが、刑事さん、あんたは勘ちがいしている、泥棒はわたしじゃない、こっちは被害者なんだ、もういい、神が裁きを下されるよ」。そしてその場を飛び出してきたのだった。

ジュネはこの話によろこんで、返す言葉も見つからないほどだった。

ジュネは勘が鋭かった。彼はすぐに、わたしの父には自分の気にいるところがたくさんあると見抜いていた。彼はわたしに言った。「親父さんにわたしが泥棒だったこと、そのせいで刑務所にも入ったことがあるということを、教えてやってくれ。だが、ホモセクシャルだとは言っちゃだめだ！」わたしは答えた。「申し訳ないが、きみの人生を洗いざらい父に話しはしないよ。きみが大作家で、サルトルともつきあいがあったということは、もう言ってある。父もサルトルの名前は、ノーベル賞辞退のときに耳にしたことがあるからね。その辞退の話を聞いて、父がどう反応したかわかるかい。わたしに向かってモロッコのことわざを言ったんだ。神は焼きアーモンドを歯のない者どもに与えたもう！」

食事はいつもより長くなった。ジュネは母に礼をしようと、アラビア語でこう言った。「メッジアン・ブッザーフ！　シュクラン（とてもおいしい、ありがとう）」

食事のあいだずっと、ジュネがすっかりくつろいで、楽しんでいるのが、わたしにはわかった。そういうときの彼の笑みが、紅潮した頬一杯に広がっていたのだ。あとになって彼はわたしにこう言った。「自分の席に腰を落ち着けて、わたしはきみと、きみの両親を観察していた。まったく、おふくろさんがきみに向けるまなざしには魅せられた。親父さんだってきみを見ることは見るが、別物だ。おふくろさんは目できみを温かくくるんでいた、聖母のようにきみを包み込んでいた。気づいているのかな。あんなまなざし、あの無償の思いやりは祝福だよ、神の、というつもりはないが、人生の祝福だ。感動的だ。きみ以外の子どもたちに対してもああなのかい」

ジュネは根本的なものを見てとっていたのだ。母の息子に対する愛、尽きせぬ、理性ではない、一目瞭然の、そしてひょっとすると煩わしくもある、愛を。それをうっとうしい、うるさいと思ったこともあった。しかし、時とともにわたしは、その愛がわたしという人間の形成をいかに助けてくれたのかを理解した。もちろん、わたしからジュネに対して、彼が知らない彼の母親のことを話題にするような真似はしたことがなかった。彼のほうがわたしにこう言ったのだ。「わたしは家族をもったことがない」。彼は多くの人にそう言った。しかし、里親一家が彼の面倒を見たはずだ。一度だけ彼に幸せな子どもだったかどうか訊いたことがあるが、彼がしてくれたのは、病院でひとりの少年と知りあい、セックスをしたという話だった。

食事の終わりに、母がわたしの頭に右手を置いて祈りを唱え、ジュネはそれをずっと眺めていた。母はわたしに新たな祝福を施してくれていたのだ。気詰まりではあったが、わたしは母がそうするに任せた。彼女はわたしに、また会いにきて、一緒に時間を過ごすことを約束させた。ジュネはわたしたちを見つめていて、その視線にはほんのりと優しさがこもっていた。その場面は彼に別の場面を思い起こさせたにちがいない。彼がわたしに語ってくれた、パレスチナ・キャンプでのハムザの母親のふるまいの、あの場面だ。

それからしばらくして、ジュネがわたしに尋ねた。「おふくろさんはきみの書いたものが読めない……きみにとってそれは都合がいいのかい、それとも残念かい」

もちろん残念だった。母が読み書きをまったく習ったことがないというのは、わたしにとって悲しいことだった。ジュネは察して、わたしになぜアラビア語で書かないのかとは言わなかった。アラビア語でもフランス語でも、いずれにしても母がわたしの本とは無縁であることに変わりはなかっただろうと、わかっていたのだ。だが別の機会には、もし母が字を読めたとしたら、わたしは果たして同じ本を書いていたのか、と訊かれたことがあった。いや、とわたしは答えた。それは、わたしがいまでもよく自分自身に問いかけていることだ。

帰り際に、わたしはジュネの写真を数枚撮った。彼はいつものひどい匂いのする小型葉巻を吸っていた。父に一本勧めたが、父は肺の具合が悪いので断った。ジュネのほうは一度も煙草を止めようという気になったことはなく、それからも最期まで吸いつづけることになる。

パストゥール大通りを歩いているとき、ジュネは、タンジールの人々が「怠け者の壁」と呼ぶようになった低い壁の上に腰を下ろしている、若い男女の一団に気づいた。じっと見て、足を止め、そしてわたしにこう言った。

「あそこに暇をもてあましている若い連中がいるだろう、きみの国の王様が国民に対して最低限の敬意をもっているなら、飛行機をチャーターして、連中をグラン・パレのヴァン・ゴッホ展を見にパリに連れていってやるはずなんだがな。そう、その道の教授でもつき添わせればいいんだ、そうすれば、請け負うが、その旅はああいった高校生や失業者たちの人生を変えるだろう。うん、美術館に行って、それから芝居に行って、オペラにも行くんだよ。ばかばかしいと思うかい。わたしはそうは思わない。王様はそんなことを思いつきもしないだろうが、もしそうしたとしても、王様の懐の痛み具合は、せいぜい、彼の朝のゴルフ一回分と変わらないくらいさ!」

そのすばらしい突飛な考え、みごとな、むちゃなアイディアは、長いあいだわたしをとらえて離さなかった。いまでもときどきそれについて考えている。ある日など、もう少しでそのアイディアをムハンマド六世〔一九六三―。父ハサン二世を継いで一九九九年からモロッコ国王〕に伝えるところだった。だが、できなかった。何度か王にはお目見えしたが、典礼局がすぐに割り込んできて、早く行けと急かされてしまうのだ。わたしはジュネのアイディアはあいかわらず有効だと考えている。いつの日か、文化大臣の誰かがそれを実現することになるかもしれない。

わたしは、昼寝をしにホテルに戻るジュネにつき添った。途中で彼は、また書きはじめる、と宣言したが、文学ではなくて、別のものだと言うのだった。それが何を指すのかわたしにはわからなかった。翌日、彼に会いに寄ると、もう出発したあとだった。ホテルのコンシェルジュが、「フェズへのタクシーにお乗せしました」、と教えてくれた。ジュネからその計画については聞いていたが、かなり漠然とだった。驚きはしなかった。わたしは、彼がしばしば姿を消し、戻ってきたくなったら戻ってくる、ということを知っていた。

午後、わたしは古くからの女友だちのふたり、パストゥール大通りで書店〈コロンヌ〉を経営しているイザベル・ジェロフィとイヴォンヌ・ジェロフィを訪ねた。なみはずれたご婦人たちで、きわめて深い教養をもち、非常に繊細で鋭く、と同時に率直で遠慮がなかった。彼女たちは一緒に暮らしているという話だった。わたしはイザベルの夫で、イヴォンヌの兄であるロベールのことを知っていた。控え目で、細やかで、品のある男だった。ルニョー高校で美術の教師をしながら、タンジールの、とくにヴィエイユ・モンターニュやマルシャーヌ地区に家を所有している、金持ちの外国人数人の相手をしていた。同性愛を公言する時代ではなかったが、真っ白な肌をしていたロベールは顔におしろいをしていたし、そしてひとりで暮らしていた。わたしが最後に彼に会ったときには、顔が腫れあがっていて、殴られた跡や傷が痛々しかった。やくざな強盗に襲われたのだった。

ついさっきジュネと別れてきたところだと言うと、イザベルとイヴォンヌは驚いて、わたしに向かってジュネの人生のこと、彼のサルトルやコクトーやルイーズ・ド・ヴィルモラン〔一九〇二―六九。作家。アンドレ・マルローに認められてデビュー。ジュネとは親交を結んでいたが、ブラン演出の『屏風』は批判した〕やあまたの演劇人、とくにロジェ・ブラン〔一九〇七―八四。俳優、演出家。一九六六年に演出したジュネの『屏風』は物議をかもした〕との波瀾に富んだ関係のことを語りだした。ジュネという人物についてなら彼女たちはいくらでもしゃべることができた。彼の作家としての傑出した才能を認め、また、アルジェリア戦争に反対しブラックパンサーに味方した、その行動する人間としての勇気に一目置いていたのだ。彼女たちの経営する書店の奥には、たしか、ジュネの若いころの写真が飾られていた。彼女たちは、ジュネがいまどうしているのかを知りたがった。わたしは彼女たちの期待に背くほかなく、彼が何をしようとしているのかは、彼が話してはくれないので、わたしにもわからない、と答えた。ジュネのすることがいかに予測不能で、どう考えてもつきあいやすいとはいいがたいということを、わたしは説明した。彼女たちの口からは、ジュネに会いたいという言葉は一度も出なかった。

その後もジュネは幾度もタンジールに滞在したが、あるときアシラ〔タンジールの南西約三十キロ、海岸保養地として知られる〕の市長から昼食に招かれた。市長はジュネに自分の町を見せようと考え、八月にそこで開催しているフェスティバルに足を運んでもらおうとしたのだ。彼らがどのようにして、どこで知りあったのかはもう覚えていない。その市長ベナイッサをわたしはよく知っていて、彼はわたしのことも招待していた。彼の手配で、一台のタクシーがジュネとわたしを迎えにきた。運転手はミンザフ・ホテルのホールでわたしたちを待っていた。ジュネは十五分遅れてやってきて、いきなり運転手に言った。「市長さんにわたしはアシラに行かないと伝えてくれ。今日の昼食に出向く気はないし、それでわたしのことをどう思ってくれてもかまわない、と言うんだ！」運転手はあっけにとられ、わたしを見て、そしてたち去った。わたしはジュネに腕を引っぱられて、一緒にホテルのレストランに身を落ち着けた。ジュネはどうして招待を断ったのかを話しはじめた。穏やかで決然としたその言葉は、まだわたしの耳に響いている。「あいつには会ったよ。本物じゃない。あれはどこをとっても偽物だ、口にすることも、ふるまいも、招待も。あの手の輩のことは百も承知、こっちは場数を踏んでいるんだ。やつは自分を大物だと思っている。しかも、わたしの写真を撮ろうとしたんだ。自分はカメラマンだと称して、それにきみとも本を作ったことがあると言ったからね。ふん、やつはひとりで昼飯を食べればいい、知ったことか。このとおり、わたしはやつらをすぐに嗅ぎわけることができるんだ、わたしを利用しようとする連中をね。あいつにパレスチナ人のことを話したが、退屈そうで、まったく冷めたものだし、誠意もない。それで手前味噌のフェスティバルとやらをもち出したって、たかが知れているさ。まあ、やつのことは忘れよう。それでも、わたしはアシラにはまた行くつもりだ。小さな町で、まだタンジールには毒されていない」

アブデルケビル・ハティビ

ジュネと、作家であり、社会学者、詩人、哲学者であるアブデルケビル・ハティビ（一九三八－二〇〇九）〔『異邦人のフィギュール』ではジュネを論じている〕との関係は、また性質の異なるものだった。彼らは一九七〇年代の初めに出会った。ジュネはハティビの著作には惹かれていたが、その人物については含むところがあった。ハティビは、ロラン・バルト、ピエール・クロソウスキー、ジャック・ハッスーン〔一九三六－九九。エジプト出身の精神分析学者。フロイト派で活動し、ラカンにも認められた〕（ハティビはハッスーンと往復書簡を交わし、刊行した）、ジャン・デュヴィニョー〔一九二一－二〇〇七。社会学者、人類学者〕の友人で、妥協のない知識人だった。しかしながらジュネは、彼には打てば響くようなところが欠けていると考えていた。ハティビの話題になると、ジュネはいつも困ったようだった。「ハティビはあまりに知識人で、モロッコ人たちとは少し隔たりができてしまっている」、とジュネは言った。厳しい見方だとわたしは思ったが、ハティビの弁護をしても無駄だとわかっていた。ジュネは公正な人間ではない。公正であるとか公正でないとかいったことは、彼にとってはまったくどうでもいいことだった。ジュネは人に対して辛辣でにべもない評価を下して、話し相手には彼の頭ごなしの意見に反論する機会をいっさい与えなかった。彼は作家に興味はなかった。少なくとも、わたしが彼に出会ったころは、彼は文学について話すことも、詩について話すことも、あるいは言語について話すことさえ、嫌っていた。そういった問題とのつきあいはひとわたり済ませてしまった、とでもいうような顔をしていたのだ。わたしにはそのような態度は、まちがっているうえに、人の道にはずれたものだと思えた。批判の及ばないところに自分の身を置くことになるからだ。彼が受けとる、その多くに献辞の記された数百冊もの本は、彼が住む狭い部屋に山と積まれていくか、ガリマール社のローラン・ボワイエのオフィスの隅に重ねて置かれていくかのどちらかだった。ジュネはそういう本を読まなかったし、開きさえしないこともあった。わたしはよく、どうした風の吹きまわしでジュネはわたしの処女小説を読むことになったのだろうと、首をひねったものだ。わたしたちの出会いは、その幸運から生まれたのだった。

聖ジュネ？

一九七五年八月、ジュネにラバト〔大西洋岸に位置する、モロッコの首都〕まで一緒に来てほしいと言われた。わたしの小さな車で、わたしたちは旅をした。ジュネはすぐに、景色のなかに点在する大小のマラブー〔イスラム教神秘主義の聖者（マラブー）を祀る廟〕に目をとめた。モロッコではどうすれば聖者になることができるのか、と彼は尋ねてきた。わたしは笑って答えた。「そんなことを知りたいのかい。きみの墓の上にちょっとした、しゃれた白い霊廟でも建ててもらえたらうれしいってわけか。それにはイスラム教に改宗して、善行をどっさり積まないと！」今度は彼のほうが鼻で笑ったが、わたしの感じたところでは、ときどき道端に建てられているそういった墓が気にいっているようだった。それから少しして、ジュネは言った。「モロッコにはユダヤ教の聖者たちが何人かいて、イスラム教徒たちは彼らのことをたいへんに敬ってもいるそうだな」。それは本当のことだ。友だちから聞いたにちがいない。

ジュネの死後、ハティビはジュネの遺作『恋する虜』について文章を書いたが、それはこう結ばれている。「この証言を越えて、いわば自分の肩越しに、わたしはジュネについてこのことをはっきりと言おう。彼の作品の内部には狂気が渦巻き、その芸術は絢爛豪華な見せかけにすぎず、その破壊と死に向かう意志はすさまじい、しかしそうであろうとも、よろこんで彼をモロッコ式に聖人に列しなければならないだろう。すなわち、盛大に、ララーシュのジャン・ジュネの墓の上にわが国の修道士たちのための聖堂と同じような聖堂を、しかし、奇跡のように、ジュネの演劇のかたち、その大西洋に面した屛風のかたちから生まれるのでもあるような聖堂を、建てるのだ。そこで皮肉な列聖式が執りおこなわれ、リズムに乗ってある一節が続々と朗唱されるとそれはすっかり大海と化して、あたりを浸し、あちらへと、沈みゆく太陽へとたゆたうのだ」〔『異邦人のフィギュール』渡辺諒訳、水声社、一九九五年〕

フアン・ゴイティソーロ〔一九三一―二〇一七。スペインの作家。フランコの独裁政権を逃れて亡命し、以来、パリとモロッコのマラケシュに住む〕は、『パレスチナ研究誌』の特集号「ジャン・ジュネとパレスチナ」に掲載された文章のなかで、次のような可能性を考えていた。「年月を経ればジュネは、巡礼者たちが、奉献物のリボンを墓の周りの木々に結んだあとに、ささやかな供え物を山のように捧げて願掛けをする、あの「民衆聖者」のひとりになるだろうか。ジュネが死んで生まれた魅惑的なイメージが、具現化し、永続することになったとしても、なんら不思議ではないだろう」

また、サルトルが書いた彼についてのとほうもない本は不快ではなかったか、とエドワード・サイードに尋ねられたジュネの答えも引いておくべきだろう。「ちっとも。やっこさんがわた

しを聖人にしたかったのなら、けっこうなことだ」〔サイード『晩年のスタイル』大橋洋一訳、岩波書店、二〇〇七年〕

おもしろいことに、わたしとジュネの親交は、以前はジュネをよく知っていたのに現在ははっきりとした理由を何も告げられないままにジュネから会うことを避けられている多くの人々の目に、ひとつの事件として、口火のようなものとして映り、彼らに自分たちもまたジュネに近づけるのではないか、あるいはジュネとのつきあいを再開できるのではないか、という希望を与えたのだった。数か月でわたしは、そういう人々にとって橋渡しに、使者に、すなわち謁見かなわぬ王たるジュネに目通りできる人間になっていた。わたしはとても驚き、その事態をどう考えてよいかわからずにいた。そういう状況だったので、ジュネに何人かからの要望をとりついだりもしたのだが、マリア・カザレスの件はとくに印象的で、彼女は自分の自伝にジュネの序文がほしいと言ってきたのだった。ジュネは笑って、わたしに訊いた。「ああ、あの女優か、わたしに何をご所望だって？」「ちょっとひとこと書いてもらいたいそうだ」。序文だとは言えなかった。「暇がないと言っといてくれ」。わたしはそんな乱暴な答え方はせず、手紙を書き、オブラートに包んでジュネからの断りを伝えた。

またあるときには、わたし宛に同性愛者の権利を擁護する雑誌『マスク』が何部も送られてきて、受けとってみると、ジュネがインタヴューに応じてくれるようにわたしの仲立ちを依頼する手紙が添えられていた。ジュネにもちかけると、彼は怒りだした。「ホモたちにはうんざりだ、消えちまえばいい！」

わたしはまごついてしまった。どうしてそこまで激しくはねつけるのだろう。わたしは彼に、アメリカの雑誌『プレイボーイ』にだって長いインタヴューを載せたじゃないか、と言ってやった。すると彼は笑って、こう解説した。「『プレイボーイ』は金を払ったよ、けっこうな額のドルだ。金が必要だったから受けることにしたが、彼らにやる時間については交渉した。二時間きっかり、それ以上はだめ。わかるだろう、二時間っていうのはわたしにとって、女が目の前にいることに、女の匂いに、耐えていられる限度で……それにわたしにインタヴューした娘も学費のために金が必要だっていうから、だからわたしは承知したんだ」

ほかのジュネの古い友人、モニク・ランジュ〔一九二六－九六。ガリマール社の編集者を経て作家に。ジャン・コクトーの伝記も書いている。夫はファン・ゴイティソーロ〕やエドモンド・シャルル＝ルー〔一九二〇－二〇一六。『エル』や『ヴォーグ』といった雑誌で記者として活躍したあと、作家活動に入る。ロラン・プチのバレエに多くの脚本を提供している〕といった面々からも、ジュネの近況をちょっと尋ねられたりした。彼は元気？　ヘビースモーカーのまま？　あいかわらずお金の問題を抱えているの？

たまたま彼の、友だちではなく（わたしは慎重であり続けた）、話し相手になったおかげで、わたしには本来の自分のものではない中身というか、役目というか、ひょっとすると重々しささえ、備わったのだった。わたしはその関係が誇らしかったが、しかし、それがジュネの手中にあってわたしの手中にはないということはわかっていた。つねに彼のほうがわたしに連絡をとってきたのだ。数か月ものあいだどこかに消えていたかと思うと、ある朝電話をかけてくる。一度など、オデオン広場のわたしの部屋にふらっと現れて、「わたしはホテルにいるから……電話してくれ」とだけ言い置いて行ってしまった。そしてその一時間後には、わたしたちはまたアラブ世界、イスラム世界の状況について尽きない議論を始めていたのだった。ジュネはフランスが好きではなかった、いや憎んでいたと言ってもいいだろう。それは偏執だった。ばかにしてフランスを「教会の長女」と呼んではよろこんでいた。わたしには、それにしてもあれほど頻繁に、些細なことにかこつけては彼が口にする、その憎悪が理解できなかった。自分のうちにぱっくりと開いて閉じることのない傷のように、ジュネは自分の国を恨んでいた。しかし同時に、彼はシャルトルの大聖堂を深く愛していたし、またジェラール・ド・ネルヴァルには「かなわない」のだと言った。「かなわない」というのは、ジュネが「愛する」よりも好んで使った言葉だ。ある日、どういうことなのかもっと詳しく知りたいとわたしがこだわると、考えをまとめるためなのか、しばらく黙ったあと、ネルヴァルの一篇の詩を朗唱した。終えると、こう言った。「彼こそ、街灯で首をくくる気概のあったやつさ！」

わたしはジュネが、とくにくつろいで屈託がないときには、自分の思い出を語ってくれる、このような時間が好きだった。

ジュシューのジュネ

やはり一九七五年のこと。わたしはフランスの北アフリカ系労働者における感情生活と性生活の貧困に関して「社会精神医学」の博士論文を書きおえたところだった。のちに『究極の孤独』と題した論考になるものだ。ジュネはその研究を読んで、とても気にいってくれた。お世辞とは無縁の彼としてはこれ以上ないというほどに、わたしを激励してくれた。「とても有益で独自な研究で、きみよりまえには誰もしたことがなかった。出版されるべきだし、きみがいいなら、序文はわたしに任せてくれ。ガリマール社にもちかけてみよう」

わたしの博士論文の口頭審査は六月に予定され、ジュシュー通りにあるパリ第七大学の一室でおこなわれることになっていた。なぜかジュネは見届けたいと言いだし、それはどことなく、名づけ親が洗礼にたち会おうとしているかのようだった。彼は上機嫌で、審査の参観者たちと挨拶していた。わたしの友人のフランソワ・ボットも駆けつけてくれた。ジュネはボットと儀礼的に二言三言交わし、それから部屋の最後列の席に陣取った。審査委員たちが入室すると、ジュネに気づいて衝撃が走った。どうして彼がそこにいるのかわからず、わたしと同じくらいに動揺していたのだ。ジュネがこの部屋にいる。わたしは誇らしいと同時に、緊張した。抜かりなくやらなければならない、ジュネからも自分の論文を審査されることになるのだ。はじめてわたしはジュネにはかなわないという気にさせられ、錚々たる審査委員たちをさしおいて、わたしにとって重要だったのはジュネの意見のほうだった。論文を読んで、ジュネはタイプ・ミスをいくつか直してくれていた。とりわけその主題が彼の関心を惹きつけたのだった。彼はこう言っていた。「れっきとした男なのに、彼らには性《セックス》はあっても、性生活《セクシュアリテ》がない。ひとりの人間をその筋肉だけの、その労働力だけの存在にしてしまうなんて、恥知らずだ。身近に道で働いている移民が奴隷のように、物のように扱われているという事実に、フランス人ははじめて目を開かされるぞ」

万事滞りなく進み、和気藹々とした審査になったといってもよかった。ジェルメーヌ・ティリオン〔一九〇七－二〇〇八。民俗学者〕、クロード・ルヴォー・ダロンヌ、クロード・ヴェイユ博士、そしてわたしの友人でもあるロラン・ジャカール〔一九四一－。スイスの作家、評論家。精神分析に造詣が深く、『内面への亡命』（一九七五年）で注目を浴びる〕といった面々からなる審査委員会が審議のために退席すると、ジュネが立ちあがって、聴衆に向かって言い放った。「なんだって出ていくんだ？　満足していないふりなのか、それとも意見が割れているっていうのか。こんな猿芝居《セ・リゴロ》をしてどうなるっていうんだ、こっちに来て彼におめでとうって言えばいいのに！　笑わせるよ、大学のシステムってやつは！　はじめて知った、いつもこうなのか。妙ちきりんな制度だ！　笑わせるよ《セ・リゴロ》！」
論文指導教官であるクロード・ヴェイユ博士が講評をして、審査委員会はわたしの研究をきわめて高く評価したと言った。晴れてわたしは、「秀《トレ・ビアン》の評価を得た社会精神医学博士」になった。会場から拍手が起きる。閉会のまえに、今度はロラン・ジャカールがスピーチをした。そのすぐあとでジュネにいいスピーチだったと言われて、そのわたしのスイスの友人はおおよろこびだった。わたしたちは祝杯をあげるために小さなカフェに集まっていた。ジュネはうれしそうで、教授たちの格式ばった態度を皮肉り、彼らの真似をしてわたしたちを笑わせた。一九七五年六月のすてきな午後のひとときだった。翌日ヴィアンソン＝ポンテにそのことを簡単に報告すると、彼は言った。「見たかったな！　ジュネってやつは！」またフランソワ・ボットは『ル・モンド』に審査についての記事を書いた。クロード・ルヴォー・ダロンヌは、数年後、あの審査は脳裏に焼きついて消えることはないだろうと告白した。ロラン・ジャカールはといえば、いまでも、あのときのことをかけがえのない時間として覚えている。ジュネは触れるものすべてを揺さぶるのだ。

数日後、わたしは編集者を探しはじめた。友人であり、わたしのフランスでの最初の編集者でもあるフランソワ・マスペロ〔一九三二－二〇一五。一九五九年に自分の名を冠した出版社を創設〕には、理由を詳しく説明することはできないが、と断られた。わたしの理解では、個人的な事情もあったのだと思う。彼は自分の書店、自分の出版社とのあいだに抱えた問題で手いっぱいだったのだ。結局彼はそれらを手放すことにはなるのだが。それでも彼からは変わらぬ友情を伝える手紙をもらい、そこで彼は、わたしの論文を重要なものだと評価してくれていた。何はともあれ、わたしたちは友人のままでいたのだ。わたしはマスペロに対してつねに賞賛を惜しまずにきた。彼の公正さ、勇気が好きだったし、彼の情熱には敬意を抱いていた。そもそも、数年後、わたしが翻訳したムハンマド・ショクリーの『裸足のパン』を出版してくれたのは、ほかならぬ彼なのだ。彼の元妻で、「声《ヴォワ》」叢書をとり仕切っていたファンチータ・ゴンザレス・バトルが、わたしの詩のフランスでの最初の編集者となり、そのショクリーの本の出版にもたずさわってくれたのだった。

マスペロから断られたあと、編集者が恐れをなすその原稿をようやく刊行してもらうにいたるまでは、まさに茨の道だった。ストック社の編集長の反応はいまでも覚えている。「無理ですよ、いいですか、移民なんて売れません、健康な移民にだってみんな知らんぷりなのに、そういう人たちが彼らのインポのことを問題にしている本を買おうとしているところなんて、想像できないでしょう！　駄目です、あなたのメッカ巡礼の本をくださいよ、そのほうがずっと多くの読者をつかめます」

パイヨ社の叢書の責任者からは、ホモセクシャルの彼には同性愛についてのくだりが不満で、原稿を突き返された。ＰＵＦ〔フランス大学出版〕社では、わたしがその少しまえに『ル・モンド』紙にイスラエルの政策を批判する論説を書いていたために、文芸部の女編集長からの猛反対にあって出版できなかった。もちろんそのときは彼女もそういう理由で出さないとは言わず、その本のテーマがそれが入ることになる人文科学の叢書にそぐわないというのが、彼女の主張だった。断られて当時のわたしはずいぶんと落ち込んだものだが、本当の理由がそうだったとわたしが知ったのは、三十年余り経ってからだった。

　グラッセ社にも原稿をもち込んだ。記憶では、一週間後に返事をもらうということになったはずだ。原稿は開かれてさえおらず、わたしはそれを引き取った。

　フラマリオン社や、どこだったかもう覚えていないが、ほかの出版社からも断られた。だが、ジュネを深く傷つけることになったのは、彼が口をきき、序文を書く約束までしたのに、ガリマール社にも断られたことだった。彼は怒り狂い、セバスチャン＝ボタン通り〔パリ七区、ガリマール社の所在地。二〇一一年、ガリマール社創立百年を記念して、大部分が「ガストン・ガリマール通り」に改名された〕にねじこみにいこうとしていた。わたしはそれを押しとどめたのだが、そのとき、スイユ社に打診するのを忘れていたことに思い当たった。友人のロラン・ジャカールが原稿を、クロード・ドュラン〔一九三八－二〇一五。編集者、作家、翻訳者。一九六七年にはガルシア・マルケスの『百年の孤独』、一九七三年にはソルジェニーツィンの『収容所群島』を刊行した〕と一緒に仕事をしていた若い編集者ジャン＝バチスト・グラッセに渡してくれた。わたしは論文の表現を手直しし、クロード・デュランはそれを自分が担当している「戦い《コンバ》」叢書から刊行することを、わたしが小説を一冊書く契約にサインをするという条件付きで、承知した。ジュネの後押しがあったにもかかわらず、どうにか編集者を見つけるのに、一年半もかけずりまわったことになる。ジュネは業を煮やしていたが、本が出版されることになってよろこんでくれた。

『究極の孤独』は一九七七年に出版されるや好評を博し、ちょっとした波紋を引き起こした。「移民に対する見方が変わった」と認める読者もひとりならずいたし、あるご婦人などはわたしにこう耳打ちした。「あの人たちも性の問題で悩むことがあるなんて、知らなかったわ！」リヨンの移民社会で精力的に活動しているクリスチャン・ドロルム神父〔一九五〇－。リヨン司教区の司祭。宗教間の、とくにイスラム教との対話に熱意を注ぐ〕からは、手紙をもらった。その本が、なかなか話してはもらえない問題について理解するのにどれだけ助けとなったかわからない、というのだった。その手紙をジュネに見せると、彼は言った。「これが神父だっていうのは確かかい」

人種主義

一九八二年十一月、フランス人の芸術家アントワーヌ・ド・バリが連絡してきた。蚤の市で見つけた箱に、フランスが北部の炭鉱労働のために雇った移民たちの薔薇色の身分証がはちきれんばかりに詰まっていたとのことだった。彼はそのカードの展覧会を開催するつもりで、順次フランスを巡回する予定の『断絶』と題したその展覧会のために、わたしには詩を書いてもらいたいし、またジュネも何か書いてくれるようにわたしから説得してもらえないか、というのだ。その身分証を何枚か見せると、ジュネは憤懣やるかたないといった様子で言った。「いまこれを世に出すのは何よりだ、フランス人は、男たちが戦争に行ってしまってからどうやって移民がかき集められたのかを知るべきだ」。ジュネが好意的な反応を見せることはわかっていた。ジュネは申し出を受け、すぐに執筆にとりかかった。

わたしは「入荷」という詩を書いた。ジュネは、一九四〇年作成の一枚の身分証を選び、それについて次のように書いた。

「身分証一一五五番はサラーフという名のモロッコ人労働者のもので、わたしがパリで生まれた年、一九一〇年にモロッコで生まれた。〔……〕人種：モロッコ。種という概念、少なくとも人類における人種という概念は、一九四五年に放棄されるはずだ。すると、一九四〇年には、人種としてモロッコだけが残っていたのか。〔……〕右手親指の指紋と左手親指の指紋が署名代わりだ。だが、親指を使ってであれ、どうしてその身体特徴一覧に署名したことになるだろうか、字を知らない彼には記載されていることが何ひとつ読めなかったというのに。手帳〔身分証には「個人手帳」が対になっていた〕を開けば、わたしたちには縁のない語彙を知ることになる。「シャーシーヤ〔アラブ人やアフリカ駐屯兵が用いた円筒形の帽子。アラビア語〕」、「タルブーシュ〔トルコ帽。アラビア語〕」、「シルワール〔ゆったりとしたアラブ風の婦人用ズボン。アラビア語〕」、「ドゥール〔北アフリカの遊牧民のテント村。転じて部族。アラビア語〕」、「ガンドゥーラ〔アフリカ北東部で外套の下に着用する袖無しの衣服。アラビア語〕」、「アンディジェーヌ

〔原住民。フランス語〕」……。〔……〕ご覧のとおり、手帳と身分証は薔薇色である。世界地図の上に塗られてフランス植民地帝国を示していたあの薔薇色と同じ、薔薇色である」〔「登録番号一一五五」、『公然たる敵』所収〕

これらのカードにはおぞましい何かがある。それは技術として、また倫理の面でも、植民地帝国の構造的人種主義と呼応するものだった。北アフリカ系労働者の初期の徴募は、家畜の買い入れを手本にしていた。医者が筋肉を触診し、歯を検査し、虚弱者は除外される。そういったことはそれまで一言も語られてこなかったことだ。しかし、ジュネにかぎっては、植民地主義的行為の基盤をなす野蛮を熟知していた。

彼はわたしの前でよく、セネガル人労働者の境遇を話題にした。ジュネが志願兵としてまずはシリア、それからモロッコに赴いた（一九三〇－一九三一年）のも、それが彼にとって「いろんな国を見てやろう」とするひとつの手段だったからだし、またそうすれば男だけの社会で生きることにもなったからだ。ミデルトそしてメクネス〔いずれもモロッコの都市〕で、ジュネは植民地部隊に属し、フランス人が「原住民」に対してどのようにふるまうのかを目撃した。もちろん、当時の彼は、数年後には誰もが彼のなかに認めるようになるあの憤怒の力に突き動かされていたわけではけしてない。彼は二十歳で、性の「めくるめく陶酔」の探求がまだ何よりも重大な関心事だった。だが、彼の記憶にはいくつかの情景が焼きつき、五十年を経ても蘇ってくるのだ。なぜそうたて続けに兵役志願したのか。なぜ軍隊なのか。それは好き好んでそうしたというよりも、むしろ逃避のようなものだった。家族もなく、係累もなく、どの場所、どの歴史にも根づくことを望んでいないジャン・ジュネは、冒険家であり武器商人であり、そして詩人でもある、アルチュール・ランボーの跡をたどったのだ。ランボーもまた、この世に生まれ落ちたその日からフランスを傷だと感じていたがゆえに、その国から遠ざかっていった。ランボーについてもジュネは話してくれた。柔らかい光に包まれた、穏やかな午後のことだった。リュクサンブール公園だった、モンパルナスのほうへ向かうのにわたしたちはよくそこを抜けて行ったのだ。ジュネはわたしに、ネルヴァル、『東方紀行』のネルヴァルの次に彼にとってもっとも「かなわない」詩人がランボーだ、と言った。わたしは返した。「ランボーを前にしたら恥ずかしくて顔が赤くなる?」「いや、まともに見られないで目を伏せるよ」

ジュネはよく、フランスが領土内の「原住民」たちに対してどれほど「人種主義的で不公正」にふるまってきたのかを語った。フランス植民地軍での経験こそが、彼の社会問題をめぐる行動の根に、人種主義、あらゆる人種主義に抗するその執拗な戦いの根にある。彼の口からあれほどしょっちゅう飛び出してきたフランスへの憎悪も、そこに由来していたのだ。一度ジュネが、ヒトラーとフランスに関して、わたしには奇異に思える発言をしたのを覚えている。彼はわたしにこう言った、その声はまだわたしの耳に残っている。「フランスの、教会の長女の、降伏を知ったとき、わたしはうれしかった、天にも昇る心地だった。いい気味だ、ヒトラーがフランスを這いつくばらせたんだ、隠すつもりはない、それはわたしをよろこばせた……。いいかい、わたしは人殺しだ、ドイツ兵を、鉛の兵隊〔ミニチュアの兵隊〕を殺す人殺しだった、大きくて、強くて、若い男たちを殺している自分の姿を思い描いていた、フランスの名のもとに殺すんだ、もういい、もう十分だと言われるまでやめやしない！　そう、きみの目の前にわたしはこうしているが、きみは知らないんだ、わたしが何百万人ものやつらと同じ人殺しのひとりだったことを……想像はとめどなくあふれて、わたしは気狂いじみた戦いに身を投じていた、だからわたしはうれしくてたまらなかったんだ……」

　彼の言っていることにいささかついていけないものを感じ、わたしはそれを彼のなかで妄想が膨らんで思考が働かなくなったためだと考えた。周りの人間にそのことを話すと、友人たちはこう忠告してくれた。「なあ、挑発はジュネの専売特許だ、言うことを真に受けるなんて禁物だよ」。『葬儀』を読んで、わたしはジュネがその「歓喜」に与える意味を理解した。わたしの前ではヒトラーやムッソリーニを賛美しているなどとは一度も言わなかったが、しかしジュネは、さまざまな、ただし、かならずしもはっきりしてわかりやすいわけではない理由から、フランスを心底恨んでいた。憎悪といってよいものが彼に宿っていた。決まった相手への憎悪というよりも、むしろ、両大戦を通じてのフランス国家というもの全体に対する憎悪だ。別の機会にも、彼はすでにそれをわたしに打ち明けていたことを忘れたかのように、こう言った。「学校でわたしたちはドイツ兵を魔法のように殺す仕方を習った、わたしは兵隊を何百人も殺して、おかげで十二歳にしてもうわたしは殺人犯だ」

ジュネの言葉は解釈しがたいことがよくある。正直に言って、わたしは彼が言うことに一度ならず面食らったものだ。真に受けたらいいのか、それとも空想や皮肉から出た言葉だと考えるべきなのか、わからなかった。いずれにせよ、ジャン＝ポール・サルトルの評論『聖ジュネ――演技者と殉教者』を読みはじめていた（読んでうんざりした）からといって、正解が見つかるとか、疑念が多少なりとも解消されるとか、そういうことにはならなかった。

アドリアン・ラロシュが強調するように〔Hadrien Laroche, *Le Dernier Genet* (1997), éd. revue et augmentée, Flammarion, 2010を参照〕、「真の祖国、あらゆる祖国は、ひとつの傷である」、とジュネも明言している。わたしはその考えを、ジュネの別の考えと結びつけてみたくなる。「大きな不幸を知らなければ芸術家ではない」。この「大きな不幸」のことをジュネは幾度となく語ったが、その「地獄下り」がもっとも明らかで、望まれ、求められ、そして、それが極限、ジュネは何かに極限があることを認めず、その極限まで余裕があるという状況に甘んじることはしないのかもしれないが、それが極限まで生きられているのは、おそらく『泥棒日記』においてだろう。しかも、その考えは最後まで彼にとり憑いて離れなかった。『恋する虜』で、自分の死期を悟りつつ、ジュネはこう書いている。「境界に近づくあらゆる人間は、当人がどう言おうとも、ジャコバン主義的であることをやめ、マキャベリになるのだ、辺境《マルジュ》＝余白はそこで全体性が可能となるような領土上の場所でありつづける、とまであえて断言しないにしても、領土の余白を押し広げていくことはひょっとしたら人間的なふるまいなのかもしれない……」

そのように不明瞭や矛盾や隠喩や、ほかの挑発や、そういったことが多々あったにもかかわらず、わたしはこう言おう、断言する、わたしの知っていたジュネは断じて人種主義者ではなかった。政治的に正しく《ポリティカリー・コレクト》あろうとしてそう言うのではない、倫理的な観点から言うのでも、彼に媚びて言うのでもない、そうではなくて、ジュネの思考の、ゆらめく、そして強靱なその構造には、人間を下劣と凡庸に向かわせる思考である人種主義が入り込む余地などまったくないということなのだ。彼にとっての問題はつねに政治的かつ個人的なものであり、道徳や人種にかかわるのではなかった。ブラックパンサーの陣営に加わることを許された唯一の白人となったとき、ジュネは誇りに感じたが、しかし黒という色を白に対する何らかの優越性とはしなかった。一九七一年三月のジョージ・ジャクソンについての声明で〔「ジョージ・ジャクソンのために」、『公然たる敵』所収〕、ジュネは「黒人を救うために、犯罪を犯そうではないか、白人どもを殺そうではないか」と訴えたが、考えてもいないことを言ってしまっていて、そんな挑発は口が滑ったではすまない重大な過ちだ。もっとも当時は誰も、とくにジュネが擁護していた当の闘士たちは、それを真に受けなかった。幸い、パレスチナ人の側についたときには、ユダヤ人に対して同じ過ちを繰り返すことはなかった。そんなことをしていたら、それは心の底で考えていることをとりかえしのつかないほど裏切る事態であり、パレスチナの戦いにも計りしれない損害をもたらしていただろう。

ジュネがパレスチナ人に味方して行動したのは、「親アラブ」と言われる西洋人の何人かがそうであるように、自分のうちに抑圧されている反ユダヤ主義を行使するためではなくて、自分は、自身の個人史からすれば、土地をもたざる者たちの側に立つほかはないと考えていたからだった。そもそも、彼が好んで言ったように、パレスチナ人がみずからの国家や軍隊や警察をもつようなことになれば、ジュネの彼らに対する関心は失せてしまうだろう。「土地なき民」は「家族なき子」に等しいのだ。

政治の領域から離れるときに彼がとった方法は、自己への回帰、彼がジャック・リゴー〔一八九八－一九二九。作家。ダダイズムに参加し、三十一歳で自殺した〕のように死や自殺と一緒にボタン穴に挿してもち歩いていた孤独への回帰である。姿を隠し、引きこもり、自分の言葉の相手はそれを読む者たちに任せてどうにかしてもらう。不誠実さの究極の、狡猾なかたち？　たぶんそうなのだろう。彼はときに、自分の得にはならない衝突を避けるために、うまくはぐらかしたり、極端な言葉を使ったりした。それはゲームだったのだ。ジュネは笑みを浮かべながら、あるいははじけるように笑いながら、そのゲームをしていた。こういったことすべては、ジュネがドイツのジャーナリスト、フーベルト・フィヒテとおこなった重要な対話の、最後の数行に集約されている。「わたしはもう自分にはそれほど関心がない〔『公然たる敵』に収められている対話にはこの一文はない〕。誰かに何かを言おうとしても、できない。ほかの人間に向かうと出てくるのは嘘だけだ。ひとりのときなら、ひょっとしたら少しは本当のことをしゃべっているのかもしれない。人と一緒だと、嘘をつく。言うべきことからはずれてしまう」〔「フーベルト・フィヒテとの対話」、『公然たる敵』所収〕

恩義

わたしがジュネに負っているものは、計りしれない。だが、彼がわたしに与えてくれたものは、わたしたちの出会いの最初から、彼自身も知らぬうちにわたしに伝授してくれたものだ。まずは、本質的なこと。謙虚さだ。若い作家だったわたしはジュネのそばで、けして「うぬぼれた顔」をしないことを、日の当たる場所と引き替えにパリの文壇の「御用アラブ人」にはならないことを、学んだ。さらにわたしは彼から、賞賛やへつらいに用心すること、自分の書いているものの限界に意識的であること、成功を至上の価値として追い求めるような真似はしないこと、またとりわけ、他者に関心をもち、他者に耳を傾けて、できうれば救いの手を差しのべることを、学んだ。そして最後には、書くことにおいて妥協せず、厳密であることを学んだ。一九七七年の五月のある日、わたしの三作目の小説『気狂いモハ、賢人モハ』〔澤田直訳、現代企画室、一九九六年〕の原稿を彼に渡したときのことを覚えている。彼はそれをすぐに読んで、重要な二、三の助言をしてくれた。ジュネは言った。「書くときには、読者のことを考えるんだ、自分から手を差し出すか、でなければ読者の手をとるんだ。いいか、読者にはきみについていく義理はない、いつでもきみの手を離してどこかに行ってしまえる。だから、読者とはともにいることが大切だ、いがみあうのはよくない。無駄口はやめろ、気どってはだめだ、自分では気にいっても、読者を置いてきぼりにしてしまうような難しい言葉は使うな、ただしだ、読者を猫かわいがりしろっていうんじゃない、ちがう、率直になって、読者に物語を語るんだ、たとえそれが残酷だったり、不愉快だったり、あるいはたんにおそろしいものだったとしても……。もちろん、自己満足に浸るなんて論外だ！　それから、「詩情《リリスム》」と呼ばれるものにも気をつけてほしい。ひとつの行為やある人物の美しさを言うのに、内に湧きあがる唄を言葉で表現する以外に方法がないのはわかっている。だが、その唄は正当なものでなければならない、わたしの言いたいのは、すべての英雄的行為が美しく、したがって詩的形式で表されるなどと思い込まないように注意しろ、ということだ」

彼は手を入れるべきページ、そしてとくにつなぎ部分を挿入することが必要な箇所を指摘した。ジュネは、出世欲に燃えるひとりの若者が、息子に神の加護あれかしと願う母の言葉を録音した小型テープレコーダーをもち歩く場面に、惹かれていた。その録音を自分を徳高い男だと見せたいときに使う息子は、商売のために宗教を利用する、ぺてん師同然の男、偽善者だった。わたしは「詩的《リリック》すぎる」と自分で判断した数ページを削り、貴重な批評をしてくれたジュネに感謝した。その批評は今日もかわらずわたしの力になってくれている。かくして、何かを書きはじめるとき、わたしはあらためて彼のまなざしを、彼の声を、彼の影を思うのだ。

一九七八年九月、『気狂いモハ、賢人モハ』刊行。巻頭から長々とカサブランカの警察署での拷問の場面があり、また現体制がモハによって容赦なく告発されているために、モロッコの検閲当局に数か月間待ったをかけられた末でのことだった。そのことをジュネに話すと、彼は言った。「検閲官の長に会いにいって、モロッコが民主主義と自由の国だっていうことを思い出させてやればいい、やつも自分の国の評判にたがう真似はできないから、見てるがいい、それで発禁をとりさげるさ！」わたしがジュネの助言どおりにすると、『気狂いモハ、賢人モハ』はようやくモロッコの書店に置かれることになり、そしてよく売れた。当時の検閲官は、知識人で、ランボーのアラビア語訳者でもあった。無教養な、作家に対して敬意のかけらもない警察官のひとりではなかった。彼にジャン・ジュネのことを話すと、彼はジュネに会ってほんのちょっとでいいから挨拶をすることはできないかと訊いてきた。ジュネにそれを伝えたところ、彼は驚いて、そして言った。「検閲官と握手？　いやだね」。わたしは、彼の反応を見たいばかりに、こうつけ加えた。「だけど、いつかきみの友だちのムハンマドのために情報省［内務省に属していた］の誰かの力が必要になることがあれば、彼が助けてくれるかもしれない……」ジュネは考えて、そして笑みを浮かべた。「ふむ、ムハンマドのためなら、会っておくか！」その訪問は実現しなかった。

わたしには彼の文学作品や現在執筆しているものについて話題にすることが禁じられていたといってもよかったのだが、ジュネのほうは、わたしがいま何を準備しているのかをちょくちょく知りたがった。ずいぶんと妙な話だが、わたしたちの関係からして妙だったのだ。まぎらわしくないようには、彼がすぐにしてくれた。ある朝わたしにこう言ったのだ。「きみは男とセックスしたことはないな、わかるよ、関心なしだ、ちがうかい！」わたしがたしかに女しか好きではないと答えると、金輪際その質問をされることはなかった。わたしたちのあいだには少なからず慎みがあって、性に関する問題にはけして触れることがなかった。ジャッキーやアメッドやアブドッラーの話をするとき、ジュネは自分の「愛人」とも「恋人」とも言わずに、たんに名前で呼んでいた。

それとはかなり趣の異なる関係をジュネが近しい人たちともちえていたということを、わたしは最近になって知った。彼が「ファニータ・ラ・マリコーナ〔おかまのファニータ〕」と呼んでいたファン・ゴイティソーロへの手紙で、ジュネはたとえばこう書くことができたのだ。「ギリシャ人？わたしは日に四、五人を草の上に腹ばいにはべらせている。美しい尻、美しいペニス、みごとな毛並み、美しい目、美しい舌、あの舌がわたしの雁首を行ったり来たりするんだ、ああ、たまらん！」（エドマンド・ホワイトによる）

ある日ジュネに訊かれたことがあった。「きみの考えでは、いちばん女性的なのはどの民族だと思う?」わたしからすれば、それは地中海の民族でしかありえなかった。わたしは答えた。「ギリシャ」。「ちがう」と彼は言った。「わかってないな、いちばん女性的な民族は、ドイツ民族さ！　野蛮人だが連中はすぐに服従する、ヒトラーにどうやって従ったか見てみるがいい、でかくて強くて筋肉がもりもりであればあるほど、自分を女と思わせようとするのが好きなんだ。ホモセクシャルだったヴィスコンティにはそれがちゃんと理解できた。それをテーマにした、いい映画を撮っている、たしか『地獄に堕ちた勇者ども』っていう題だ」

わたしが彼と交わした会話のなかでも、これはもっとも不思議な部類だ。わたしにはそれについて何も言うことはなかった。ある民族が女性的とか男性的とかいうことはない、と指摘することはできたかもしれない。しかしわたしには、そんな議論を進めていっても、おもしろくもなんともないままに終わるだけだろうと思えたのだ。ジュネはときに、わたしにはなんの役に立つのかわからない質問を投げかけてきた。

ライラ

その同じころ、わたしは、ユダヤ系モロッコ人作家のエドモン・エル・マレ〔一九一七―二〇一〇。ジュネについて *Jean Genet, le captif amoureux, et autres essais* (Grenoble, la Pensée sauvage ; Casablanca, Toubkal, 1988) を刊行している〕とその妻、哲学教授でヴァルター・ベンヤミンの専門家であるマリー＝セシルという、友人夫妻と親交があった。彼らはパリのモンパルナス大通り一一四番地に住んでいた。わたしは若いレバノン人女性ディマに恋をしていて、彼女はライラ・シャヒード〔一九四九―。パレスチナの人類学者、外交官。一九七〇年代からパレスチナ問題解決のために精力的に活動し、一九九四年にフランスにおけるパレスチナ代表、二〇〇五年にはEUにおけるパレスチナ代表に就任している〕の親友だった。彼らはみんなわたしがジュネと出会ったことを知っていて、彼と会いたがっていた。エドモンは料理が大の得意だった。彼が昼食会をしようと提案した（ジュネはけして夕食をとらなかった）。わたしたちは日をあらためて一一四番地の最上階に顔を揃えた。エドモンとマリー＝セシルはおどおどしている。彼らはジュネがくつろげるようにとあれこれするのだが、ジュネときたら、退屈で、来たことをなかば後悔しているといった様子をあからさまに見せているのだ。質問にはまともに答えず、そっぽを向いて、葉巻を吸い、一言も発しない。が、それもライラが到着するまでのことだった。ジュネは顔を笑みでぱっと輝かせて立ちあがり、大きく腕を広げた。情熱にあふれ、秀でた知性をたたえた類いまれなる女性ライラ・シャヒードは、こう言ってジュネに自己紹介をした。「わたしはパレスチナ人で、あなたのヨルダン警察とのもめ事は存じあげていますし、それにPLOの雑誌にお書きになった「パレスチナ人」という記事は読みました」。ジュネは答えた。「あれはアラファトの注文ですよ。彼に書いてくれと頼まれて、書いたんだ」

そこからのジュネは、ライラのことしか目に映らず、ライラの言うことしか耳に入らなかった。ディマにはおざなりに挨拶をしただけだったし、食事にはほとんど手をつけなかった。エドモンは羊の肩肉とバスマティ米を料理してくれていた。ジュネとエドモンのあいだには交流がまったく生まれなかった。わたしはジュネを無礼だと思った。鼻もちならないふるまいをするなら、どうして招待を受けたりしたのだろう。わたしは腹がたったが、幸いにもジュネがライラと出会ったことで、わたしもそのいたたまれない時間を忘れることができた。

ディマは二〇〇七年に、ジュネにおける罪の概念とドストエフスキーにおけるそれを比較する、『ジャン・ジュネの罪』（スイユ社）〔Dominique Eddé (Dima), *Le Crime de Jean Genet*, Le Seuil, 2007〕と題する論考を出版した。ジュネが彼女をどう見ていたかということについて、当時を思い出しながら、彼女はこう書いている。「ジュネはわたしをディマと呼んだ。ジュネが口にすると、解体され、しかし一息に発せられるわたしの名前――ディマ――は、命令ではない命令のように、何かのギャグのように響いた。わたしはそれが好きだった。わたしはいつも、ジュネが何をするにしても、どんな考えを言うにしても、そこには一石二鳥の効果がある気がしたものだ。一方では鉄の規律を感じさせ、他方では冗談やいたずらだと思わせるのだ。彼は苦もなく、鳥にだって気をつけの姿勢をとらせただろう。わたしにはまた、この奇妙な特権――彼と面と向かって対話できるということ――を享受している得がたい幸せが、いつ終わってもおかしくないということもわかっていた。わたしは、ジュネから見れば「不浄」なアラブ人で、キリスト教徒として生まれたうえに母親がフランス人とのハーフであるという二重の「ハンディキャップ」を背負っていた。わたしの「白」の部分が彼には目障りだったのだ。さらに悪いことに、じつに悪いことに、わたしは、パレスチナ抵抗運動の政治機構をほかの政治機構と同様に批判することのできる権利を主張していた」

昼食会の翌日、ジュネはライラを紹介してもらったことをわたしに感謝したが、「キリスト教徒の女」には一言も触れず、エドモンに関しては、あの男がどうしてあんなに食べるものにこだわるのか理解できない、と言った。わたしは、エドモンは自分を百パーセント、モロッコ人だと感じており、全面的にパレスチナ民族の側に立っているつもりだ、と弁護したが、ジュネは言い返してきた、そのころわたしが気づきはじめていたあの悪意を発揮して。「オーケー、アラブ系ユダヤ人で、モロッコ人でいい、だがやつはユダヤ人を裏切ったか。いいか、アブラハム・セルファティ〔一九二六－二〇一〇。ユダヤ系モロッコ人。国王の権力強化を図るハサン二世治下、反体制派を主導し、一九七四年に逮捕されて、一九九一年までの十七年間を獄中で過ごした〕と同じさ、セルファティもモロッコの刑務所にいるが、シオニズムを裏切ったことはない。遺作『恋する虜』の冒頭で、彼はこの裏切りの問題について長々と論じることになる。「「どんな人間であれ、パレスチナ人でないならば、パレスチナのためにたいしたことはできない。そういう人間は、自由にパレスチナから離れて、たとえばコート＝ドール県のディジョンのような、どこか平和な場所に行ける。フェダイー〔「みずからを犠牲に捧げる者」の意で、パレスチナ人戦士を指す。複数形は「フェダイーン」〕は勝つこと、あるいは死ぬこと、さもなければ裏切ることから、逃げられない」。〔肝に銘じておかなければならない第一の真理だ。〕PLOの指導部にはひとりだけユダヤ人が、元イスラエル人が、いる。イラン・ハレヴィ〔一九四三－二〇一三。ユダヤ系パレスチナ人。『パレスチナ研究誌』の創刊者のひとり〕だ。PLO、パレスチナ人は、彼について何の不安も抱いていない、ハレヴィがシオニズムと訣別しているからだ」

　エドモン・エル・マレとアブラハム・セルファティは、みずからのユダヤ性を裏切らないがゆえに、ジュネによって断罪されていたのだ！　ジュネは彼らに何を求めていたのか。彼らは一点の曇りなくパレスチナ人の味方であらねばならないが、それのみならず、自分のうちにある「ユダヤ人」を「殺す」ことをしなければならなかったのだ。そこまでの徹底した要求にわたしは面食らい、ジュネに向かってそれ以上ふたりの擁護をすることはできなかった。ジュネのパレスチナ人との共闘は、ブラックパンサーの場合もそうだが、神秘主義の次元にあった。ジュネは彼らをすべての上に置き、彼らに対するいささかの批判も許さなかった。彼の考え方と態度は、闘士たちの、積極的に連帯を築こうとする伝統的な傾向に沿うものではなかった。彼は全面的に荷担した。ひびひとつ入ることはなかった。そもそも、パレスチナ人はこの独特な連帯の隠された意味を、理解していたのだろうか。人には、とくにパレスチナのフェダイーンには話すことのない彼の過去のことや、一九六〇年代からおこなってきた政治参加のことからするに、ジュネはそれまでの人生における大きな欠落を埋めようとしていたのだ。そういう欠落をたくさん作りすぎて、政治よりも冒険と旅が第一だった年月を消し去ることができずにいた。パレスチナ人についてはどのような留保も口にすることは許されなかった。しかし、根本では、わが友エドモン・エル・マレも同じで、彼だってモロッコに対するどんな些細な批判も耐えられなかった、公式のモロッコではむろんなく、彼の心の奥にある、彼だけの、彼が宝のように、澄んだ聖なる水の湧く泉として自分のうちに秘めているモロッコのことだ。

わたしはジュネに、イスラエルのスパイとなっているパレスチナ人もいることを指摘した。連中は最悪の裏切り者だ、正確で重要な情報を与えて、それをもとにイスラエル軍や秘密情報機関がほかのパレスチナ人を殺すことになったからだ。怒りがこみあげてきた。すると、ジュネは足を止め――わたしたちは河岸を歩いていた――、言った。「革命には裏切る者と裏切られる者がつきものだ。パレスチナ人が内輪もめして殺しあうのは不思議じゃない」。ジュネは裏切りと敵との内通という問題を避けようとしたのだ。わたしはその答えに唖然とした。その驚きを伝えようと、わたしは彼に言った。「イスラエル人で国を裏切るやつなんてひとりだっていないよ。二、三人、スパイはいたが、すぐに正体がばれた」

それでも、裏切りの問題はしばしばわたしたちのあいだで議論の的になったし、また、ジュネのテクストでも繰り返し触れられていて、そこでは裏切りは、反逆、背反、断絶、あらゆる秩序の拒否と同義である。しかし同時に、ジュネは裏切りに、より卑近な次元の意味を与える。裏切りとは自分を信頼している人間を裏切ることだというのだ。彼は『泥棒日記』でこう書いている。「わたしがはじめて（少なくともわたしはそう思っている）、自分が盗んだ相手の深い嘆きを目の当たりにしたのは、軍隊でのことだった。兵隊から盗むというのは裏切るということだった、自分と盗む相手の兵隊を結ぶ愛情の絆を断ち切ることになるのだから」。さらに先で、恋人であり共犯者である（「崇高で下劣な」）男とバルセロナに波乱の滞在をしたあとで、彼はタンジールを夢見る。「わたしはタンジールに向かう船に飛び乗りたかった。映画や小説では、その街はおそろしい場所に、山師たちが世界中の軍隊の機密図面を闇取引する賭博場のような場所に、なっていた。スペイン側から眺めていると、わたしにはタンジールが伝説の都市に思えた。それは裏切りの象徴そのものだった」。さらに、やはり同じ本のなかにこんな一節がある。「アルマンを裏切るという考えに、わたしは天啓のように打たれていた。わたしは彼のことを心底恐れ、そして深く愛していたので、彼を欺きたい、彼を裏切りたい、彼から盗みたいという欲求を抑えることができなかった」。裏切りはジュネの一生を通じた強迫観念となるのだが、ヨルダンで、パレスチナ人と対峙しているフセイン王の兵隊を観察するジュネの脳裏にも、その問題があらためて浮かんでくる。『恋する虜』のなかで彼はこう書いている。「「向こう」に渡りたいという誘惑、それはすでに、単一の直線的な確信——すなわち不確かな確信——しかもちあわせていないことへの不安である。敵だから悪人なのだと想定できる他者を知って戦いは始まるのだが、同時にそのおかげで、戦闘員たちの体は激しく絡みあい、ふたつの主義もまるごともつれあって、一方がときには他方の影に、ときにはその等価物に、ときには新しい夢想、錯綜した——解きほぐすことができないほどに？——思想の主体と対象になる。「翻訳する《トラデュイール》」必要の下に、さらに透明な、「裏切る《トライール》」必要を、どうにか見定めようではないか、そうすれば裏切りの誘惑には、おそらく官能の陶酔に比肩するような、豊穣しかないことがわかるだろう。裏切りの恍惚を知らない者は、恍惚について何も知らない。裏切り者は外にではなく、めいめいのなかにいる」

ある日ジュネと一緒のときに、フランスで「解放」後に、サッシャ・ギトリやアルレッテイやセリーヌや、ほかの何人かの、対独協力をして、結局銃殺されてしまった者もいた、そういう著名人たちに起きたことを話題にした。彼はおどけた調子で、まじめに議論するのはご免だと言わんばかりに答えた。「連中を裏切り者って呼ぶのかい。ちがうな、そうじゃない、裏切るっていうのは」

戦時中、ジュネは盗みで何度も投獄され、そのあいまに旅をしていた。『泥棒日記』のなかで彼は、「［彼の］目には残虐の象徴となって」、「法の埒外に存在する」ドイツでは盗みを働きたくない理由を、こう語っている。「こいつらは泥棒民族だ、とわたしのなかの何かが察知していた。ここで盗みを働いても、自分独自の行為、自己実現を少しでも可能にしてくれるような行為を、なんら果たすことにはならない。通常の秩序に従っているだけだ。秩序を破壊することにはならない。悪事を犯すことにはならず、波風ひとつ立ちはしない。スキャンダルは不可能だ。わたしの盗みは空振りに終わる」

盗みは裏切りを準備する。しかしながら、ジュネが、たとえば〔ロベール・〕ブラジヤックや、あるいは〔リュシアン・〕ルバテなどがそうしたように、フランスの文学界から永久追放されてしまうような一歩を踏み出すことはけしてしてないだろう。彼は「裏切り者」だったが、「対独協力者《コラボ》」ではなかった。対独協力者であったとしたら、それは彼にとって許しがたい恥辱となっただろう。友を裏切ることはできるが、敵を裏切ることは絶対にできない。ジュネは敵と自分なりのやり方で戦ったのであって、ナチス・ドイツの計画に惹かれることはなかったし、関心さえもたなかった。実際、ジュネにとってヒトラーは、同時に「警察と犯罪の権化」であったのだ。

わたしとのさまざまな会話のなかで、ジュネは自分の裏切りへの情熱――「好奇心とめくるめく陶酔」――を、書くことへの欲求から解説しようとした。「わたしは泥棒だった、なまくらな泥棒さ、しょっちゅう捕まったからな、だが、詩のためには盗むという行為を裏切らなければならなかったんだ。だからこそ、わたしがよく言うように、書くことは裏切ったあとで人がもっている最後の手段なんだ。口で交わす約束の言葉を捨てるときに人に残されるものだ。刑務所から出るために、あるいは家族がないっていうことを忘れるために、書くんだ」

彼が「家族という社会単位《セリュール》＝独房は犯罪的だ」と主張していたことをわたしが指摘すると、ジュネはこう答えた。「ああ、家族がいるということは、たしかに、手近に犯罪の源泉があるということでもある……わたしが言いたいのは、同じ家族同士で仲よく殺しあうこともあるっていうことだ……。わたしには家族がいなかった、だからその手の問題を解決しなければならない羽目にはならなかったのさ！」

わたしはそういう「不幸な結末」は理解できないと言った。彼はわたしをじっと見て、答えた。「そうだろう、きみが家族と一緒にいるところを見たから、きみの言うことはわかる、きみの家の人たちは犯罪などしようとは思わない、ハムザの母親と同じだ、ただハムザは戦士だがね、けれど彼は母親と戦っているんじゃなくて、母親の家を占領しているやつらが相手だ」

ムハンマド

ジュネの最後の友で、おそらくは最後の恋人でもあるムハンマド・エル・カトラーニーとジュネとの関係をどのように理解するべきか、わたしは長いあいだ迷ってきた。愛情？　それとも友情？　それを知ることは不可能だ、このような関係の隠された意味を解き明かすことは困難なのだ。わたしがここでふたりの関係について語るのは、わたしも最初から最後までそれに関わりをもつことになった話だからである。

ジュネの口からはじめてムハンマドのことを聞いたのは、一九七四年の夏、タンジールの〈カフェ・ド・パリ〉だった。彼はフェズからの帰りで、わたしにムハンマドとの出会いを次のように語った（実際には、ふたりが知りあったのはタンジールで、フェズではなかったのだが、ムハンマドはフェズ近郊の出身だったから、その生地と混同したのかもしれない）。「夜明けだったか、すでに朝日が出ていたのか、覚えていないが、わたしはもう起きていて、ホテルにじっとしていたくはなかった。メディナ〔旧市街〕をぶらつくために外に出たんだ。通りには人気がなかった。店を開ける準備をしている露天商がぽつぽつといるだけだった。パン屋が窯に火を入れていたり、ベニェ〔揚げパン〕屋が油を熱したりといった具合だ。わたしは、日中は人でごった返しているこの街が、こんなふうに閑散としているのを見るのが好きだった。ふいに一個の体が、ある店の戸口のところで眠っているひとりの男が、目にとまった。見ると、頭を手で覆い隠し、その手は大きくて美しく、黒髪で、体つきはやせて細かった。わたしは足を止めて彼を観察し、眠っているのを眺めていた。彼は動かない。ふとわたしはその肩に手を伸ばし、しかし触れるのをためらった。目を覚ましてほしかったが、乱暴に起こしたくはなかった。そこでそっと触れてみると、彼は、警察か店主が来たと思って、飛び起きた。わたしを見て、彼はほっとした。わたしの顔はおまわりの顔、そんな顔をしたことは一度もないが、そういう顔じゃなかったし、店主の顔でもなかった。わたしはアラビア語で言った。「おはよう《スバー・ハル・ヘイル》、ベニェを食べにいこう」。彼が立ってみると、わたしの目の前に現れたのは優雅な美青年で、身長はそれほど高くないが、生まれもった気品を感じさせ、褐色の肌に黒い目をして、そのまなざしには無垢の光が宿っていた。彼はおびえていた。どこからか逃げてきたのだとわかった。わたしには逃亡中の人間は、ぴんと来る。彼は少しフランス語を話せた。わたしたちはふたつの言語でどうにかやりとりをした。そこは隣がパン焼き窯で、つまりハマム〔公衆浴場〕のそばだった。彼はわたしに言った。「風呂に入ってきます、待っていてください」。わたしはあたりをひと周りしてから、彼を迎えに戻った。ふたりでメディナを出て、ジュルード門で店に入ってたっぷりとした朝食をとった。彼は腹を空かしていた。わたしはカフェ・オ・レを飲み、それにパンを浸して食べた。彼は自分のことを話してくれた。喧嘩沙汰を起こしたあとで、軍隊に入ったが、気が変わり、外出許可の期限が過ぎても兵舎に戻らなかったのだという。それからは、憲兵に見つかってしまうのでもう両親のところに帰るわけにもいかず、フェズの街をうろついていたのだ。わたしは思った、わたしとそっくりだ。この若いのは反逆児だ、ならばわたしは彼を助けよう、面倒をみよう。わたしは彼のために自分の安ホテルに部屋をとり、服を買い与え、そして彼をモロッコから出国させることに決めた。彼はもちろんパスポートをもっておらず、パスポートの発行に不可欠な身分証明書はあったが、しかし、知ってのとおり、パスポートを取得するのは非常に難しいことだ。幸い、わたしときみのパレスチナ人の友、イッズアッディーン・カラックが手を貸してくれた。パリのモロッコ大使に会って、特別なはからいで発行してくれるように頼んでくれた。ムハンマドはそう待たずにパスポートを手に入れるだろう、役所の処理に必要な時間がかかるだけだ、書類の記入は終わったし、写真も出したし、印紙はわたしが払った……役人どもへの袖の下なしでもらえるパスポートなんて、聞いたことないぞ！」

ムハンマドの命運は定まり、それ以降永久に彼がジュネの手中を逃れることはなく、ゆっくりと不幸の影に覆われていったその人生は、ジュネの死後数か月で唐突に断たれることになるのだった。晩年のジュネの近親者のひとりだったジャッキーがムハンマドの自動車事故死をわたしに知らせてくれ、そして間髪入れずにこう言ったのを覚えている。「怖いよ！」ジュネが数少ない近しい友人たちを、自分のもとに呼び寄せているかのようだったのだ。ジュネにはそんなふうに、不幸に目配せして示しあわせるようなところがあった。

ジュネは汚職を例外なく認めていなかったはずだ。わたしは彼に、パリのパレスチナ代表にとりなしてもらうというのは一種の汚職ではないか、と糺した。彼は怒りだした。「モロッコが本当の民主主義国家だったら、そんな恥を忍ぶ必要はなかったし、それに生きていこうと思ったら、フランスでだって、いやとくにフランスではそうだ、後押しがなければ、口添えしてもらわなければ、何も手に入らない。もちろん貧困国ほどひどくはないが、だがフランスでは、「教会の長女」のところでは、優遇や恩恵や、ほかのさらに巧妙なかたちの汚職が罷り通っている。「コネ」はフランス発祥だ」

ムハンマドはパスポートを取得し（当時、フランスはモロッコ人にはビザを要求していなかった）、九月の雨の降る日にパリに着いた。ジュネに呼ばれて、わたしはリヨン駅の裏の小さな通りにあった彼のホテルに行った。彼はわたしにムハンマドを紹介した。アラビア語で会話できる同国人と会えてうれしそうだ。ムハンマドはジュネを「ムッシュ・ジャン」と呼んでいた。わたしに例の貴重なパスポートを見せてくれた。それが自慢なようで、こう言った。「ムッシュ・ジャンのおかげです」。するとジュネが訂正した。「いや、パレスチナ大使、イッズアッディーン・カラックのおかげさ！」ムハンマドはそれが誰だか知らなかったが、パレスチナ人であるということには感銘を受けて、わたしに言った。「パレスチナ人、貧しい人たちは、祖国をもっていない、土地を盗まれたんだ」

それからジュネは、『ユマニテ』紙――その新聞に彼は、ジスカールをこきおろすあの記事〔「ジスカール・デスタンのもとで死ぬこと」（一九七四年五月十三日）、あるいは「ズボンつり姿でも愚かは愚かだ」（一九七四年五月二十五日）。ともに『公然たる敵』所収〕と、別の、シャルトルの大聖堂についての記事〔「シャルトルの大聖堂《騎乗透視》」（一九七七年六月三十日）、『公然たる敵』所収〕を掲載していた――の編集長ロラン・ルロワに、住まい探しを手伝ってくれるように頼んだ。かくしてジュネとムハンマドは、サン＝ドニ（共産党が強い街）の、ジェラール＝フィリップ座にほど近い小さなアパルトマンに、ふたりして身を落ち着けたのだった。

一九七五年四月、アントワーヌ・ブルセイエ〔一九三〇－二〇一三。俳優、演出家。一九八一年にはジュネとの対話をヴィデオ作品として撮影している。『公然たる敵』所収の「アントワーヌ・ブルセイエとの対話」を参照〕がパリのレカミエ座で『バルコン』を上演した。ムハンマドは台詞のない端役を演じた。ジュネは、金のためではなく、滞在許可証のために、ムハンマドに仕事を探していたのだ。ムハンマドが演じたのはほんとうにちょっとした役だったが、給与明細と社会保障を手にした。ジュネは法に則ろうとしていた。それまでにはなかったことだ。また、わたしには彼がだいぶ疲れているように感じられ、何かに腹をたて、いらいらし、神経が高ぶっている様子に見えた。ジュネは何回か稽古に立ちあったが、それは彼が好意をもっていたアントワーヌ・ブルセイエをよろこばせるためではなく、ムハンマドを安心させようとしてのことだった。プレイアード叢書の『ジュネ全戯曲集』を編集したアルベール・ディシィによれば、このころ、彼の戯曲のひとつを上演したいと許可を求めてきたベルギーのある演出家に、ジュネはこう答えている。「演劇への関心はどこかに行ってしまった。自分で書いた四つだか五つだかの戯曲も、あやふやになっていくばかりだ。わたしはその作品たちとはなんのかかわりもなくなってしまった」。実際には、もしこの演出家がジュネのことをもう少し知っていたならば、手始めに、ムハンマドに何か役を与えましょう、と提案したはずなのだ！　ジュネはおもしろいと思っただろうし、ひょっとしたら折れることもあったかもしれない。しかし、人間ジュネと作家ジュネは、たいていの場合、齟齬をきたしていた。ジュネが書くことを捨てた瞬間から、より正確には、彼の生涯最愛の恋人アブドッラーが自殺した（一九六四年三月十二日）次の日から、人間ジュネが作家ジュネを凌駕するようになっていた。ジュネは自分の作品と縁を絶ち、それが文庫化されることを認めず、世界中で上演される戯曲の著作権料を受けとるだけだった。自分の作品につききりになって、その擁護をし、それを売る営業義務を負う作家であることを、もう望んでいなかったのだ。サルトルとコクトーのおかげで刑務所から解放された作家という衣装に身を包むことを拒み、殉教者の、ホモセクシャルの、泥棒の、反逆児の役を演じることを拒んでいた。そういうイメージはもうご免だったのだ、だからこそ、ジュネはサルトルとその一党を毛嫌いしたのである。めったにないことだったが、わたしたちが彼の文章のことを話題にしたとき、ジュネが、苦々しげといってもよい顔で、わたしに尋ねたことがある。「サルトルがわたしについて書いたあの分厚い本は読んだかい」。読んだとはいえなかった、さっと目を通しただけだ。ジュネは、あの本を最後まで読まなかった人間がいることがわかってよろこんでいた。コクトーについては、わかりやすくて、わたしたちがつきあった十年以上のあいだ、ジュネは一度たりともコクトーの話をしなかった。ただきれいさっぱりと忘れてしまっているかのようだった。

ムハンマドは、両親に会って何はともあれ少しばかりの金を渡すために、モロッコに戻った。ジュネは、「あの子たち」がいないと休める、とわたしには言っていた。ジャッキーとアメッドのことだ。ジャッキーのほうはギリシャで暮らしていて、自動車レーサーをしたあとで、日本人女性と結婚していた。かたやアメッドはサーカスで働きながら、スペインで生活していた。彼らはたまにジュネを訪ねてパリにやってきた。ジュネはふたりが顔を揃えるともう我慢がならないとこぼしていたが、ひとりずつを相手にするならば、それぞれへの好意に変わりはなかった。ジャッキー・マグリアはジュネの自慢のたねで、ジュネからプレゼントされたロータスを駆って一九六三年のシメイ・グランプリで優勝していた。その当時のジャッキーは絵を描くことに夢中になっていて、フランスから遠く離れて暮らしていた。

パリに戻ってくると、ムハンマドはジュネに、両親が自分の結婚相手を見つけてくれたと告げた。ご多分にもれず、彼のいとこだ。ジュネはわたしに電話をしてきてこう言う。「ムハンマドがいとこと結婚するぞ、わたしにも孫ができる！」

その気の早さにわたしは呆気にとられたが、すると、安心しろといった調子で、あるいは妙な考えはやめろと釘を刺すかのように、ジュネはきっぱりと言った。「ほら、ムハンマドは服を着るとき、隠れてやるんだ、わたしは上半身や尻を見せてもらえん！　笑わせるよ《セ・リゴロ》。恥じらいだな、「ハショーマ」〔マグレブ諸国、とくにモロッコでよく用いられる表現。慎みをうながす〕か、それだ、きみたちのいう「ハショーマ」ってやつじゃないか……」

ジュネとムハンマドが性的な関係をもったのかどうかは、わたしには知りようもないだろう。ひょっとしたらジュネは、その街で「拾った」貧しい美青年の、身体ではなく、イメージに恋していたのかもしれない。ふたりの関係には「天使」と「予言者」の話のようなところがあった。そんなおとぎ話を空想して、わたしは、この常識はずれの邂逅にわかりやすい説明をつけようとしていた。

というわけで、ある日、ガリマール社に金を取りにいくからつきあってくれとジュネに言われた。小切手はだめ。現金、銭、手でさわれるお足だ、両方のポケットが膨らまないことには。ローラン・ボワイエは銀行に行って、ジュネに札束をふたつもってきた。ジュネはそれぞれのポケットにひとつずつその束を入れると、口を安全ピンで留め、それから、しごく満足顔でポケットをぽんぽんと叩き、わたしに言った。「よし、ムハンマドの結婚の持参金ができた」

ムハンマドは結婚した。その少しまえに、ジュネはムハンマドの両親を訪ねた。彼によると、とても貧しいが、しかし威厳のある人たちだったそうだ。両親たちのほうがジュネのことを、自分たちを貧困から救い出すために神から遣わされたこの外国人、このnassrani（ナジル人《びと》、キリスト教徒）のことを、どう見たのかは、わたしにはわからなかった。「カタラーニーKatrani」というムハンマドの姓は、アラビア語で「タール」を意味するKatraneに由来するものだ。彼の父親はその材料を扱う仕事をしていたにちがいなかった、たとえば陶工はそれで碗に絵づけをする、そうすると暑いときでもなかの水は冷たいままなのだ。ある日、わたしはムハンマドに、彼にとって「ムッシュ・ジャン」とは何者なのかと訊いてみた。彼は声を張りあげた。「予言者さ！アッラーがあの方を遣わされた！」いうまでもなく、この返答をジュネはおおいにおもしろがった。このわたしがアッラーの使いだって！ ジュネには、イスラム教に対しては、ほかの一神教に対するほど含むところがなかった。彼は、ムハンマドがどうにかして彼を改宗させようとしたことを話してくれた。彼はムハンマドのあとについて、「アッラーのほかに神はなし《ラーイラーハイッラッラー》、ムハンマドはアッラーの使徒なり《ムハンマドゥンラスールッラー》」と復唱した。だが、言葉を唱えてはいても、それを信じてはいなかった——ムハンマドに、自分は無神論者であり、不可知論者であり、あるいは非宗教的人間だということを説明するのは、彼には難しいことだった。彼は笑いながら、自分の人生のそういう側面を告白した。しかしながら、ジュネには宗教的な何かが、闘争の神秘学とでもいうものが、戦いと正義への情熱が、あった。ある人間たちに対しては不公平で、悪意に満ち満ちた態度をとることができた彼だったとしても、だ。ある日一緒にイッズアッディーン・カラックの死のことを話題にすると、ジュネは気が動転した様子を見せたが、それはカラックの死自体にではなく、彼を暗殺した者たち、彼らと会う約束をしていたのだからカラックもよく知っていたその暗殺者たちの酷薄さに、衝撃を受けたのだった。彼らはアラブ人だった。ジュネは裏切りという言葉をあえて使うことはしなかった、彼がその概念に好んで与えていた意味においては。彼はわたしに言った。「パレスチナの革命では多くの殉教者が出るだろう」。しばらくの沈黙。「生まれるまえは何もなかった、死んだあとも何もない」。ムハンマドが、イッズアッディーン・カラックはもう天国にいると主張した。ジュネは彼を見て、彼に向かって言った。「確かか?」「ええ!」とムハンマドは答えた。わたしは心のなかで思った。ムハンマドがそう言うのだったら、本当にちがいない!

九か月後、ムハンマドの奥さんが男の子を産んだ。ジュネはひどく興奮していた。あれほど感動し、またあれほどまごついてもいるジュネは、見たことがなかった。彼はわたしにこう知らせてきた。「孫ができた、名前は、わたしたちのパレスチナの友と同じ、イッズアッディーンにしよう!」わたしの知るかぎり、彼の友人(恋人)の、少なくともわたしの知っているうちの誰かが、ジュネに子どもを「与えた」のは、はじめてのことだった。

赤ん坊を見るために、ジュネはフェズに行って、タクシーに乗り、エル・メンゼル〔フェズの南東六十キロに位置する街〕のムハンマドの両親の家を訪ねた。彼は幸せだった。パリに戻るとすぐに、わたしに電話をかけてきて、こう言った。「すごくハンサムだぞ、あの子は。青い目をしている、わたしと同じだ！」わたしはびっくりした。青い目だって！　あとになって、はじめて小イッズアッディーンに会ったとき、わたしは真っ先に彼の目を見た。黒かった、父親の目と同じ、黒い目だった。

この一九七九年春の子どもの誕生を境に、ジュネの生活は一変し、彼はライラ（パレスチナ）とイッズアッディーンのどちらかのためだけに生きた。彼はすぐに、子どものために家を建てようと考えた。どこに、どうやって、いつ？　彼は場所から探した、ムハンマドの村から遠い街、海に面した街だ。消去法で絞る。「タンジールは問題外だ。アシラは市長が気に食わない。ララーシュ、おおっ、ララーシュ！　古びたところは好みだし、スペイン・カジノや昔ながらの家並みもいい、それに、金持ちのモロッコ人には鼻であしらわれるような街だ。土地を見つけなければ。そこにしよう、ほかは考えられない」。彼がどのようにして土地を手に入れることができたのか、もう思い出せない。そのかわりにはっきりと覚えているのは、わたしたちがその場所に一緒に行ったときに、ムハンマドが発した言葉だ。「ぼくの家は右側を刑務所、左側を娼館に挟まれて建つことになるんだな」。ジュネが気に入らないはずがなかった。ジュネが意図したわけではないが、それは面食らうような偶然だった。

一九八〇年五月、パリのカフェ。ジュネはわたしの前でポケットから一枚の紙を出し、それを広げ、鉛筆をもって、ムハンマドの家の見取り図を描きはじめる。最初は大きな部屋で、わたしに言う。「これはイッズアッディーンの図書室。孫の教養のためにガリマールに頼んでプレイアード叢書全巻を送ってもらうつもりだ、いま何巻になっているのか知らんが、いやとは言わないだろう」。それから残りの部屋をさっと描いていく。「ここがキッチン、ここは風呂場、これはイッズアッディーンの部屋で、両親の部屋より広くとる、これがテラス……」

少しあとで彼はその紙を建築家の友人に渡し、その建築家が図面を引いて、建築業者を雇った。ジュネはその年、何度もララーシュに赴いた。その家を建てることに彼の心は奪われていた。使われる資材の質を確かめ、建築家や職人のやることにこうしたらどうかと口出しした……。

猛スピードですべてが進んだ。仕上げ作業は残っていたが、家の準備ができ、ムハンマドが奥さんと息子を連れてそこに引っ越した。とても大きな家で、街のほかの住居のなかで異彩を放っていた。ジュネの部屋もあったが、彼はホテルに泊まるほうを好んだ。近代的な住まいだったが、しかし同時に、ムハンマドのかわりに一切をとり仕切り、すべてを決めようとしたひとりの男の想像力から生まれた、奇妙な住まいでもあった。哀れなムハンマドは自分の意見を言おうとも思わなかった、十分満足していて、異議を唱えたり、なんであれ要求したりしようという気にはならなかったのだ。彼の奥さんは彼ほど幸せではなかった。ムハンマドはキフ〔大麻の粉末を混ぜた煙草〕を吸い、ビールを飲んでいた。もう彼女の知っている夫でもいとこでもなかった。彼女は不平を訴え、ムハンマドはジュネにそのことを報告した。彼は郵便局からよくジュネに電話をしていたし、ジュネのほうはその家の近くの食料品屋からムハンマドに電話をかけていたのだ。ある日、ムハンマドはジュネに、彼の妻が近所の女たちからの嫌がらせにあい、ハマムでいじめられていると話した。女たちはうらやみねたんで、彼女を質問攻めにするのだ。「亭主は何をしてる人？　何があんたらの飯のたねなんだ？　あんたらに会いにくるあの年寄りは誰？あのナジル人《びと》［キリスト教徒］はあんたらの家で何をしてる？　どうしてあんたの旦那にあんなによくするんだ？　見返りは何だい？　田舎に帰っちまいな、ここにはまともな家の奥さんしかいないんだよ！　あんたらが、あんたと旦那がしていることは、ハラーム［不法］さ、わたしたちの宗教では禁じられていることだよ。家を畳んで、親のところに戻って暮らしたほうがいい、あんたの旦那は煙草と酒浸りで、おまけに女を買いにも出かけているんだ、気づいてるのかい？」

女たちはムハンマドの奥さんが体を洗うのを邪魔し、彼女の持ち物を盗み、桶で熱湯を浴びせかけるのだった。彼女がすっかりうちひしがれて、涙を流し、食事をとろうともしないのを見て、ムハンマドはどうしてよいかわからなかった。テラスには、近所のほかの女たち、あるいは同じ女たちなのだろう、によって、彼女たちの家のごみがまき散らされていた。地獄絵のような生活になろうとしていた。ことそこにいたって、ムハンマドはジュネに電話をかけて、単刀直入に助けを求めた。そしてジュネは、その手に負えない事態の解決策を見つけてほしいと、わたしに頼んできたのだった。

「モロッコの偉いので、誰を知っている？

――力のある誰か、大臣とか将軍っていうことかい？

――ああ、将軍のほうが大臣よりいいだろうな。

――いや、将軍はひとりも知らないし、アヘルムムの軍の懲治キャンプで知りあった将校たちはみんな一九七一年のクーデタ〔アヘルムムの兵舎の士官たちを中心にしてハサン二世暗殺が企てられたが、失敗に終わる〕で死んでしまった。

――ふむ、要は、ムハンマドが昼間に現体制の高官、王宮に近い誰かの訪問を受けるっていうことなんだ、サイレンを一斉にわんわん鳴らしたオートバイ隊に護衛されてそいつがやってくる、そうすれば近所の連中も気づいて、ムハンマドと家族がお上に守られている人間たちだっていうことがわかるだろう。それでもう誰も、ムハンマドの家のテラスにごみ箱をぶちまけたり、奥さんをハマムでいたぶろうとはしなくなる。

――ほんとうにそんなことができると思っているのか。ムハンマドと奥さんを厄介事から救うために、有力者を煩わせる？

――で、誰を知っているんだ？

――アブドゥルラヒーム・ブアビド〔一九二二―九二。モロッコの独立に尽力したのち、一九七五年から没するまで大衆諸勢力社会主義連合（ＵＳＦＰ）の党首を務めた〕なら知っている、モロッコ社会党の党首だ、友人で、頭のいい、教養のある男だよ。だけど、彼がオートバイに護られてやってくるっていうのはどうかな。ハサン二世は彼に敬意を抱いているけれど、だからといって、王宮が引いた限度を越えるようなことをすれば投獄されることに変わりはない。反体制側にいて、監視されているんだ。

――だめだ、反体制の人間なんか連れてきたら、状況が悪化するかもしれないじゃないか！」

しばらく考えたあと、ジュネは、これならどうだとばかりに――彼は簡単にはあきらめなかった――言った。

「ドゥリーミー将軍〔一九三一－八三。ハサン二世の体制維持に豪腕をふるった〕だ！ そうだ、現体制の大物で、ハサン二世に忠実だ、パリのモロッコ大使に話してみよう、ムハンマドのパスポートを手に入れるときに助けてくれた大使さ、それにイッズアッディーン・カラックの親友だった、わたしの頼みを断りはしないはずだ、ドゥリーミーをララーシュに招待するんだよ、わたしが出迎えるぞ！」

　わたしは吹き出すのをこらえることができなかった。ジュネは自分の思いつきのとほうもなさに気づいていなかった。ムハンマドのこととなると、彼は物事の判断がつかなくなって、もの笑いのたねになるような真似をしてしまう。ドゥリーミー将軍とは！ たいへんな実力者で、一九六五年十月のベン・バルカ〔一九二〇－六五？。モロッコの左派政治家で、第三世界の革命運動の連携を目指した。一九六五年にパリで誘拐され、以後消息不明〕の誘拐と暗殺にも関与したが、一九八三年一月二十五日には今度は彼自身が、彼によってクーデタが準備されているという情報がフランスかアメリカの諜報機関によってハサン二世にもたらされたために、自動車事故によって抹殺された。道で待ちうけていたトラックが轢いたのは死体だったという噂で、ドゥリーミーはまず最初に殺されてから、諜報機関が暗殺を事故に見せかけたのだろう。

その晩にすぐモロッコのラジオで流された公式発表では、こう伝えられていた。「今晩一九時ごろ、王宮を出たアフマド・ドゥリーミー将軍が、自動車事故によって死去しました。将軍を轢いたトラックの運転手は逃亡中です」。ジュネは数十年来モロッコに通いつめていたが、しかし、そのモロッコで何が起きているのかについては理解していなかった、あるい知りたいとも思っていなかったのだ。

彼を思いとどまらせるのには苦労した、わたしの正論には反駁できなかったので、あきらめてくれたまでだ。わたしが少しからかうと、彼は笑って、それから、実際にどんななりゆきになっているのか、ララーシュの現場を見てくることに決めた。

数か月後、パリで、ジュネに呼ばれてホテルを訪ねた。疲れている、と彼が自分から認めたのは、はじめてのことだった。彼はわたしに言った。「モロッコからの帰りだ、ムハンマドの奥さんが妊娠している、彼女にはその子どもをあきらめてもらおうと思っている。堕ろさせなければ。モロッコでは禁止されていることは知っているが、金さえ積めばどうにかなるもんだ。医者の世界にはつてがない。きみの助けが要る」

わたしは納得がいかなかった、それどころか、怒っていた。それはわたしたちの唯一の口論だったかもしれない。

「なんだって？　イッズアッディーンの母親が身ごもった子どもを産ませたくない？　だって、

彼女はどう思っているんだ？　彼女とはそのことを話したのか。で、ムハンマドにはこれっぽっちも発言権はないってわけなんだろう？　わたしをあてにしないでくれ。わたしは中絶反対論者じゃない。しかし、それは母親が決めた中絶なら反対しないっていうことで、他人が母親にお腹に宿っているものを捨てろと強制する中絶のことじゃない。

——わたしに説教するのか！

——ああ、説教だ。癪に障るってわけか」

彼はちがう角度から事態を説明した。「ムハンマドは奥さんとまったくうまくいっていない、互いの家族が喧嘩して、彼はもう彼女と暮らすつもりはない。ムハンマドがわたしに助けてくれと言ってきたんだ。彼女のほうも別れることに同意している。だから、面倒を見る父親がもういなくなるっていうのに、どうしてその子どもを産まなきゃいけないんだ？」

この問題にはほとほとうんざりした。いずれにしても、まともな条件で中絶をしてくれる医者は、わたしにもまったくあてがなかった。わたしはカサブランカで教師をしている女友だちにこのことを話してみた。いつでもその若い奥さんと話して、どうするべきかを判断してくれるとのことだった。また、タンジールにいる一般医の友だちにも相談すると、いろいろと手はあるが、どれも危険だ、と教えてくれた。彼は彼女をある腕のいい医者に任せることに賛成してくれたが、そのためには彼女がタンジールに来る必要があった。幸か不幸か、彼女は流産し、一件落着となった。

ずっとわたしは、彼女が十にひとつは成功する、いくつかある伝統的な方法を使って、自分で流産を起こしたのではないかと考えてきた。たいていは墓場行きの結末を迎えるやり方だ。はなはだつじつまの合わないことに、ムハンマドの奥さんは夫の両親と住み続け、ムハンマドは彼女にイッズアッディーンを託した。ムハンマドはパリに戻り、ブーグリオーヌ家がジュネに自由に使わせてくれていた部屋で、ジュネと一緒に暮らすことになった。

三十年後、わたしはイッズアッディーンと再会して、一緒にカフェを飲んだ。彼は、ジュネから聞いてわたしがそう信じていたこととはちがう、いくつもの事実を教えてくれた。ムハンマドは奥さんとのあいだにほかにふたりの子ども、娘たち、をもうけていた。ひとりは一九八五年、もうひとりは彼が死んだ一九八七年の生まれだった。夫婦のあいだがぎすぎすしていたのは確かだが、離婚はしなかった。イッズアッディーンの母親は現在サレ〔大西洋沿岸のブーレグレグ川河口右岸に位置する都市。対岸はラバト〕で暮らしており、ふたりの娘はパリで学生をしている。ララーシュの家には、ムハンマドの兄が大家族で住んでいる。

イッズアッディーンはわたしに言った。「父さんはジャンがいると、とても幸せだった。覚えているけど、ある日父さんに肩車してもらっていると、黒い大きなメルセデスがやってくるのが見えた。ジャンさ。ぼくはうれしかった、ジャンはいつもぼくにプレゼントをもってきてくれたからね、いろんなおもちゃや、アルファベットを覚えるためのボードのときも一度あったな。一緒にララーシュのスペイン市場のおばさんのところに花を買いにいったことも覚えている。母さんとジャンは仲がよくなかった。父さんが死んだとき、ぼくはまだ八歳だった。寄宿学校に迎えが来て、なぜかは教えてもらえなかった、あとから何が起きたのか聞かされたんだ。父さんはララーシュに埋葬された」

なぜジュネはわたしに嘘をついたのだろう。話をでっちあげる必要がどこにあったのだろう。ひょっとしたら、ムハンマドがジュネの意に沿うように、ジュネをよろこばせるために、嘘八百を並べたのかもしれない。ムハンマドはジュネの怒りを恐れていた。ジュネに捨てられるのではないか、ジュネが自分よりもアメッドやジャッキーのほうを選ぶのではないか、と心配していた。それで彼はジュネに、ジュネが聞きたいと望んでいることを言うのだった。

夜が来て

時計の針を、一九七六年一月まで戻そう。ジュネはあらゆる手を講じてムハンマドに金を稼がせようとしていた、そうすることで彼を手持ち無沙汰にさせず、自分のそばにいる理由を与えようというのだった。当初、彼はガリマール社から、おそらく社長のクロードではなくてその補佐役の誰かから、『千夜一夜物語』を今度はムハンマドとわたしに翻訳させる許可をとりつけた。そこで、わたしたちは仕事部屋に集まって、ジュネが直近の中東旅行からもち帰ってきたアラビア語の原書と向かいあった。まず、どのようにして作業を進めていくべきかを検討しはじめた。ところが、ムハンマドは口を開かない、自分の周りを飛び交う言葉がほぼちんぷんかんぷんだったのだ。わたしには、大仕事を背負い込むのは自分で、ムハンマドは単なるアシスタントにしかならないだろうということが予想できた。それでわたしはジュネに、自分の手には余る、とはっきり言った、このとほうもない作品にとにもかくにも必要なのは、アラビア語の専門家と優れた翻訳家からなる有能なチームだ、と。

ジュネは自分の見込みちがいを理解した。ただし、彼はその後も何度もその計画を蒸し返そうとしたのだが。わたしの返答にジュネは腹をたてることはなく、ひきつづき自分の秘蔵っ子の職探しに躍起になった。一九七六年三月、彼はあるシナリオの計画を口にした。『夜が来て』(そのまえは『青い目』)というタイトルで、クロード・ネジャール〔一九三八―二〇〇三。ルイ・マル監督作品を多く手がける〕が製作する予定の映画だという。ヌーヴェル・ヴァーグの監督たちと仕事をしたこのプロデューサーのことはわたしもそれまでに耳にしたことがあって、自分が使った作家たちに支払いをしないという評判――本当なのかデマなのかはわからないが――だった。そのことをジュネに話すと、彼は手でわたしが言ったことを払いのけるしぐさをした。「彼のことは知っている、どんなやつかわかってるよ、だが向こうはわたしのことを知らないし、わたしが何をしかねないかもわかっていないと思う」

こうしてわたしたち、ジュネとわたしは、ムハンマドがジュネに語った話をもとにしたシナリオの執筆に乗りだした。ジュネがわたしに与えた役割は、会話部分の担当と、そして民族誌的な考証だった！　ジュネとの仕事は楽しいものではなかった、というのもわたしには、移民、アラブ人、人種主義についての映画という、つまりジスカールとシラクのフランスでわたしたちが日常的に生きていたことの提示という、そのような計画を成功させるためのエネルギーが、ジュネほどはなかったからだ。ジュネが語ることをわたしが書きとって何ページになったのか、もう覚えていないし、ジュネが前日に書いたもののどこを自分が清書することができたのかも覚えていない。ムハンマドもそこに顔を出して、のんきに煙草を吸っていたが、ときどきわたしたちを放って二、三時間姿を消した。ジュネはわたしに言った。「女に会いにいくんだ！彼の年なら当然で、好きにすればいいが、ただ、誰かに入れ込んだり、その女のひとりをここに連れてきたりするのはごめんだ。彼は心得ているよ。言っておくが、ムハンマドは泥棒じゃない。わたしがわざと札束を机の上に放り出しておいても、指一本触れない。一サンチームだって足りなくなることはない。金が必要なときには、わたしに言って、わたしが彼にやるんだ」

わたしが、ムハンマドはいくらなんでもまじめさに欠けるんじゃないか、と指摘すると、ジュネは断固とした、虫が好かないといってもよい調子で、この映画シナリオの原案はムハンマド・エル・カトラーニーで、自分はそういうものとしてこの企画を売ったのだ、とわたしに念押しした。彼はとにかくそのことにこだわった。「シナリオ、ムハンマド・エル・カトラーニーとジャン・ジュネ、台詞と脚色、タハール・ベン・ジェルーン、だ」。それぞれの名前を、わたしの頭に叩きこむかのように、一音一音はっきりと発音したのだった。

わたしにはムハンマドが作り話をしているのだとわかっていた。純真で、満月を見ては驚いて、アラビア語で詩を口にするような男だった。

『夜が来て』！　とても美しいタイトルで、物語もおもしろいと思ったが、ジュネが何を目指しているのかがわたしにはわからなかった。彼に出会う直前、ル・アーヴル文化会館で『愛の唄』を観ていた。ジュネによる刑務所についての二十五分の短篇映画で、一九五〇年に撮られ、フランスの検閲当局から上映禁止にされていたものだ。わたしはその映画の美しさ、優雅さ、知性に打たれ、『ル・モンド』紙に記事を書いて、その感動と、検閲でお蔵入りになっていたその作品を発見したよろこびを、たっぷりと語った。そのときは、『愛の唄』とニコ・パパタキスのかかわりや、撮影に使われたキャバレー〈ラ・ローズ・ルージュ〉のことや、別の映画、戯曲『女中たち』に触発されてパパタキスが一九六二年に監督した『深淵』についても、何も知らなかった。

わたしはひそかに、ジュネが『愛の唄』の類を見ない芸術的創造力をふたたび発揮し、わたしたちすべてを悩ませる問題について意義のある映画を撮ることを期待していた。しかしながら、わたしたちのシナリオ執筆——わたしはモロッコ方言のアラビア語で台詞を書いていた——と並行して、ジュネはあちこちでほかの契約も交わし、演出家のジョゼ・ヴァルヴェルデ〔一九六六年から六七年までジェラール・フィリップ座の座長を務める〕とはオラトリオの映像作品を製作することにもなっていたのだ！　じつのところ、金を前払いしてくれるのであれば、ジュネはどんな企画も簡単に引き受けた。一九八二年に彼がファスビンダーに小説『ブレストのクレル』の映画化を許可したとき、驚きを見せたわたしに、ジュネはまさにそのとおりのことを答えたのだ。もっとも、その映画は同性愛の世界についての最良の映画の一本となり、ヴェネチア映画祭にも出品されたが。「なぜかだって？　そうだな、なぜか！　三千六百万のためさ！　理由としては十分で、きみに非難される筋合いはない！」（ジュネはいつも旧フラン〔一九五八年に、旧フランを百分の一に切り下げ、新フランに移行することが決定された〕でしゃべった）

『夜が来て』の共同作業のあいだ、わたしはフルタイムでそれに打ち込めるようにした。朝ジュネのホテルに着いて、ふたりで前日に書いたものを読みはじめ、それからジュネがとうとうと本筋からはずれた話をして、うんざりさせられる。わたしは、その物語がどう始まるかは承知していても、あとは迷子同然だった。いま思うに、ジュネ自身もどんな物語になっていくのか、正確にはわかっていなかったのではないか。

集まるのは九時ごろと決まっていた。わたしがリヨン駅裏の小さな通りにあるそのホテルに着くと、内線電話でジュネに知らせ、そして部屋に上がっていく。ある朝、彼が電話に出なかった。しかし鍵は鍵箱にはなくて、管理人も彼が外出するのを見ていない。少し待ってから、もう一度呼び出してもらった。「妙ですね」と、受付の、ジュネを知っていて彼に好意的だったマグレブ人の男がわたしに言った。わたしはそのときとっさに最悪の事態を考えた。リヨン駅そばのホテルの一室で、ジュネ死亡！　ありそうな話で、彼らしいといえばいかにも彼らしいのだ。出てくれと何度も内線をかけたが無駄に終わり、わたしたちは見にいくことにした。ドアを開けると、床に転がっているジュネの姿が目に飛び込んできた。意識はないが、生きている。呼吸をしている、いや、いびきもかいている。服を着たまま眠ってしまっていたのだった。わたしたちは彼をもち上げて、ベッドに置いた。体は重い塊と化していた。わたしが揺すったり、頰をぴちゃぴちゃ叩いたりしてみても、深い眠りの底に沈んでいて、口からはよだれの筋を垂らしている。彼の習慣は知っていたので、こんな時刻まで彼が眠っていることが、わたしには驚きだった。もう一度揺すってみると、片目を開け、何か言いたそうだったが、一言も発することができなかった。わたしは濃いカフェとクロワッサンをもってきた。カフェの香りが彼の目を覚ました。彼は、たどたどしく、何が起きたのかを説明した。一言口にしたかと思うと、また眠ってしまう。彼は言った、「ネンブ、ブ、タール、ネンブタール、ネンブタール三錠……」。朝五時に目が覚めてしまい、どうしてももう一度寝ておきたかった彼は、その強力な睡眠薬の座薬三錠を使ったのだ。カフェを飲みクロワッサンを食べると、彼はわたしにもたれかかりながら立つことができ、それからトイレで吐く音が聞こえてきた。そして、蛇口の下に頭を入れて、たっぷりと水をかぶる。ベッドにまた潜り込むと、わたしにアスピリンをくれと言う。受付の男がもっていた。コップの水に溶かしてやって、それをジュネは飲んだ。

その日、わたしたちはまともな仕事は何もできなかった。わたしはジュネを部屋に残して帰ることにして、彼にその座薬は注意して使うようにと釘を刺した。彼は疲れた声で答えた。「もうさっぱり効かないんだ、体が慣れきっている、まったく、死んでいるわけでもないのに！」そう言って彼は微笑んだ。

それが『夜が来て』の計画の最後だった。ジュネがそれについて話すことは、もうなかった。ある日、こう言ったことがあるだけだ。「ネジャールのやつ、わたしを手玉にとっている気になりやがった、ばかめ！」


二週間後、わたしはムハンマドにどうしてシナリオの執筆が棚上げになっているのか尋ねた。彼は何も知らなかったが、いくつか理由をひねり出そうとした。「もう金がないんだ。ジャンのことはわかっているだろう、何かをすると思ったら、やめて、そうかと思うとまた始めるんだ。最初からぼくは彼の言うことに従ってきた、彼がこうしようと言えばそうしたんだ、きみだって同じだろう、会話を書かなくちゃいけないから書く、彼はきみの意見なんか求めなかった……それがジャンなんだ……」

それから、話題を変えようと、彼は自分が考えた物語のひとつを語りはじめた。ムハンマドの〔モロッコ〕方言アラビア語の語り部としての才能は、本物だった。「昔々、夢を食べる少年がいた。彼は、夢を見て、眠りのなかで自分が創造したその夢を食料にするために、始終眠らなければならなかった。夢があれば十分だった。彼はどこでも寝た、牛小屋、モスク、農家の庭先、それに大きな町の歩道でも寝た。両親は彼のことを怠け者呼ばわりし、病人扱いしたが、どこ吹く風だった。働かず、家族の役に立つことは何もしなかった。ある日、カイド〔北アフリカの地方官で、行政、司法、警察、徴税などを司る〕が彼を迎えにきて、軍隊に入れた、ものぐさで、みんなを愛し平和を愛する彼を。軍隊では、もう好きなときに眠ることができず、命令に従わなければならなくて、拒むふりでもしようものなら鞭を食らうことになった。彼は軍には向いていなかったし、ほかに向いているものも何もなかった。彼は悪夢を見るようになり、ご存知のとおりそれは胃にこたえる。彼は病気に、重い病気になった。医者が町の病院に入れると、彼はその機会をつかまえて逃げだし、早朝の人気のない通りをさまよった。眠気に襲われ、狭い歩道の危なくない一角、誰も住んでいない古い家の戸口で、長いあいだ眠り込んだ。すばらしい夢を見た、海の上を飛んでいる自分の姿を見た、王族の格好をし、絶世の美女たちに囲まれて広い広い大通りを歩いている、ひとりで歌を歌っている、幸せだった、軍隊のこと、鞭、陰険な軍事教官たちの罵りのことなど忘れてしまった、彼は神の意志によって別の世界に置かれた別の人間だった。神から遣わされた予言者が彼を眠りから覚まし、彼を受け入れ、ハマムに連れていき、過去をきれいさっぱりと洗い落とさせた。こうして新たな人生が彼に与えられた、すべてが可能だった、彼の善意は巧まざるものだった、予言者が彼を守護し、彼に貧しさと罵りの国を捨てさせた。こちらの国ではもう夢を食べる必要はなかった、その国自体が、あらゆる夢のなかでももっとも大きく、もっとも美しく、もっともきらめいている夢だった。人生の恵みを手にするには、ちょっと身をかがめて拾うだけでよい。女たちがあてがわれ、彼を敬わない者はもうひとりもおらず、予言者がすべての面倒をみてくれる。どうして神を信じずにいられよう。どうして神とその予言者に感謝せずにいられよう。イスラム教徒であるわたしは、わたしたちの予言者ムハンマド、彼にアッラーのご加護あれかし、が、神からの最後の使者だということを知っている。しかし、わたしの語る予言者は、新しい宗教を広めるためにおいでになったわけではない。ただ、夢を食べる若者を救うためだけに、遣わされたのだ」

ジャコメッティ

ある日、ジュネ自身が、彼の本『アルベルト・ジャコメッティのアトリエ』を読むようにわたしに勧めたのだった。マルク・バルブザが自分の出版社ラルバレートから刊行した、薄暗い表紙の、エルンスト・シャイデッガー〔一九二三－二〇一六。スイスの写真家。ジャコメッティと親交を結ぶ〕の白黒の写真の入ったその薄手の本は、たちまちわたしの愛する本となった。初版の、活字印刷のものは、工芸品の域にある。それはジュネの世界よりも、よりジャコメッティの世界に近いものだ。開くとすぐに、まなざしに世界の悲しみすべてを湛えたアルベルトのポートレートが置かれている。わたしはジャコメッティの仕事をほとんど知らなかった。いくつかの彫刻、ユネスコの入口に展示されている『歩く男』などを観たことがあり、また彼のイタリアでの幼少期についての本を読んだことがあった。ジャコメッティの作品の写真を眺めていると、わたしはつねに不思議な安心感を覚えたものだった。

その本のなかに、わたしはもうひとりのジュネを、心静かといってよい、『泥棒日記』からは遠く隔たっている何者かを、見いだした。彼はきわめて緻密に、画家ジャコメッティ、彫刻家ジャコメッティの人物を把握していた。『アルベルト・ジャコメッティのアトリエ』はすばらしいテクストで、ジュネの作品のなかでもわたしが別格に位置づけるものだ。わたしはジュネに、なぜその小品を書いたのかと尋ねた。

「ジャコメッティがわたしの肖像画を、しかもふたつも、描いてくれたからさ。ひとつはアブドッラーにあげたんだが、事故のあと〔後述のように、アブドッラーは一九五九年とその翌年、綱渡りの訓練中に落下事故を起こした〕金が必要で彼が売ってしまった。もうひとつはどこにいったのか覚えてないな……。

――それだけ？

――いや、それと、ジャコメッティはわたしに埃を見ることを教えてくれたんだ。

――それから？

――彼はとても美しかった、野蛮な美しさだ。わたしは彼が大好きだった、それほど頻繁に行き来があったわけじゃないが。わたしが彼のアトリエに行く、椅子に座る、彼がわたしを描きはじめる、描いているあいだ中わたしと会話をする。やれやれ、みんなその本のなかに書いてあることだ。

――ああ、もちろん、でもどんな具合に進んでいったんだい？

――小さな座り心地の悪い椅子で、尻が痛かった。煙草は吸わせてもらえなかったし、頭は動かしてもよかったが、少しだけだ。あとは彼がしゃべっていた、筆を動かしながらわたしに向かってしゃべるんだ。

——彼は友だち？　それとも君がそうやって知っていたひとりの芸術家にすぎない？

——いや、いや、友だちだよ。わたしたちのちがいは大きかったけれど、わたしはあの男が本物だから好きだった。芸術家気どりのところがなかった。おもしろいといえば、彼は夜中に描いていたな。

——どんな話をしたんだ？

——なんでもないことさ、顔の美しさとか、煙草とか、日の光とか……。彼はわたしに、自分のしていることを深く理解していてけしてまちがえないが、それでいていつも途方に暮れている人間、という印象を与えた。その本のなかでサルトルとのちょっとした会話を紹介しているが、サルトルは、ジャコメッティが絶望しているように見える、とわたしに言ったんだ。わたしに言わせれば、むしろ、彼は絶対に満足しない、ということなんだ。だいたい、自分に満足している芸術家なんて、芸術家か？

——一九七六年の七月にね、アヴィニヨンの演劇フェスティバルで、ミシェル・ラファエリ〔一九二九―。舞台美術家、演出家〕が、わたしが『孤独への隔離』を脚色して書いた戯曲を上演したことがあるんだ。『ある孤独の記録』というタイトルだ。主演俳優は孤独のなかで生きることを強いられた移民を演じていたんだが、背がとても高くて、痩せぎすだった。舞台の上に立っていると、ジャコメッティの彫刻のようだったよ。それからわたしはよく、あのわたしたちの苦悶を表現している、か細い彫像について書くことを考えるんだ。
——わたしは痩せていないが、ジャコメッティはわたしの頭をほんとうにちっぽけにした。彼はあらゆるかたちを縮小せずにはいられなかった……」

かくしてジュネが、ジュネ流に、わたしをこの傑出した芸術家に出会わせてくれた。わたし自身、一九九〇年の夏にはジャコメッティについてのテクストを、美術評論家としてではなく、彼の作品に深く感動させられたひとりの人間として、書くことになる。このテクストはジュネのおかげであり、そして奇妙なことに、わたしの父のおかげでもある。転倒して打ちどころが悪かったせいで父が入院し、わたしは父がわたしたちのもとを去るときを覚悟して、しかしそのことを考えまいとした。そこで、父の看病をしながら、避けがたく訪れる事態を忘れようとして、わたしはノートに書いた、ジャコメッティの作品とわたしが愛するほかの芸術家たちとの響き合いを思い描いたのだ。書いている最中、わたしの心は病室のなかになかった。父が目を覚ますと書くのをやめ、父の世話をした。本がいよいよ書きあがろうかというとき、わたしは突然、まるで死ぬのが自分であるかのように覚悟ができていることを感じた。父は十四時ごろに他界した。最後のピリオドは昼ごろに打っていた。父は粋な勘を働かせて、わたしがその文章にもう何も加えることがなくなった、その日に死んだのだった。

ときおりジュネは、ジャコメッティとつきあいがあった時期の思い出をいくつか語ってくれた。

ジャコメッティのアトリエには強い感銘を受けたと言った。ほんとうに狭くて、作りかけの作品でいっぱいになった、あれほど色彩のない、陰鬱でさえある空間。ジャコメッティの妻のアネットのこともジュネはしゃべった。彼女の慎み深さ、その「自分の消し方」。ジュネは力説した。「あの芸術家と親密になるっていうのは無理な相談だった。パリの芸術家サークルとは無縁の、別の世界の住人だったんだ。わたしは彼の仕事ぶりを、マチエールに手を突っ込んでいるのを、見るのが好きだった。彼はとてつもない厳密さで絶対の孤独を表現したと思う……。きみの本のタイトル、『究極の孤独』っていうのは、彼の彫刻のことを考えさせるよ。詩人だった！」

もうなくなってしまったある出版社からその〔ジャコメッティについての〕テクストの初版を刊行し、それから十五年ほど経って新版をガリマール社から出したのだが、そこには、当時まったくの偶然から訪れる機会に恵まれたジャコメッティのアトリエについての一章が加わっていた〔*Giacometti. La Rue d'un seul*, Gallimard, 2006〕。そのアトリエはいまではアトリエの抜け殻で、壁は取りはずされ、運び出されて、ポンピドゥー・センターに保管されている。アトリエは現在あるフランス人芸術家が使っているが、壁を引きはがした当人だ。

その場所に立ったとき、わたしはすぐにジュネのことを考えた。見まわして、彼がジャコメッティのためにモデルとして座っていたところを探した。ほんの一、二メートルの距離で向かい合わせになっているふたりを思い描いてみる。ジャコメッティがジュネの魂をとらえ、紙の上に一本一本線を重ねながらその魂の姿を浮かびあがらせようとして、するとふいにピンの頭のようなジュネの顔がそこに出現するのだ。それから言葉にできない何かが訪れる、言葉が出てこない、ぴったりと、あるいは十分に、言い表すことができないのだ。考えるふたり。待つ時間、しかし無為の時間ではなく、魂の奥深くに到達するのに必要な時間だ。

ジュネは、あの肖像画のためとはいえ、ジャコメッティが仕事を始めれば「ますます耐えがたい」ものになるその領界に入っていくことを、どのようにして受け入れたのだろうか。ジュネはその過程をわたしに説明しようとした。傷、劇的事件、美といった主題について少し冗舌にしゃべった。彼がとくに言ったのは、ジャコメッティという芸術家には、ごまかし、見せかけ、とり繕いといったものはまったく通用しないということだ。あの、あんなにも狭い空間で、これから自分を描こうとしているあの男の前に放り出されると、喉元を締めつけるような居心地の悪さに襲われたものだ、と強調するのだった。彼は言った。「だが何を描くんだ？　わたしの顔か？　桃色の頬？　目？　そう、わたしの目、まなざしだ、彼はそこから入って探ろうとしているのだと、わたしにはわかっていた……」。そのせいで、『アルベルト・ジャコメッティのアトリエ』のなかでジュネはその「容赦ないもの……おそれ、恐怖……」の問題に触れているのかもしれない。

わたしたちがジャコメッティについて話すとき、ジュネは別人になっていた。彼は思い出そうとするのだ、だが、それはふだんの彼ならしようとはしないことだった。同時に彼は、ジャコメッティがどれほど彼を魅了してやまなかったのかを語ってくれた。しかしながら、ふたりはあまりにもちがっていた。わたしがジュネに、ジャコメッティはサミュエル・ベケットと一緒に酔っぱらって娼婦のところに繰り出すそうだ、と教えると、彼はこう答えた。「ああ、そうらしいな。ベケットはきっとおもしろかったぞ！」

わたしは、国際政治の問題を脇に置いての、こうした会話が好きだった。ジュネはパレスチナの使者という役割を離れていた。「一息ついていた」とでも言ったらいいだろうか、休息という考えが彼には無縁のものだったとしても。

暴力と蛮行

一九七七年九月二日、青天の霹靂。『ル・モンド』紙の一面に「暴力と蛮行」と題した記事が掲載される〔『公然たる敵』所収〕。マスペロ社近刊のドイツ赤軍派の文集に附されたジュネによる序文の抜粋である。この衝撃的なテクストがどのようにして『ル・モンド』のもとに渡ったのかはわからないが、編集長のジャック・フォーヴェは、型にはまった人物であるように見えながら、政治的にも道徳的にも柔軟な精神の持ち主で、彼がそのテクストを掲載する決断、一面中央という重要な場所にそれを載せる決断を、下した。わたしはあとになって知ったことだが、編集部の大多数から激しい反対にさらされながらの決断だった。しかしながら、フォーヴェがドイツのテロリストたちに共感を抱いているなどということは毛頭考えられないことで、彼にとってそのテクストは、フランスの大作家による自由な発言だったのだ。彼にとって、そのテクストは『ル・モンド』の見識を疑わせるものなどではなく、少数派の視点を提供して、政治的＝イデオロギー的議論の契機となるはずのものだった。記事に対してはあらゆる方面から抗議が殺到し、一週間以上も収まりを見せず、『ル・モンド』は多くの紙面を割いて憤りの声を伝えた。ドイツのメディアは怒り狂っていた。誰もがジュネの「首」をよこせと言っていた。ジュネは孤立無援だった。こんなふうに悪くない文章をちょっと書いたからといって、自分の戯曲が上演禁止になったり右翼から罵声を浴びせかけられたりしたあのアルジェリア戦争の時代に舞い戻ることになろうとは、彼には思いもよらないことだった。今回、この自分のテクストが大きな反響を引き起こすことになるだろうと、彼が自覚していたかどうかは怪しいと思う。彼はたしかにある本の序文を書いた、しかしそれが重大な行動として受けとられるとは想像だにしていなかった。戯曲がボイコットされたり映画が上映禁止になったりしたとき、それはジュネを高揚させ、奮い立った彼は屈することがなかったし、みずから好んで論争の中心にいようとした。彼のなかの、余白に生きる者、非社会的存在、無道徳な部分、あるいはかつての泥棒、かつての服役者、同性愛者が、何者も恐れることなく、覚醒して、運命に執拗になぶられた犠牲者という自己イメージをいっそう強固なものにしたのだ。しかし、一九七七年にメディアがリンチをくわえていたのは別人だった。疲弊し、そのくだらない乱闘で立ちまわる覚悟のまったくできていない男だった。わたしの目に映るジュネは尾羽うち枯らし、絶望していて、わたしの心をかき乱した、なぜなら、わたしはまた新たなジュネを発見していたからだ。哀れな、名誉を傷つけられた、言葉の弾丸で穴だらけにされたジュネ、絶対的な孤独をふたたび見いだしているジュネ。その姿は感動的であり、なんとも悲壮でさえあった。

記事が出た一週間後に彼から電話があり、メトロのアンヴェール駅の前のカフェで、彼と会った。そこにいたのは、やつれ果て、悲しみに暮れ、しょげかえった男だった。こてんぱんにやられてしまったと、彼は感じていた。メディアによるリンチは、すべてに望みを失わせるほどに、彼を深く傷つけていた。ジュネは床に目を落としたまま、ぼそぼそとしゃべった。こう言った。「あの序文は一年以上もまえに書いたんだ、自分でも忘れていたくらいだ。わたしが言いたかったのは、ただ、正当なものとなりうる暴力と、獣じみた行為である蛮行とはちがうということなんだ」。わたしはジュネに、バーダー団、「赤い旅団」はテロを繰り返して政財界に恐怖を撒き散らしており、彼のテクストは蛮行を非難しておきながら、そういう蛮行を正当化しているように見えるのだ、と諭した。

テロリズムはヨーロッパの諸政府が頭を悩ます問題になっていた。一九六八年五月のあと、抗議行動が方法を変え様変わりしているのは周知のことだった。自分たちの革命の理想に分別を失って、行動に移す者たちがいた。資本主義システムが実際に揺らぐことはなかったが、そのシステムの担い手たちは、徹底的に戦うことを決意した若者たちの的になった。ジュネは、あらゆる新聞雑誌に目を通していたのに、そのような新たな状況を把握していなかったか、さもなければその状況を幸いと考えて、ドイツの革命グループへの共感を表明したのだった。

彼は、悪さをしているところを見つかった、あるいはひどい失敗をしでかしたことを後悔している、小さな子どものようだった。彼は言った。「いいかい、わたしはひとりだ、いつだってひとりだった、わたしのうしろには組織も、大学も、政党も、軍も控えていない……わたしは完全にひとりきりの人間だ。そんなわたしが闘技場の真ん中に引っぱり出されてめった打ちに遭っている……まえはわたしももっと血気盛んだった、だがいまでは、自分に敵がまだいて、わたしを差し出せと言ってはばからないことを知って、驚くばかりだ」。少し黙ったあと、自己弁護が始まった。「それにしても、あれはマスペロからこれから出る本の、ただの序文だぞ、どうしてあんな攻撃的な批評がよってたかってわたしに飛んでくるんだ？　おかげでわたしは、ナチス・ドイツの共犯者、あらゆる国民の敵、放火魔で、おまけに犯罪集団のリーダーときた！　わかるか。わたしがもし立派な大組織に属していたら、やつらはあえてこんなふうにわたしを扱ったか？　わたしはかばわれ、護られたさ。まったく、ブルジョワたちがジュネに見せしめの制裁を、とわめいていた時代に逆戻りだ……」

わたしは「ジャン・ジュネのために」と題した短い記事を書きおえていた。彼に話すつもりはなかったのだが、彼の落ち込みぶりを見て、頼まれたわけでもないのに自分がしたそのことを知らせようと決めた。

ほっとした様子で、彼は言った。

「そんなことをしてくれたのか！　わたしの弁護に何か書いてくれただって？　読んで聞かせてくれるかい」

わたしは紙をとり出して、読みあげた。客が多くて騒がしい場所だったが、彼は注意深く聞いていた。彼は手をわたしの肩に置き、言った。

「それをどこかに載せられると思うかい。『ル・モンド』は承知するかな？

――わからない、でもやってみる。この一週間、『ル・モンド』はきみへの批判的な意見しか掲載していないからね、少しバランスをとらなければだめだ。あの新聞のことは知っているだろう、意見の釣り合いを重んじるんだ、ヴィアンソン＝ポンテに見せよう、友だちだからね、それにフォーヴェは公正で気骨のある男だ、きっと、孤立している人間を擁護しようという人間に発言の場を与えたいと考える。

――ああ、頼む、発表してくれ、お願いする。ありがとう」

別れるとき、わたしは悲しい気持ちになった。こんなジュネはこれまで見たことがない。彼はもう一度わたしをつかんで、最後の念押しをした。「あてにしているよ！」

わたしはすんなりとその記事を、二面の「意見」のページ上部に掲載することができた。反応は芳しいとはいえなかったが、それでも支持の手紙を数通受けとった、というのも、どこをとってみてもわたしはテロリズムを正当化していなかったからだ。そうではなくて、わたしは、つねに疎外された者の側に立ってきたひとりの作家を断固として支持したのだ。また、その記事をきっかけに、『ル・モンド』の内外の何人かと近づきにもなれた。こう言われたものだ。「ジュネの記事には賛成しませんが、あなたの見方と擁護には好感をもちました。あの記事を発表されたのはよかった」。こうしてわたしは、『ル・モンド』の特派員で、のちにスイユ社でのわたしの編集者となる、ジャン＝クロード・ギユボー〔一九四四－。ジャーナリスト、作家〕の知遇を得たのだった。

ジャン・ジュネのために

ジャン・ジュネはスキャンダラスな人間である。

早々に彼を追放した社会が、どうして今日、彼の明晰を許すことができるだろうか。それは破壊的な明晰さで、というのも、それが自由な思考、独立した思考、いかなる国家、社会とも結託しない思考の産物だからだ。いかなる制度にも護られていない自由な思考である。ジュネの暴力と蛮行《ブリュタリテ》についての考察がすぐに野蛮《ブリュタル》で怒りに満ちた反応を引き起こしたことは、なんら不思議ではない。フランスの知識人が発言するとき、その背後にはある階級、党派、集団、身内が控えていることが多い。発言すれば危険はあるにはあるが、それは限られた危険である。

ジャン・ジュネはひとり立つ人間である。

彼は荷物をもっていない。彼の人生は物に煩わされはしない。持ち物などない。小さなスーツケースひとつだけで、ホテルを転々として暮らしている。ホテルはたいてい駅のそば。いつでもすぐ旅立てるように、というわけだ。ジュネは頻繁に旅に出る。ヴァカンスではない。いかれた雲だ。いかれていて、自由なのだ。彼はどこにでも降り立つ。軽々と。ユーモアをたずさえて。譲歩することは、持ち物と同じく、現在の社会、あるいは法に則ってほんの少し姿を変えた未来の社会で生きることを選んだ人々に、任せている。

彼を忌み嫌った社会のなかで隠遁し孤立したジャン・ジュネには、しかし、絆で結ばれた人間たちがいる。よそに、別の領土に。それは概して遠いところにある。そこには概して、貧困が根を張っている。というのも、ジュネは兄弟愛にあふれた人間なのだ。彼は自分の仲間を見分ける。彼らがどこにいるのか知っており、彼らがどこにいようとも、そこに赴く。マグレブの貧民街へ、アメリカのゲットーへ、そしてパレスチナや日本やヨーロッパやそのほかの占領された地へと、向かうのだ。彼はつねに、死につきまとわれる人々、生から引き離される人々、自分の土地から追われる人々、住まいと文化を破壊される人々、制度が働く蛮行によって歴史の流れから押し出される人々のなかに、みずからの居場所を見つけた。ジュネはつねに彼らの側にいた。けして偶然ではない。彼の家族、彼の祖国、それは第一に、自分の同類、追放された人々、その存在、そのアイデンティティを引き裂かれた人々なのだ。だからこそ、ジュネはどんなジェノサイドの到来も見逃すまいと生きている。だからこそ、彼はいつでも旅立てるようにしている。ジュネは、必要なときにかならずそこにいる人間だ。

自分の作品のことは、彼にとってはどうでもいい。そんなものは知らないと言いはしないが、それについて話すことは拒む。自分自身や自分の本が表に立つことに、我慢がならないのだ。彼にとって、作家とは顔をもたずにいることのできる者である。ジュネは、ひたすら他人のために、神経を尖らせる。

これこそが、この人物の許されざる点である。人は、彼がつねに実際に自分で足を運んで、恵まれない人々や丸裸で何もかも奪われた民衆の傍らに寄り添ってきたことを、許さないのだ。追放者たる彼は、いたずらな風に吹き流されて岸辺に身を寄せる。人は、彼が日本のゼンガクレンの、ブラックパンサーの、パレスチナ人の、移民たちの側に立ってきたことを許さない。

今日ジュネが、みずからの信念を貫き通した、圧倒的な明晰さ、圧倒的な絶望をもつ人間たちを擁護するとき、どうしてそんな彼を人が許すはずがあろうか。

ジャン・ジュネについて多くのことを語るがいい。彼の人生と行動を中傷するがいい。さらには、彼が一度も言いも書きもしていないことを、彼が言ったことにするがいい。安心して事実をねじ曲げて伝えるがいい、ジュネは訂正しようと新聞に書いたりしない〔『公然たる敵』所収〕。

いまだったら同じ文章を書いたかどうかは、わからない。しかし当時のわたしは、まれにみる辛辣な攻撃に完膚なきまでに打ちのめされた人間を救いたい一心だった。事態は徐々に鎮静していったとはいえ、この序文が残したきわめて悪い印象は、人々の心から払拭されることはなかった。ジュネの名はふたたび武力による抗議行動と結びついたのである。そのことは、その後ジュネがパレスチナのために戦うときに、ゆがんだ、ひどい不利益をもたらすだろう。多くの人間が、あろうことか、バーダー団とパレスチナ人とを同一視し、しかもそこに一九七二年のミュンヘン・オリンピックの惨劇〔パレスチナ武装組織がイスラエル人選手を人質にとり、殺害した〕の記憶まで重ねてしまうのだ。

ブーグリオーヌの部屋《ステュディオ》

数か月のあいだ、ジュネはわたしの前から姿を消した。なんの音沙汰もなかった。一九七八年四月のある日、ムハンマドから電話があり、パリのロシュシュアール大通りにある彼らの新しいアパルトマンに誘われる。行ってみると、真新しい建物だ。ジュネはそのなかの一室を、サーカスの軽業師で団長でもあるアレクサンドル・ブーグリオーヌ〔一九五一–。有名なサーカス一家ブーグリオーヌ家の出身だが、のちに独立したサーカス団を興す〕から借りて使っているのだ。サーカス芸人から、こんな安物のくすんだ栗色のカーペットが敷き詰められた、こんなところを貸してもらうなんて、ジュネ以外にないな、とわたしは思った。

入ると、ジュネがマットレスの上になかば横になって、〈ジタン〉を吸っているところだ。浴室に目をやると、バスタブが新聞や空の牛乳パックや煙草の吸い殻で一杯になっている。メインルームには、数えきれないほどの〈ジタン〉のカートンが乱雑に散らばっている。ジュネの脇の小さなナイトテーブルには、眼鏡入れと、札束と、灰皿と、安全ピンがふたつ、置かれている。ムハンマドのための赤い肘掛け椅子もある。マットレスに焼け焦げの穴がいくつも空いている――煙草の火を消し忘れたまま寝ているにちがいない――のに気づいて、わたしはすぐに〔ジュリアン・〕カレット〔一八九七―一九六六〕の事件の二の舞にならないように彼に言う。『ゲームの規則』に出演したこの俳優は、煙草の火の不始末で、就寝中に火事になって死んでしまったのだ。ジュネは答える。「知ったこっちゃない」。どこに姿を消していたのか尋ねても無駄だ。わたしは彼のそういう雲隠れには慣れていた。彼はいちいち説明をするのが好きではなかった。すると唐突に、彼が言う。「モーリタニアから帰ってきた、ヌアクショットにいた、書くためにひとりになったんだが、ムハンマドにはわたしが必要だったから、戻ってきた、それだけだ！」

　わたしは彼に、部屋にどうして家具がないのか訊いた。彼は笑った。「法律を実践しているんだよ！　税務署の人間がいつ乗り込んできてもかまわない、やつらが差し押さえられるものはここには何もない。ベッドとナイトテーブルと肘掛け椅子をもっている権利はわたしにあるんだ。最低保障所有物。やつらが来ても手ぶらで引きさがるのさ。ふだんわたしはホテルで暮らしていて、住所は絶対に残さない。家族なし、家なし、とくに家具なんてまっぴらだ……」

　ジュネは生涯一度も銀行口座をもたなかったし、一度も税金を払ったことがなかった。ガリマール社がそちらの処理をしていた。手元に残るものについては、ジュネは現金しか信用せず、それを惜しげもなく使った。それは彼の気質の問題だった。税務署に一銭も渡さないこと、税務署が彼を捕まえようとするのを邪魔すること、そうすることで、彼はあるよろこびを、子どもが女の先生に冗談を言って感じているようなある種の満足感を、得ていたのだ。わたしはムハンマドはどこに寝ているのかと尋ねた。「カーペットの上だよ、寝心地がいい、それに春だ、暖かいし、わたしの毛布を使わせている。なんとか間にあっている」

翌日また、女友だちのディマと一緒にジュネに会いにいくと、彼女は冷えた吸い殻が発する臭いと部屋の汚さに衝撃を受けた。彼女は大掃除をしてやろうと、腕まくりをした。「お断りだ！そうしたかったら、自分でこのアパルトマンをダイヤモンドのようにぴかぴかにするさ。でもそんなつもりはない。ここは刑務所にいたときと同じなんだ。わたしは完璧な文章を書いていた、当局を感動させて、そこから出してもらおうと必死だった。わたしは刑務所から出るために書いたんだ、文学をするためじゃない。そもそも、出たあとはもう書かなかった」

ディマは彼に、でも戯曲を書いたじゃない、と言った。

「ああ、だが演劇は別物だ、演劇は文学じゃない」（彼は同じ考えをショクリーにも話していた）奇妙だった、彼がそんなふうにして逃げよう、いつもどうにかごまかそうとするのは。当時彼が書いた戯曲はそれでも五作もあったのだ。さらにその後、パレスチナに直接関連したふたつのテクスト、「シャティーラの四時間」と遺作『恋する虜』を書くことになる。しかし彼は、書くことはもう永久に過去のことだと思わせたがっていた。

わたしは彼に言ってやった。「きみが戯曲を書いたのは、それが上演されるのを、いい演出家が演出し、いい俳優が演じるのを、見たかったからだ。立派な理由だ」

　わたしはきつい口調になっていた、彼の不誠実さにいらいらしていたからだ。すると彼は、どのようにして、なぜ、『女中たち』を書いたのかを、わたしに話してきかせることにした。

「ある日、女優のマリー・ベル〔一九〇〇－八五。ラシーヌやクローデルの舞台で活躍した女優。パリのジムナーズ座の支配人も務め、一九六〇年にジュネの『バルコン』をフランスで初めて上演した〕がわたしを家に招待して、自分のために戯曲を書いてほしいと頼んできた、もちろん彼女が主役の戯曲だ。わたしは彼女に言った。「よろこんで。だが、書くには落ち着いた静かな場所が必要だな。たとえばギリシャなんか文句のつけようがないんだが」。彼女は費用を全部もつことを承知した。わたしはギリシャに出発して、数か月滞在した。たっぷりと時間をとって、十分に楽しんで、ときどき紙に書きつけていたが、しかしそれはマリー・ベルの依頼とはまったく関係ないものだった。パリに戻ったが、彼女には会いにいかなかった。ある友人をつてに彼女からの問い合わせが来た。わたしは答えた。「ああ、戯曲は書いたさ、タイトルは『カリュプソ』にした。事典でカリュプソが誰か調べてみろ、と彼女に伝えてくれ！　沈黙の女神だ！」戻ってきた友人は、マリー・ベルはがっかりし、おかんむりだと知らせてくれた。わたしが誠実ではない、彼女の金をすっかり使っておいて契約を果たしていない、と言っているのだ。「だってわたしたちはどこにもサインしていないぞ！　それにたとえサインしていたとしても、何も変わらんよ。わたしを相手にするなら、いちばん大事なのは書類の最後にわたしの名前があるかどうかじゃない、わたしが口で約束をしたかどうかだ。だが、彼女にそういう約束はまったくしていない。わたしはただ「ギリシャは文句のつけようがない」って言ったんだ、それだけだ」。友人は、彼女に会って説明するために、ふたたび出向いていった。彼女は文字どおりかんかんになった。わたしは友人に返事を託した。「よし、じゃあ言ってやるんだ、吠え面かきな！」

じつのところ、その滞在を利用して、わたしは『女中たち』を書いていたんだ。だが、マリー・ベルでは、クレールの役にしろソランジュの役にしろ、ぴんと来なかったし、マダムとなるとなおさらだった。しかもそれは、演劇的な演技がめだってはいけない戯曲だ。うん、ひっそりとめだたない、そうでなくちゃいけない。ところがマリー・ベルの演技がそういう境地に達するのは無理な話だった。彼女には申し訳ないが」

ジュネは自分の不当な行為に自慢げだった。彼は悪人でも卑劣漢でもなかったが、自分に何もひどいことをしていない人間に対して鬱憤を晴らすのが好きだった。マリー・ベルとのいざこざは、わたしが思うに、彼とニコ・パパタキスとの絶交の経緯と並べて考えるべきものだ。

わたしたちの関係が破綻をきたさなかったのは、わたしがジュネを知ったのが遅くて、そのころの彼にはもう裏切りの欲求がなかったからだし、それになんといっても、彼がパレスチナのための戦いに没頭していたからである。いまになってもわたしには、わたしたちの結びつきをどのように言い表すべきなのかわからない。友情？　友愛？　利害関係？　わたしは例外的な存在で、わたしにはそれがわかっていた。ショクリーの本『タンジールのジャン・ジュネとテネシー・ウィリアムズ』を読んではじめて知って驚いたのは、わたしたちが実際に出会うずっと以前からジュネがわたしに関心をもっていたということだ。彼は、モロッコのふたりの傑出した知識人であるアブデルケビル・ハティビとアブドッラー・ラルイ〔一九三三―。歴史学者、作家〕について質問したのとまったく変わらない調子で、ショクリーにわたしと知り合いかと尋ねたらしい。だがそういったことは全部、日付の問題にすぎず、それによってジュネの何かがわかるというものではない。

同性愛

ジュネがはじめてタンジールのわたしの家を訪れたとき、モロッコでは同性愛に寛容かどうかと質問された。ホモセクシャルであることを公言している知り合いはいるか、と訊くのだ。はっきりと答えることはできなかった、その方面にわたしは不案内だったのだ。彼は、自分の見たところアフリカは、それでもよそよりは暮らしやすい、と言った。わたしは彼に、どのようにして自分がホモセクシャルだとわかったのかと尋ねた。彼は微笑んで、彼でなければ考えつかないような話をしてくれた。ひょっとしたらそれは実話だったのかもしれない。

「十四歳のときだ、病気で入院していた。ひとりの女看護師がわたしを気にかけてくれるようになった。たまにボンボンをもってきてくれた。同室の端にいた男の子がわたしの目にとまっていた。天使のような顔だった。互いに視線を交わして、それで理解しあえていたんだと思う。わたしは彼にボンボンをあげた、自分の隣の子に包みを渡して、その子がひとつ自分で取ってからまた隣に渡して、その子がまた、というふうにしてだ、それでもわたしの目当ての子のところにはいつも十分な数のボンボンがまわった。お礼に、彼はウインクをしてよこした。起きられるようになるとすぐに、わたしは行って彼のベッドに潜り込んだ。自然のなりゆきだった。わたしたちは黙って、あれこれ相手に訊いたりせずに、セックスをした。そのときから、わたしには、自分が男としかセックスをしないだろうということがわかったんだ。それはあまりにもわかりきったことで、困ることなどまったく何もなかった」

プレイヤード版のジュネ『全戯曲集』でアルベール・ディシィが記しているところによれば、当時、学校の校長が報告書のなかで、「冒険小説の読み過ぎで感化されているこの子」の「女性的な外見」と「いかがわしい性向」を指摘している。だが実際には、もっと単純なことだった。冒険小説の耽読や身体的な外見が彼をホモセクシャルにしたのではない。ジュネがはっきりと言ったことで十分だ。それは、生まれながらに自明のこと、だったのだ。疑う余地はないし、「克服に失敗したエディプス・コンプレックス」が入り込む隙もない！

わたしたちが知りあったとき、わたしの印象では、彼はもう性愛の問題に関心がなかった。

いずれにしても、彼がそれを話題にすることは一度もなかった、ホモセクシャルの権利主張のために彼の名前を利用しようとした「おかまども《ペデ》」を罵ったり、ジッドが少年たちとの逢瀬のためだけに北アフリカに旅して、しかも「金払いの悪かった」ことを責めたりする——ジュネはいまでいうセックスツーリズムに溺れた作家たちを軽蔑していた——とき以外には。彼はミシェル・フーコーを、恋人のひとりであるチュニジアのユダヤ人に大賞を獲らせようといろいろな文学賞の審査員たちに圧力をかけたといって、非難した。わたしは彼に、フーコーのその恋人がユダヤ人だとわざわざ言う必要はないし、自分だって恋人のためにさんざんしてやってきたことはすっかり棚に上げるのか、と注意した。ジュネは答えなかった。彼の不誠実さは底なしだった!

また、わたしはときに、ジュネがどうしてムハンマドと「恋人」でいられ、一緒に暮らすことができるのかと、いぶかった。ムハンマドは文化的、文学的な面でジュネと共有できるものを何ももっていない男で、それに、まれにふたりで議論することがあっても、ありきたりな一般論を堂々巡りしているだけだったからだ。ムハンマドが話すのを聞いていると、その両者の差がとてつもなく大きいようにわたしには思えた。ムハンマドがジュネは「予言者」だと言うとき、彼はげんにそう信じていたのだ。彼にとってジュネは、彼に別の人生を与えるために神あるいは運命から遣わされてきたのだった。もちろん、ジュネによって一から十まで作られ、考えられ、構成された人生だ。ジュネはすべてを予見していた、パスポート、仕事、結婚、「後継者」の誕生、流産、離婚を、ムハンマドのちょっとした言葉や行いも含めたすべてを。しかしながら、造物主であったにもかかわらず、ジュネは自分の恋人にハシシュと売春婦から足を洗わせることができなかった。ムハンマドは甘やかされた子どものように、泥棒や反逆児にさえなれない、けちな、ほんとうにけちなちんぴらのように、ふるまっていた。ジュネは晩年になるとそれにいらだちを見せたが、しかし自分の理想のムハンマドをとり戻すのにどうするべきかわからずにいた。ムハンマドのほうは、わたしは彼とよくアラビア語で話すことがあり、彼が困惑、不安、もっといえば沈鬱をうちに抱え込んでいるのに気づいていた。モロッコの周囲の人間たちの反応が彼にはこたえていたのだ。恥ずかしかったからか、とくに何も考えずにそうだったのか、ムハンマドはわたしの前ではけして性の問題についてしゃべらなかった。彼の売春婦通いはパリでもモロッコでもひっきりなしだったが、おそらく、嫉妬から彼をからかったり、ときに罵ったりもしていたララーシュの隣人たちの中傷に反発してのことだったのだろう。「老人に囲われている男」だと見られたくなかったのだ。だがそれは現実で、人々の目は節穴ではなかった。ひょっとしたら彼の両親もそれを疑っていたのかもしれないし、そのことで彼とのあいだに口論でもあったのかもしれない。ムハンマドがモロッコにいてジュネに電話してくるときは、きまって愚痴をこぼして金が必要だと言うためで、近況報告で終わることは絶対になかった。ジュネは出かけていって、事をおさめ、そしてうろたえながらパリに戻ってくるのだった。ある日彼はわたしに向かって言った。「いったい、やつはあの金を全部何に使っているんだ?」どうしてそれがわかるだろう。ムハンマドは万事についてはっきりしたことは言わず、喩えばかりを使ってしゃべるのだ。ジュネがジャッキーとのあいだに築いていたそれとは似ても似つかない関係だった。ジャッキーとの仲は、もっと昔からのものだったがゆえにずっと強固なもの——大人の関係、真の共犯関係だった。それでもやはり、ムハンマドとイッズアッディーンができるかぎりよい条件で暮らせるようにするために、ジュネの周りの人間たちはひとり残らず駆り出されたのだ。

ジャッキーのムハンマドについての見方は、わたしとは少しちがう。「ムハンマドはさびしげだった、上の空だった。彼は詩を、書くんじゃなくて朗唱していた、東アラブの伝統に連なる口承詩人だ。たいへんな感受性があって、じつに美しいことを言い、無防備に、計算せずに話した。コーランはそらで覚えていた。彼のする物語はなみはずれていた。わたしは彼に、「何か書けばいいのに!」、と言ったものだ。粗野な人間という見かけの下の彼は、ひときわ洗練されていた。自分の世界でたったひとり、自分の心を占める多くのことを考えていた。彼はパリを斬新な目で見ていて、わたしたちの目にはもう映らない、いろいろなことに気づいていた。詩人だったんだ。彼とわたしはうまが合った。『夜が来て』のシナリオの着想は、ジュネと一緒に過ごす時間のなかで彼に湧いてきたものだ、それでジュネは、契約書に「原案、ムハンマド・エル・カトラーニー」と記載されることをあんなに強く求めたんだ。ジュネが彼を前面に押し出そうとしていたのは、恋人だからじゃなくて、彼が前面に押し出されるに値したからだ。

ジュネは口癖のようにこう質問していた。「きみはこれをどう見る？　きみはこう思わないか？」

たしかに、ムハンマドには驚かされることがあった。彼は、いま自分が生きているように生きていることにびっくりして、まるで突然まばゆさに目がくらんだかのようになるのだ。「神がジュネの家を光で満たしてくださいますように！　家をもたないジュネの！」と、ある日、なぜともなく、彼はわたしに叫んだのだった。

ホメイニ

一九七八年の終わりのことだった。ホメイニ師がフランスにいた。イラン革命がめざましい進展を見せていた。ジュネはこの、西洋をヒステリー状態に陥れている老人に魅了されていた。ミシェル・フーコーでさえ欺かれて、この革命に何か建設的なものを見てとることができると信じ込んでしまっていた。ジュネは、宗教には関心がないとわたしには繰り返し言っていたにもかかわらず、イランで宗教家たちが点を稼ぐたびに喝采を送った。西洋を——とりわけフランスを——憎悪するあまり見境がなくなっているのだということが、わたしにはよくわかった。

ある朝、彼はわたしに言った。「わたしはホメイニが好きだ、西洋人たちに手を焼かせているからだよ。彼らをこっぴどい目に遭わせていて、それにアメリカとイスラエルという二大国に支援された王政を転覆させることに成功した。ホメイニは自分の方針をいっさい曲げないんだから、恐れいるよ。西洋は怯えている！　万歳だ！」

ホメイニはテヘランに戻ると自分の陣営の人々を銃殺しはじめたが、ジュネはそれをなかば当然のことだと考えていた。

「どんな革命でも、そうなるものだ。

——だけど、あの男が自分の国にうち建てようとしているのは啓蒙の体制なんかじゃない、それどころか、彼が実践するのは反動的、政治的で、復讐に目の色を変えるイスラム教だ！

——知っているよ、彼自身がそう言った。イスラム教は政治的であるか、さもなければ存在しないかだ、ってね。見てろよ、彼はあの石油まみれの王政、あの腐った体制をかたっぱしから揺さぶっていくぞ」

当時、湾岸諸国がイランからの波及を恐れていたのは本当だ。しかし、それがあの恥知らずで残忍な師に「恐れいる」理由になるだろうか。わたしはジュネに、彼の批評眼がすっかり曇ってしまっていて、ミシェル・フーコーとあまり変わらないと指摘した。すると彼は怒りだした。「ああ、やめてくれ、わたしをフーコーと比べるんじゃない！」

モロッコのあちこちのカフェでホメイニのポスターを見て、ジュネは感激していた。彼は、ホメイニがイスラエルとアメリカに逆らっている以上、モロッコ人も彼を賞賛していると考えていた。ジュネが幻想から覚めるまでには時間がかかったが、幻滅していることがわかったのは、彼のつねにならって、すっかり口をつぐんでしまうようになったからだった。イランやそのイスラム革命のことはもう話さないのだ。「自分はまちがっていた」とは言わなかった。

同じころ、西サハラをめぐるアルジェリアとモロッコの衝突が激しさを増していた。わたしはジュネに、両国が戦争になるのではないかという自分の懸念、不安を語った。彼の態度ははっきりとせず、言を左右にして、モロッコ南部の植民地化に抵抗した偉大な闘士である導師《シャイフ》マ・エル・アイニーン〔十九世紀終わりから二十世紀初めにかけて活躍〕の話をしだすのだった。わたしがこの問題について彼はどういう立場をとるのかと食いさがっても、答えようとしないか、とおりいっぺんの一般論を口にする。その地域はスペインに占領されていたのだから、スペインがそこから出ていってけっこうなことだ、と言うのだ。パリのモロッコ大使ユーセフ・ベル・アッバスと交わしたやりとりが思い出される。ジュネがムハンマドのためのパスポートを手に入れるときに助けた人物だ。彼はわたしに尋ねた。「どうしてきみの友人のジュネは、モロッコの正当な主張、侵すべからざる主張、領土保全の主張を支持する記事を書かないんだ?」わたしは嘘偽りなく答えた。「ジュネはそれについては何も書かないでしょう、アルジェリア人とポリサリオ戦線〔一九七六年に結成された武力解放組織。モロッコとモーリタニアに割譲された旧スペイン領サハラ地域の独立を目指す〕の味方だというわけではなく、たんに興味がないからです。それにジュネは、恩義に報いるようなタイプの人間ではありません!」わたしは、大使があきらめるように、少し言いすぎだったがこう続けて、話をぴしゃりとうち切った。「ジュネは反逆児で、ヨーロッパ人にははみだし者扱いされていて、政治的な発言をしても真に受けてはもらえない人間です。モロッコの擁護をしてくれないほうがありがたいですよ！」

ジュネはまた、モロッコの獄中の政治犯のために、ハサン二世の体制に服しないという理由だけで拷問にかけられている男たち女たちのために、弁護の筆を執ることもけしてなかった。ひょっとしたら、体制をまっこうから批判することで、何かしら深遠な、しかし自分でもはっきりとはわからない理由で結びつけられているその国への入国や滞在が禁止されるのを、恐れていたのかもしれない。

サルトルは、ジュネとはちがって、全方位的に政治問題にかかわっていた。ある日そのことを話そうとすると、ジュネは悪くとり、いまいましげに答えた。「そうだな、サルトルと女房のボーヴォワールが一九六七年六月の六日戦争の直前に中東から戻ってきたとき、友人のクロード・ランズマン〔一九二五―。ジャーナリスト、作家。ナチスの絶滅収容所に関するドキュメンタリー映画『ショアー』（一九八五年）を監督した〕がサルトルに、彼がパレスチナ人とアラブ人に味方しようものなら窓から身を投げてやる、と脅したんだ。だから、きみがご執心のサルトルなんて、それほど勇敢なものか！　それにボーヴォワールめ、あの女がアラブ人のことをどう思ってるのか知っているか。好きじゃないんだ。彼女がシリアについて書いた『ル・モンド』の記事は、反アラブ人種主義の臭いがぷんぷんとする。あたりまえだ、扁平足の田舎者なんだから。足も脳みそもまったいらだ」

ジュネがボーヴォワールを嫌っていることは知っていたが、これほどだとは思わなかった。運命のいたずらで、シモーヌ・ド・ボーヴォワールはジュネと同じ日、彼のほんの数時間まえに没することになる。

エドワード・サイードは、一九七二年にベイルートでジュネと会って話したとき、サルトルの政治参加《アンガージュマン》とパレスチナ人のことをもちだしてみた。ジュネの答えはこうだ。「［サルトルは］ちょっと小心者で、パレスチナ人の権利を支持することを少しでも言ったらパリの仲間たちから反ユダヤ主義だと責められるんじゃないかって心配しているんだ」〔『晩年のスタイル』〕

腫瘍

人生の最後の五年間、同時代の大半の知識人たちとは異なり、ジュネの政治参加の対象はたったひとつだった。パレスチナ問題である。フランスにおける移民の権利の問題でさえ、二の次になっていた。サルトル、「ビーバー〔ボーヴォワールのこと〕」との仲間づきあいはもう終わっていた（彼には仲間がいなかった）し、ガリマール社に届く彼宛ての手紙にことさら返事を書くこともやめていた。唯一、彼が関心をもっていたのは、世界中で上演される戯曲が稼いでくれる著作権料だった。彼は物質的な執着からみずからを断っていた。もはや世を捨てた神秘家のようだった。世界を、俗事を知ろうとはしない「スーフィー〔イスラム神秘主義者〕」。齢《よわい》を重ねるにしたがって、その無一物ぶりは見るからに度を増していった。家もなく、余分な服もなく、スーツケースもなく、銀行口座もなく、役所のくず書類もなく、住所もなかった。つまり、すべてから解き放たれた、自由な、あるいはかぎりなく自由に近い、人間だ。ジュネはその「乾き」を、その必要最低限のなかの生を、好んだ。第一に大切だったものは、パスポート、眼鏡、電話番号を書きつけた紙を放り込んであった眼鏡ケース、お金、安全ピン。ほかは、もうどうでもよかった。彼はけして空を眺めず、天気を気にすることは絶えてなかった。

　何者も揺るがすことはできず、何者にも左右されない彼は、健康な赤ん坊のように顔をピンク色につやつやと光らせ、口元には微笑を浮かべ、負け戦、あるいは負けかかっている戦いへの情熱をみなぎらせていた。謎めき、不可解な、とらえどころのない人間で、限られた自分の世界から出ることはまれ、ほんとうにまれだった。

　そんな彼が、一九七九年四月のある朝、わたしをあのブーグリオーヌの部屋に呼んで、赤い肘掛け椅子に座らせ、そして小型葉巻を吸いながら、こう告げたのだ。

「秘密を守れるか。

――ああ。

――よし、よく聞いてくれ。癌になった、喉頭癌だ。誰にも知られちゃだめだし、げんに誰も知らない、ガリマールもだ。放っておいてもらいたいんだ。報道も見舞いもなし。何もいらん。静かにしていてほしい。治療することになるが、表立てずに、騒がれないようにだ。このことはまだ誰にも言っていない。どうするかはこの先考える。

――煙草をやめたら……

――もう間にあわん、葉巻をさらに一本増やしたほうが、癌が尻尾を巻いて逃げ出すことになるっていうわけでもないが。来月、化学療法を受けるよ。タクシー代は社会保障もちだ」

わたしは何も言うことができずにいたが、ようやく彼に尋ねた。

「ムハンマドは知っているのか。

――いや、とくに彼には知られたくない。誰にも言ってないんだ。幸い、ジャッキーは遠くで、いまギリシャだ、だが、わたしの肖像画が完成していないから、下手をすると帰ってくるかもしれない」

彼は、壁際に置かれた大きなカンバスの、描きかけの肖像画を指さした。

「どうやって見つけたんだ?

――この、喉のそばを触ってみたら、小さなぐりぐりがあったっていう、それだけだ。痛いわけでもない。誰にもしゃべらなかった。医者に知っているのがいたから、診てもらって、それから病院に行った。運よく、うんざりするような思いは誰にもさせられていない、誰もわたしを知らないんだ」

しばらくの沈黙があった。

「さて、移民のことだが、何かしなくちゃいけない。あの法律には胸糞が悪くなる。告発しないとだめだ。

——だけど、どうやって？

——きみと対談をするから、『ル・モンド』に載せてもらえるようになんとかしてみてくれ」

「暴力と蛮行」をめぐる騒動がまだ記憶に新しかった。わたしはフォーヴェに話をもっていった（ヴィアンソンは重病を患っていて、五月初めに他界する）。フォーヴェはよい顔をせず、こう言った。「送ってみてください、それから検討しましょう」

対談は土曜版に、半分カットされて、掲載された〔「タハール・ベン・ジェルーンとの対話」、『公然たる敵』所収。完全版は本書巻末に収録〕。当初、編集部の上層は『ル・モンド』がジュネにふたたび発言の場を与えることを拒んでいて、フォーヴェも強く主張はしなかった。しかし、ジュネが友人で弁護士のロラン・デュマに連絡して、『ル・モンド』の社主と話をつけてもらったのだ。わたしは不満だった。ジュネもだ。カットされた記事は黙殺された。わたしは、ジュネはもう、六〇年代にそうだったように尊敬され重んじられている作家ではないのだと感じた。彼の政治的立場、彼の戦いに、メディアはもう関心を示さなかった。彼とともに人種主義や移民問題について仕事をしながら、わたしには、彼の意欲がしだいに萎え、その厳密さがとめどなく失われていっている気がした。がっくりきている、といってよかった。彼と同世代の、あるいは彼に匹敵する、作家、知識人は、当時ひとりとして肩入れしなかった。ジャン・コクトーはすでにこの世になく、サルトルは病に倒れ、クロード・モーリヤックとは反目しあい、ミシェル・フーコーは、彼もまた病魔に冒されていた。

ポワロ＝デルペシュ

金の必要に迫られて、一九八二年一月、ジュネは、たいして買っていたわけでもないベルトラン・ポワロ＝デルペシュとの長いインタヴュー撮影を引き受けた。ダニエル・ドロルムが製作していたヴィデオ・シリーズのためのもので、ドロルムの友人だったアントワーヌ・ブルセイエがジュネとドロルムを引きあわせたのだった。ジュネは、そのジャーナリストの質問にいやいやながら答えるのに、どのようにしたのかを教えてくれた。かまわず自分の仕事をまっとうしているポワロ＝デルペシュを真似してやった、と言うのだ。その映画は、それでも、シリーズ中最良の一本である。ポワロ＝デルペシュはジュネの作品、とりわけ戯曲を、隅々まで知っていた。この世界に入ったころ、彼は『ル・モンド』の劇評を担当していたのだ。ジュネは感じがいいとはいえなかった。数年来、彼はあらゆる相手と不和になっていて、もう誰も彼のお眼鏡に適わなかった。もちろん、ライラ・シャヒードは別だ。撮影が終わるとすぐに、ジュネは彼女に会いにラバトに発った。ホテルに宿はとっていたが、昼間はライラや彼女の夫と一緒に過ごすのだった……。

パレスチナについての会話

そのモロッコ滞在のあと、パリに戻ってきた彼が電話してきて、わたしたちは数時間会った。すると彼のほうから、いかにも彼らしい言いまわしで、六区のドラゴン通りにあるフランス料理レストランにお昼を食べにいこうと提案してきた。「きみは食べるのが好きで、ごちそうが好きではないわたしを責めるが、そんなわたしがそんなきみを、パリで一番の兎のマスタードソースがけを食べに招待してやる」

彼はわたしが食べるのを眺めながら、マッシュポテトを飲み込んでいた。わたしは兎が好きではないと言いだせずにいた。ソースはおいしかったが。その日、空は晴れわたり、日差しは柔らかかった。そのことを、うかつにもわたしはジュネに向かって言ってしまった。

「知りあってずいぶんになるのに、わたしにはそんなことどうでもいいっていうのがわかってないのか、天気のことなんか。空がどうとか、雨がどうとか、太陽がどうとか、晴れがどうとか、気温がどうとか、そんなことのどこがおもしろいのかさっぱりわからん。おしまいだぞ、天気についてうだうだ言うようになったら。そうだ、むしろわたしが敬服しているふたりの人物のことを話すべきだ、アラファトと、ハムザの母親のことを」

そう言うやいなや、彼は、一九七三年に直接会ったアラファトについての、美的かつ政治的な考察を延々と語りはじめた。「あれは指導者だ、封建君主のようだ、わたしは彼のそういう風格が好きなんだ、わたしと同じで大きくはない、だが尋常じゃないカリスマがある、ほかの人間より頭がいい、賢い、じつに賢い……」

つづいては、ハムザの母親の番だ。ジュネの遺作『恋する虜』の主要人物のひとりとなる女性である。「威厳に満ちた、驚嘆するほかない女だ。彼女とは難民キャンプで知りあった、息子が戦士だった。彼女はクレープを作って息子にもたせていて、わたしにもそれをくれたんだ。彼女にまた会いたい、話したい、じっくりと話をしてみたい、ハムザの消息も知りたい、彼がどうなったかわからないんだ」

それから彼が話したのは、戦士の身体の重要性についてだった。ブラックパンサーにしろパレスチナ人にしろ、ジュネが賞賛したのはたしかに彼らの戦いがあればこそだったが、しかし、彼らの身体の美しさも負けず劣らず重きをなしていた。ジュネにとって、彼が正義だと考える戦いに身を投じている戦士は、強靭で美しい人間でもあった。彼は異なる次元のことをまぜこぜにしていて、それをそのまま受けとるのは禁物だということを、わたしは承知していた。ムハンマドについても同じで、彼が目の前で服を着るのを見ながら、ジュネはわたしに言ったものだ。「ごらんよ、彼のほれぼれするような体つきを、ほらあの身のこなし、混じり気のない人間の姿だ……」。このような視点のずらし方は『ブレストのクレル』や『恋する虜』にも数多く指摘できる。『恋する虜』では、イスラエル兵を笑い者にするために、ジュネは彼らを女装者にしたり、彼らの身体に女性的な特徴を与えたりしている。身体をそのように見る仕方も提示する仕方も、ジュネの世界、彼の手法、彼の挑発ならではのものだ。そのことについて、フィリップ・ソレルスは、「ビブロス」シリーズのジュネ『作品集』の序文で次のように書いている。「『ブレストのクレル』の水兵クレルは、ジュネが作りあげた身体のなかでも一、二を争うものだ。［……］こう言ってよい、それは、神経質な、独房のごとき自意識を生む契機であり、動き、息を吸い吐く身体の解剖学のレッスンであり、土地と植物の知覚であり、犯罪と苦行であり、一メートルごとに感じ取られていく空間であり、アイデンティティをかき乱す本質的な何かであり、「切り札《ジョーカー》」である。「彼は、じっと押し黙っている筋肉ひとつひとつの存在を感じていて、それぞれの筋肉はほかの筋肉すべてと一致協力しながら、沸きたつような沈黙の彫像を作りあげているのだった」。「彼の指先には目がついていた。いや、筋肉のすべてについていた。彼はやがて壁と化し、しばらくそのままでいて、ひとつひとつの石を隅々まで自分のうちに感じ取っていた」〔Jean Genet, *Journal du voleur, Querelle de Brest, Pompes funèbres*, Paris, Gallimard, coll. Biblos〕

わたしは思い切ってジュネに、彼のパレスチナに対する全幅の支持がいきすぎで、批判精神に欠けるということをぶつけてみた。彼はいやな様子も見せず、こう答えた。「わたしは、彼らが祖国をもたないから支持するんだ。彼らが国家や、軍や、警察を手に入れた暁には、わたしはもう彼らに関心がなくなるだろう。わかっているか？　わたしの支持する人間たちが美しいのは、彼らが無条件に美しいからじゃない、そうじゃなくて、わたしが支持する以上、彼らはかならず美しいんだ……」

わたしは言った。「そんなの都合のいい論法だよ」。わたしは彼に、予言者ムハンマドの最愛の妻、アーイシャの話をした。彼女は女たちが神の使徒ムハンマドに身を任せることに嫉妬していた。いらだって、夫に尋ねた。「どうしたら女がそんなふうに自分の体を許すことができるのでしょう」。ムハンマドは神から啓示された言葉、自分のふるまいを正当化し、どんな非難を差し向けられてもかわせる言葉で、妻に答えた。するとアーイシャは、茶目っ気たっぷりに機転を利かせて、神の使徒ではあっても、しかし自分の夫であることに変わりはないムハンマドに、言った。「あなたの主は、お見受けしたところ、すぐにあなたの望みをかなえてくださるんですね」。ジュネはこの話がずいぶんと気にいって、「かわいいアーイシャ」はじつに如才ないし、ものおじを知らない、とわたしに言った。そんな彼が『恋する虜』にこう記す。「パレスチナ人はまだ目が覚めていない。すっかり酔いが回ったままだ。詩人だ」。これもまた、批判に対して先手を打つやり方のひとつである。

イスラエルとパレスチナの紛争をとりあげるフランスのメディアの偏向ぶりを見つけるたびに、ジュネは毒づいた。「むかむかする！　やつらは真実を人々に伝えていない、中東一の大国の顔色をうかがって、おぞましい事実を、スキャンダルを、塗り隠しているんだ。報道っていうのは、そういうもんじゃない！」

わたしは尋ねた。「誰のことを言っているんだ？

——わかっているくせに……ユダヤ人どもだよ！

——イスラエル人っていうことか？

——ちがう、リハウディ［ユダヤ］だ、イスラエルが新聞を丸抱えしているわけじゃない、もっとうまい手さ、お仲間をそこに潜り込ませているんだ。一九四八年から占領地で実際に何が起きているのか、さっぱりわからなかったのはそのせいだ」

ジュネは反ユダヤ主義者だったのだろうか。彼の死後、何人かの学者がその問題についての自説を発表し、また研究書も一冊刊行されたが、その本は、ジュネが反ユダヤ主義者であることはもとより、ナチのシンパであったことを明らかにしようとするものだった（わたしは、二〇〇四年二月、ローマの『ラ・レプッブリカ』紙に載せた記事で、その本を批判した。本書巻末に転載したので、参照されたい）。

　およそ十年のあいだ彼と接し、かなり踏み込んだ議論を交わしてきた経験からわたしが断言できるのは、人種に由来する憎悪をジュネから感じたことは一度たりともなかったということだ。彼はイスラエルの指導者たちの傲慢さを蛇蝎のごとく嫌っていたし、イスラエルを、自分のものではない土地を占領しているほかの国家となんら変りない国家として扱っていた。その態度を十分に理解するためには、ジュネにとって祖国というものとの関係が、孤児院で子供時代を過ごし、戦争期には自由の身でいるより刑務所のなかにいるほうが多かったがゆえに、どれだけこみいった、不幸な関係であったかということを、思い出す必要がある。一九四三年十二月には、あやうく強制収容所送りにさえなるところだった。親独義勇隊の管轄下にあったトゥーレル選別収容所に移送され、明日は強制収容所に出発するというときに、多くの人間の尽力が功を奏し、なかでもジャン・コクトーの介入が決め手となって、釈放されたのだ。「真の祖国、あらゆる祖国というのは、ひとつの傷である」、とジュネは、一九七七年のシャルトル大聖堂をめぐる文章のなかで書いている〔「シャルトルの大聖堂《騎乗透視》」、『公然たる敵』所収〕。『恋する虜』のジュネは、「文学の領域」にいる。絢爛たる本であり、わたしの考えでは、それはその詩的、文学的な格調ときらめきのためで、扱われている主題によるものではない。そのような評価を聞いたら、まちがいなくジュネははねつけただろう。エジプトとの国境にあるラファの緩衝地帯がイスラエルに掌握されたことを受けて一九七五年五月二十五－二十六日付の『ル・モンド』がエリック・ルーローの記事とわたしの詩「アーモンドの木は傷ついて死んだ」を掲載したときに、それに対してある日曜日の午後にジュネが示した反応を、いまでも覚えている。わたしのその詩は感情に、わたしの感情にまかせて書いたもので、相反するさまざまな反応を引き起こした。イスラエル大使館のある参事官からは忘れられない手紙を受けとった。こう書かれていた（記憶を頼りに引用する）。「あなたのテクストで危険なのは、そこから発散される感情と詩情です。ルーローの記事はやがて忘れられるでしょうが、あなたのものはちがいます！」ジュネは数日後わたしに言った。「ほら、文学は怖いんだ！」『恋する虜』は詩、文学を、いかなる政治的あるいはイデオロギー的言葉よりも有効な戦いの武器に仕立てあげている。それに、これはすでに言ったことだし、わたしはそう信じつづけているのだが、この書物はジュネのもっとも私的、もっとも主観的な文章であり、というのも彼がそこで語っているのは、みずからの母を、ルーツを、家族を見いだすための（遠回りの）努力だからだ。もちろん、何も見つからないまま彼は死を迎えるだろう、しかし彼は最後に、彼が好んで使っていた表現で言うなら、自分の人生の、戦いの、疑念の、「大掃除」をしたことになる。

サブラとシャティーラ

一九八二年は頻繁に彼と会った。ジュネは癌の治療をしながら煙草を吸いつづけ、最低の衛生状態のなかで暮らしていた。モロッコに滞在して『恋する虜』の執筆にとりかかっていたとき、彼はかなり危険な状態に陥った。戻ってきたときの様子を覚えている、熱があって、重いインフルエンザのような症状が出ていた。わたしが彼の友人のポール・テヴナンに電話すると、彼女は自分の夫やほかの友人たちに知らせて、彼がすぐに治療を受けられるようにしてくれた。ベッドに半分横になりながら、ジュネはにっこりとして、ズボンのふたつのポケットをぽんぽんと何度も叩いていた。「全部ここにある、金と原稿だ。ポケットはこいつ［安全ピン］で閉じてある。書いたものをなくすんじゃないかと心配だ。熱にやられてしまうのが怖い、わかるか、わたしは書いていたんだ、昼も夜も、何ページも何ページも、病気で意識がなくなってもだ、人が見てもわからなかっただろう」

この年、彼のなかで何か大きな変化が起きたのだと、わたしはほぼ確信をもって言える。早い時期に彼は平常の状態に戻り、元気も回復した。するとある日、九月だったが、ライラ・シャヒードが彼を訪ねてきた。ベイルートに発つまえに挨拶に来たのだ。「わたしも一緒に行くぞ！いますぐだ、パスポートはある、金もある、同じ便の切符を買ってくれ、すぐにだ」

ライラはジュネのビザを手に入れる手配をした、彼はダマスカス経由でヨルダン入りしなければならなかったからだ（ヨルダンは過去に彼を国外追放していた）。彼女はジュネの健康状態が悪化することを恐れていて、思いとどまらせようとしたが、しかし、何をしても無駄だった、彼の同行の意志は固く、聞く耳をまったくもたないのだ。彼が一度すると決めたら、誰もそれを止めることはできなかった。頑固、ジュネは頑固そのものだった。その旅のことを考えはじめたおかげで、彼は健康と活力をすっかりとり戻していたし、いずれにしても、ライラには何も言うことができなかった。彼女は、そんな態度を見せられて、吹き出し、小さな子どもを相手にしているかのように、彼にこう言った。「いいこと、薬をきちんと飲みなさい、水を、たくさん水を飲むのよ……。それから検問所ではいつもみたいに気の利いたところを見せようなんて思わないこと、イスラエル兵を挑発しないでちょうだい、あなたはフランス人で青い目をしている、心配することは何もないけど、ふざけないでね」

彼らが到着して数日後に、サブラとシャティーラのパレスチナ難民キャンプで、キリスト教徒民兵による虐殺が起きる。かくして、まったくの偶然のなせるわざによって、ジュネは虐殺後にキャンプに足を踏み入れたいちばん最初の西洋人のひとりとなり、日にさらされたままの死体でびっしりと埋め尽くされている通りを歩き回り、息を詰まらせるような死の臭いを嗅いで、悲嘆の底に沈んだ世界のまさに証人となったのだった。その間に、クネセット〔イスラエルの国会〕でメナヘム・ベギン〔一九一三―九二〕首相はこう表明していた。「シャティーラ、サブラで、非ユダヤ人が非ユダヤ人を虐殺したからといって、それがわたしたちになんの関係があるのか」

パリに戻ってきたとき、ジュネはすでに「シャティーラの四時間」のかなりの部分を書きおえていて、それは一九八三年一月に『パレスチナ研究誌』に発表されることになる。わたしと会うと、彼は自分が見たこと、感じたことを語りだし、憤怒に駆られた言葉は奔流のようにほとばしった。何度も繰り返された表現がいくつかある。たとえば「ひどい、ひどい」、臭いのことだ、死体の臭い、〔アリエル・〕シャロン将軍〔一九二八―二〇一四。当時のイスラエルの国防相で、この虐殺事件を受けて引責辞任する。のちに首相〕の庇護のもとでファランジスト〔レバノンのキリスト教マロン派系民兵〕たちが夜中にいっさい咎められることなく撒き散らした死の臭い、不正の臭い、憎悪の臭いのことだ。ジュネは言った、やつらは殺すことが目的で殺そうと考えたのだ、最後のひとりにいたるまで皆殺しにしようとしたのだ、パレスチナ難民キャンプに対する小型の最終的解決だ……。虐殺は、長い夜の静寂《しじま》のなかで、念入りに、アメリカ・インディアンの虐殺者たちにならっておこなわれた。殺戮し、それからその痕跡を消したのだ。誰も何も言わないだろう、裁きもなく、国際社会から怒りの声があがることもないだろう……。さらに彼は言った。「わかるか、殺されるのはしょせんパレスチナ人だ、たいしたことじゃない、それでも世界は回りつづけるし、断たれた命は軽い、それがレバノンのファランジストと、やつらとぐるになったイスラエルの計算だ」。そしてイスラエルは潔白だと言い張る人々の言葉に反論するために、彼は次のように、わたしに言いもしたし、また、書くことにもなる。「生き残った女たちはわたしに、木曜から土曜にかけての数晩、シャティーラで誰かがヘブライ語をしゃべっているのを、たしかに耳にしたと教えてくれた」

わたしは彼に尋ねた。

「それで、きみはまた書きだしたんだな！　なんのためだい。

——ああ、書いている、わかっているよ、だが書かなければならなかったんだ。それに書くのをやめるつもりもない」

少し黙って視線を遠くにやると、彼は、十字架にかけられ、そしてほかの人間たちと同じようにうち捨てられた女性の遺体が、どのような状態だったのかを語りはじめた。「体は蝿に覆われていて、腕は大きく広げたままだった。うじゃうじゃと蝿がたかっている指先には、血が黒々と固まっていた。庭師が邪魔な枝を払うように、やつらは彼女の指骨《ファランジュ》を、たぶん剪定ばさみで切り落としたんだ……」

それから彼は、指骨《ファランジュ》を切るファランジストたちの姿にとり憑かれて、ちょっとした錯乱状態に陥ってしまった……。まだ衝撃から抜け出しておらず、混乱し、なす術を知らなかったのだ。彼はその女性を見た日付を繰り返し言った。一九八二年九月十九日。

のちにわたしは、『恋する虜』の本当の出発点は、この、惨憺たるサブラとシャティーラの難民キャンプで彼が体験した地獄の旅だったということを理解する。

ジュネが明かし、またライラからもそう聞かされたのだが、ベイルート滞在中に、ジュネは参ってしまった。「ひとりにしてくれ」と言ったきり、まる二日、ライラの家に閉じこもるほどだった。見たこと、感じたこと、経験したことが、彼の想像をはるかに超えていたのだ。アラン・ミリアンティが論文集『シャティーラのジュネ』〔*Genet à Chatila*, textes réunis par Jérôme Hankins, Solin, 1992〕のなかの論考で、その状態を次のように述べているのは、的を射ている。「……ジュネは自己贈与の欲求に幾度も襲われるが、それが顕著なのが、彼がはじめて自分が「パレスチナ人となってイスラエルを憎んでいる」（この「なる」という動詞は、存在の変化、変質という強い意味に、唐突な一瞬かぎりの狂気のようなものとして、理解しなければならない）のを感じるときにほかならない。さらにいうなら、それは、死者の国の旅も終わりに近づいたころの啓示の瞬間で、そのとき、死の擬態とでもいうべきか、彼の体、彼の存在は腐って死臭を放ち、ほかの死体に紛れる一個の死体となっているようでさえあるのだ」

『パレスチナ研究誌』に載った「シャティーラの四時間」の全文を読んで、わたしは人生ではじめて、死体にとり囲まれているような感覚を味わった。わたしはその腐臭を、ジュネが的確で、狂いのない、具象的な言葉で再現しているままに、嗅いだ。彼が戻ってきたときに話してくれたあの言葉と、彼が書いたこの言葉が、混じりあう。地獄の業火のなかにいるような不快感がわたしをとらえ、混乱させる。わたしは考える、言葉でこれほど執拗な吐き気を催してしまうのだから、もし自分が実際に難民キャンプにいて、あらゆる年齢の死体をまたいで歩いたとしたら、どんなにひどいありさまになっていただろう。

「シャティーラの四時間」は生《なま》で、乾いていて、露骨だ。ジュネの小説の洗練さからも、戯曲の辛辣な皮肉からも遠い。それを読むわたしたちは、このうえなく残酷な具体的世界に放り込まれる。ジュネがおこなっているのは、政治でも、イデオロギーでも、ジャーナリズムでさえもない。

パレスチナ人を絶対的に支持することについてジュネが口にした、件の宣言が頭に浮かぶ。「わたしが彼らを愛しているのだから、彼らは正しいのだ」。そんなふうに正義と愛を混同するとは何事かと、人はしばしばジュネを非難した。しかし、ある正当な戦い——パレスチナ人には、イスラエル国家の隣に、しかるべく引かれた通行可能な国境を有する国家をもつ権利がある——へのその支持は、パレスチナの戦いでジュネが好きなのは戦士たちのたくましい男の体だけなのだと信じ込ませようとするような、破廉恥な誹謗中傷によって傷つけられるものではない。そのことに関してはアラン・ミリアンティが、きっぱりとけりをつけるジュネ自身の言葉を引いている。「わたしがヨルダンでの時間を夢幻の時として生きたのは、わたしの性向のせいなどではない」

告発されるジュネ

一九八六年に『恋する虜』が出版されると、ジュネが少しまえにこの世を去って死人に口なしということなのか、ジュネのふるまいは反ユダヤ主義的だと悪意をもって糾弾する批評家たちが現れた。先に述べたように、のちに、見誤った何人かの学者によって蒸し返される主張だ――ジュネを攻撃することは、ある種の保守的な人間たちにとっては、そうせずには生きていけないことだった、たとえ自分たちの説の証明を、意地の悪い論法に基づいて、こじつけと偏見ででっちあげることになろうとも。繰り返し言おう。ジュネは反ユダヤ主義者ではなかった。彼は自己弁護をするようなタイプ、たとえば、本物の反ユダヤ主義者がそうするように、「そもそも、わたしにはユダヤ人の友だちがいる」、などと言うタイプではなかった。ちがう、彼はユダヤ人とイスラエル人およびその政治とを、混同していなかった。「何人かのユダヤ人がこれこれをした」と言うことはあったが、差別意識など彼にはもちようがなかった。彼の怒りは、現実に起きたことを見れば、言語道断で許しがたい出来事のことを考えれば、もっともなものだったのだ。「おまえはイスラエルの政治を、あるいはシオニズムを批判している、だからおまえは反ユダヤ主義者だ」、などと言う人間の脅し文句など、ジュネは歯牙にもかけなかった。そんな理屈は手の甲で払いのけるだけだ。

　この問題についてわたしは一度ならず彼と長い議論を、あえて彼に反論する役回りを務めながら、交わした。彼の言うことは明快、明瞭そのものだった。『恋する虜』のなかで彼は女装したイスラエル兵を揶揄しているが、それはユーモアで、反ユダヤ主義的な憎悪によるものではない、たしかに万人受けするユーモアではないが。たとえば彼は冗談で、アメリカの警官の青白い肌よりもブラックパンサーたちの黒い肌と美しい体のほうが好きだと言ったものだった。ジュネを字面どおりに読むこと、そのままに受けとることはできない。そうではなくて、感情を揺さぶるため、あるいはなんらかの状況の不条理さを理解させるために彼が作り出したイメージやメタファーに、思い切って身を委ねなければならないのだ。

　一九七〇年代の終わりに、否認主義《ネガショニスム》の最初の兆しが現れた。〔ロベール・〕フォーリソン〔一九二九―。ヒトラーが人種や宗教を理由に虐殺を命じた事実はないと主張する〕が書いたパンフレットを手にしたのを覚えている。ガス室に関する自説が展開されていた。わたしにはその主張が、でたらめであるだけではなく、有害で危険なものに思えた。その日のうちにそのことをジュネに話すと、彼の答えははっきりしていた。「ばかを言え、誰だってガス室の存在を否定できるわけがない」。そして、少し考えてから、こう指摘した。「パレスチナ人はユダヤ人にふりかかった苦難や悲劇を一度だって否定していない。

逆だ、その過去の出来事があるからこそ、彼らは正義を求めているんだ」

今日彼に因縁をつけてくる連中は、若かりし日の、ちんぴらで、泥棒で、反逆児だった彼を断罪し、刑務所に放り込んだ連中と変わらない。かつて、本を盗んだという理由で彼を厄介払いし、いま、もはや泥棒としてではなく、もっとひどいことに人種主義者扱いして、彼を貶めようとする。ジュネが日本のゼンガクレンやブラックパンサーを擁護したとき、フランスの批評家たちはそれを咎めなかった。日本の反体制派環境保護活動家たち、アメリカの黒人たちは、フランスから離れたところにいたのだ。彼らはユダヤ＝キリスト教的世界観を脅かしはしなかった。それに対して、ジュネが一九六八年にパレスチナ問題に出会って、みずからの精力と知名度と善意をパレスチナ人に捧げようと決意し、そしてパレスチナ人に同胞として受け入れられると、眉をひそめ、いぶかりはじめるフランス人が現れたのだった。ジャン＝ポール・サルトルは『ユダヤ人問題』〔正確には『ユダヤ人問題についての考察』、邦題は『ユダヤ人』（安堂信也訳、岩波新書、一九五六年）〕を書いた。それに応えるように、ジュネにはおそらく『パレスチナ人問題』を書く心づもりがあったのだろう。

ジュネと「パレスチナ人問題」？　ジュネの人生におけるその重要な一幕については、時代の枠や偶発的状況を超越する解釈が与えられなければならないだろう。ジュネはシモーヌ・ド・ボーヴォワールとクロード・ランズマンに対してはっきりと反感を抱いていた。ふたりのせいでパレスチナ紛争に関してサルトルの目が曇ってしまっている、と考えていたのだ。連中にサルトルは脅されている、とまで言った。その主張を裏づけることはわたしには一度もできなかったが、しかし、ランズマンを知るにつけて、彼が、あのショアに対する情熱に比例して、パレスチナ人を、さらにはアラブ人やイスラム教徒を、拒み、いや憎んでさえいることは、明らかだ。今日のフランスにおいて、そういう人間は彼だけではないが。二〇〇二年のジェニンの虐殺〔四月、イスラエル軍がヨルダン川西岸ジェニン難民キャンプを包囲、制圧した〕、二〇〇六年のレバノン戦争〔七月、シーア派系イスラム原理主義組織ヒズボラの掃討のために、イスラエル軍がレバノンに侵攻した〕、二〇〇八年十二月のガザの殺戮〔イスラエルがガザ地区に対して激しい空爆と戦車による侵攻をおこなった〕を経たとしたら、ジュネがみずからのパレスチナのための戦いをどのように展開していったのか、またハマスのイスラム主義的偏向をどのように分析したのか、わたしにはわかるはずもない。死者の口を無理に開かせることはすまい。その多くが正義の概念をめぐって、あるいは自分たちの土地を強大で横柄な軍隊によって占領されている民族の回復すべき尊厳をめぐって書かれている、彼の晩年のテクストを読むことにしよう。そこでのジュネは、アラブ諸国の体制はパレスチナ民族の惨状に責任があるばかりか、イスラエルの政策の共犯者なのだと、手厳しい。おそらくだからこそ、彼はホメイニに、石油王たちの王政に大きく揺さぶりをかけることのできるリーダー像を見ていたのだろう……。それらの体制をアメリカの傀儡だと指弾するジュネは正しかったし、しかも、彼の死の五年後、サダムがクウェートに侵攻すると、湾岸諸国の王や首長の要請を受けて、彼らを護り、援助するために、アメリカ軍が居座ることになったのだ。その一方で、わたしたちの会話では、モロッコはいつもジュネの舌鋒を免れていた。ハサン二世がアル・クッズ委員会〔イスラム諸国の政治的連帯を目的としたイスラム諸国会議機構の常設委員会のひとつ。聖地エルサレム（アラビア語でアル・クッズ）のイスラエルからの奪回をうたって活動する〕の長であり、また彼が煙草と映画料金に課税をして、その税収をパレスチナ人への資金援助にまわしていたからだ。ただし、ハサン二世がシモン・ペレス〔一九二三－二〇一六。イスラエルの閣僚、首相、大統領を歴任〕の友人でもあるということは重々承知している、とジュネは附け加えずにはいられないのだった。

デリダ

ジュネが著者から送られてくる本をとっておくことは、ほとんどなかった。新聞以外、彼はもう何も読まなかった。ある日、通常の出版物とは異なる大きさの本がわたしの目にとまった。ジュネのマットレスの脇に置かれていたのだ。近づいてみると、そこにあったのが、一九七四年、ガリレー社刊行のデリダによるジュネ論、『グラ〔弔鐘〕』だった！　それはサルトルが書いたものほど大部ではなく、しかしなんといってもずっと緻密な内容だった。わたしはジュネに質問した。「読んだのかい」。ああ、と彼は肯いた。わたしからそれ以上尋ねることはしなかった。彼のほうからデリダについてしゃべりだしたのだ。「知っているだろう、彼はアルジェリア生まれだ。彼のことは好きだ。頭が切れて、テレビに出てくる自称哲学者とは雲泥の差だ。

美しい文章を書く。友だちだよ。彼と一緒にいるのは気分がいい。めったにいるもんじゃない、友だち、本当の友っていうのは」

のちに、ミラノでの「流謫とアイデンティティ」に関するシンポジウムで、わたしはデリダと知りあった。彼はレヴィナスと「訪問」の概念についてみごとな発表をおこなっていた。その晩、イタリア人の友人宅での会食で、また一緒になった。それはすばらしいひと時で、わたしたちはお互いの出自や文学の好みを比べ、それからもちろん、ジュネのことだ。デリダはジュネについて感動と敬意をあらわに語り、それは彼の思い出のなかでもまた、本当の、めったにない友情だったのだ。彼はジュネの作品を読むのがどれほどのよろこびだったのかを、そしてジュネについてあのテクストを書くのがどれほどのよろこびだったのかを、話してくれた。ユダヤ教のことは一度も話題にのぼらなかった。ジュネを反ユダヤ主義者に仕立てあげようとしている学者たちがいると、わたしは彼に教えた。デリダは怒って、彼自身も、イスラエルの政策に同調しないという理由で、何人かのシオニストたちからは「裏切り者」、「えせユダヤ人」に見られている、と言うのだった。ある日、共通の友人から確かな話として聞いたのは、デリダによれば、彼とジュネとの友情は、ふたりでサッカーの試合を観戦しにいくうちに固く結ばれたということだった！　おもしろい話だが、哲学者を引き連れてスタジアムに通うなどという姿は、わたしの知っているジュネからどう思い描いていいものか……。

当時、わたしは『歓迎されない人々』〔高橋治男・相磯佳正訳、晶文社、一九九四年〕の増補版を準備しているところだった。

諸方で物議を醸していた論考だ。デリダの講演を聴き、またそのあとでレヴィナスの書いたものをいくつか読んだおかげで、わたしはその計画をいっそう膨らませることができ、新版は初版よりも充実したものになった。その本は内容以上にそのタイトル〔原題は『フランスの歓待』〕が不興を招いており、たしかにそれは挑発的で皮肉を利かせたものだった、というのもそこで扱っているのは、ドレフュス事件から今日にいたるまでのフランスの人種主義の歴史だからだ。フランスでは危機を迎えるたびに、いかに外国人、ユダヤ人、アラブ人、イタリア人、ポーランド人が白眼視され、暴力の犠牲となるのかを語っている。人種主義的犯罪（警察や憲兵隊がそう認定したもの）を並べたてるとともに、平和なはずの、しかし獅子身中の虫を制御できないフランスで凶弾に倒れた男女を列挙している。ジスカール大統領下とミッテラン大統領下のフランスで人種主義的犯罪の被害者となった人々の姓名を細心の注意を払って書き写しながら、わたしは、ジュネが移民のためにおこなった戦いに思いを馳せずにはいられなかった。

デュマ

わたしがロラン・デュマと出会ったのは、ジュネのおかげだ。デュマはジュネの弁護士であり、友人だった。「暴力と蛮行」のスキャンダルが起きて、わたしがジュネを支持する記事を書いたときに、それをできるだけ間を置かずに掲載してもらえるようにジャック・フォーヴェに口添えしてくれたのがデュマだ。そのデュマに、ある日の朝、マティニョン邸〔パリ七区にある首相官邸〕で会った。当時フランソワ・ミッテランのもとで首相を務めていたミシェル・ロカール〔一九三〇―〕が、湾岸戦争に対するフランスの態度を説明するために、アラブの知識人を何人か一堂に招いたのだった。ロラン・デュマがそこを通りかかって、一緒にちょっと中庭に出ると、彼がわたしに言った。「われらが友人だったら、このもろもろについてどう考えただろうね」。わたしは答えた。「こういうことをおもしろがることもときどきありましたが、今回はそうはしなかったと思います。ひょっとしたら、クウェートが首長たちから解放されたのを見たらよろこんだかもしれませんが、でも彼は好きじゃなかった、サダムのことはまったくね、独裁者で野蛮人で犯罪者だからじゃない、彼がサダムを嫌っていたのは、やつがイッズアッディーン・カラックを暗殺するために人殺しを送り込んできたからです、ほら、PLOのパリ代表ですよ」。ロラン・デュマは笑みを浮かべて、会話を締めくくった。「たぶんそうだな」

ナルシシズム

一九七〇年代の半ばごろにわたしたちが出会ったとき、ジュネにとって書いて人に読まれるということがどれほど意味をもたなくなっているのかを知って、驚かされた。サブラとシャティーラのまえ、彼はシナリオを書いていたが、それは書くふりをしていただけだ。誓ってもいい。わたしは彼のうちで火が消えてしまい、燃えかすだけが残っているように感じていた。パレスチナの戦いだけが、最後の最後に、彼にふたたび書くことへの情熱を与えたのだ。書いても「たいした役には立たない」ことは彼にはわかっていたし、そうわたしに言うこともしばしばだった。だが、こう続けるのだ。「それでも、パレスチナ人にわたしが彼らについて書いたことを、あるいはたんにわたしの名前でもいい、利用してもらえるのなら、わたしは満足だ。わたしの支持は揺るぎなく、一点の曇りもないということを、彼らには知ってほしい。わたしのテクストとわたしの名を彼らに贈るんだ」

このようにジュネは、自分の書いたものと名前をよろこんでパレスチナ人に与えようとしていたが、しかし同時に、徹底して匿名のままでいたいとも考えていた。ある日わたしの質問に答えて、彼はその矛盾について説明してくれた。彼は言った。「紙とペンを出して、こう書いておけ。名前が増殖すると自分が重要な人間だと思ってしまう。これっぽっちも重要であるものか。名前が増殖すると自分には権力があると思ってしまう。権力なんかこれっぽっちもあるものか。つねに自分に目を光らせ、自分の匿名を繰り返し確かめなければならない。骨が折れるし、ぼんやりしてはいられない」

それから彼は、話をナルシシズムの必要性ということに向けた。わたしは驚いた。恥ずかしくない程度にナルシシストであること、他人を見て、場合によってはその他人に救いの手を差しのべてあげるのに十分なだけナルシシストであることは、必要ではないかと、彼はきっぱりと言ったのだ。

その日、わたしたちはサン＝ドニのジェラール・フィリップ座に行くために、タクシーに乗った。おしゃべりな運転手で、口から出てくるのは紋切り型や偏見ばかりだった。赤信号で、ひとりのジプシーがフロントガラスを洗おうと駆け寄ってきた。運転手は癇癪を起こして、意地悪く発車させ、あやうくそのジプシーをはねるところだった。ジュネが彼に向かって言った。

「ジプシーが好きじゃないんだな！

——ええ、そうですよ、ムッシュ、やつらときたらみんな泥棒のごみどもですから。

——なるほど！　まえに何か盗られたのか。

——いいえ、わたしはやつらには強面《こわもて》ですからね、そんな度胸のあるやつはいないでしょうね。

——で、あんたのほうは、これまでに盗みをしたことは？

——え、ないですよ、ムッシュ！

——子どものころも？

——ええ、一度もありません。

——「ジプシーGitan」ていう言葉がどこから来たか知っているか。「悪魔」っていう意味のアラビア語「シャイターンChitane」からだ。となると、あんたは悪魔に復讐されるぞ。

——どうしてですか。

——だって、あんたが人種主義者だからだよ、ジプシーが好きじゃない、ユダヤ人も、アラブ人も、黒人も、何人《なにじん》も好きじゃないからだ。

——そんな、ムッシュ、聞き捨てならないな、わたしは人種差別をしたことなんかありませんよ、とくにユダヤ人に対しては！

——じゃあ、ほかとはうまくやれているのか。

——ほかのやつらは、差別されてもしかたないですから……」

目的地に着くと、ジュネはぴったりの料金を投げつけ、ふだん気前のいい彼がチップもなしで、その運転手に言った。

「せめてあんたが泥棒だったらなあ……」

ジュネはジプシーと悪魔が類義語だと言ってはよろこんでいた。わたしも一度その説を聞かされて、びっくりしてみせたことがある。じつのところ、ジュネが言っていることはあてにはならず、アラビア語で自分が知っているいくつかの言葉を使ってふざけるのが好きだったのだ。厳格な信者ではないがイスラム教徒ではあったムハンマドは、宗教についての悪ふざけを嫌っていた。ジュネはおもしろがってこう言うことがあった。「わたしが知っているのは、世界が存在しているということだ。神だけが、自分が存在しているかどうかを知っている」。ムハンマドが気分を害すると、機を見るに敏なジュネは、酒を飲んで酔っぱらうのをやめるようにと彼を諭すのだった……。わたしの知るかぎり、ジュネは酒を飲まなかった。たまのビール一杯程度はある。だが、友人が酔っているのには我慢がならなかった。道徳や宗教の問題というよりも、美意識の問題だ。ムハンマドの売春婦詣でのことは、気にしていなかった。それどころか、ムハンマドはホモセクシャルではないとそれとなく言うために、その女遊びのことをジュネは吹聴していたようだった。

アブドッラー

ところで、ジュネ晩年のムハンマド・エル・カトラーニーとの出会いについて理解しようとするなら、つまり、ムハンマドをモロッコから出すため、彼に仕事を見つけるため、かつてのアブドッラーやアメッドやジャッキーと同じく彼をひとかどの人物に仕立てるために、ジュネがおこなったすべてのことを理解しようとするなら、ジュネと綱渡り芸人アブドッラーとの恋愛物語にまで遡らなければならない。アブドッラーは、結局、一九六四年三月十二日にみずから命を絶ち、その深い喪の悲しみからジュネが完全に抜け出すことはなかった。

その恋愛物語をあらためて掘り起こすには、まずは『綱渡り芸人』を読み、またジュネに直接いくつか質問をぶつけなければ始まらない。だがじつのところ、そのことを最初にもち出したのは、彼のほうだった。ムハンマドについて、不まじめだとかいいかげんだとか、そういったことを話していたときのことだ。アルベール・ディシィによるプレイヤード版ジャン・ジュネ『全戯曲集』の年譜には、こうある。「一九五五年にジュネは十九歳のサーカス芸人アブドッラーと出会い、生涯でもっとも激しい——そしてもっとも悲劇的な——恋愛関係を結ぶ」。実際、アブドッラーの自殺から十年が経っても、ジュネは彼のことを思い出さずにはいられなかった。その恋愛についてわたしは何も知らなかった。ジュネが自分から、一九五七年にふたりしてフランスから逃げ、アブドッラーを一人前にしてくれるサーカスを探してヨーロッパを旅した顚末を語ってくれたのだ。ジュネは訓練や稽古にたち会って、アブドッラーにあれこれと注文をつけた。彼の要求は妥協を許さなかった。ジュネがアブドッラーに最大限の厳密さと研鑽を求めている姿は、容易に想像できた——『綱渡り芸人』でジュネはその練習風景をほとんど形而上学的に描いているのだ。しかし、アブドッラーにとって、それはつらい経験だったにちがいない。一九五九年春、ベルギーのサーカスで訓練中にアブドッラーは落下し、膝の手術を余儀なくされた。綱の上のアブドッラーは軽やか、羽のように軽やかでなければならなかったが、ジュネのまなざしの下では、ぎくしゃくとし、迷いが生まれてしまうのだった。そしてついに、一九六〇年三月、二度目の落下をし、それが彼には致命的なものとなった。その後、ふたたび彼が綱の上に立つことはなかった。

ジュネがしてくれたこの最後の落下の話は、細かい点が省かれていた。当時自分が戯曲とジャッキーのレースで手一杯だったということについてだけは、歯切れがよかった。アブドッラーを見捨てたのは、自分が彼のために思い描いていた完璧さにアブドッラーが到達することができなかったからだと、ジュネは言いたかったのだろうか。確実なのは、アブドッラーの死がジュネにえぐるような傷を負わせたということだ。ずいぶんと長いあいだ黙ったあと、ジュネはこう言った。「わたしは生きていく意欲を失っていた。書いたものを何ページも何ページも燃やしたんだ、わたしにはもうすべてが意味のないことだった。それでも、フランスの外に出るときには、念のため遺書は書いておいたが」

ジャッキー

ジュネの作品の包括受遺者であるジャッキー・マグリアは、いまギリシャで暮らしている。ときどきパリに来て、著作権料を受けとり、ムハンマドの息子のイッズアッディーンに会う。イッズアッディーンは現在パリに住んでいて、フランス国籍をもち、ドリスという名前の息子がいる。ジャッキーはアブドッラーの死をわたしと同じようにはとらえていない。「ジュネの頭にはいつもひとつのことがあった。自分と一緒にいる人間が、どうしたら完全な自己実現を果たせるか、ということだ。彼には母親のようなところ、父親のようなところがあった。ジュネがアブドッラーを自殺に追いやったなんていうことはない。彼はアブドッラーに言ったんだ。「そうしたいんなら、危険を冒すことになるぞ。綱の上に立ちたいなら、生半可じゃだめだ」。アブドッラーが練習しているとき、ジュネは目を伏せたり、煙草を吸ったり、冗談を言ったりはしなかっただろう。気を抜いたことは絶対にしなかったはずだ。目はしっかりと前を向き、顎をぐっと上げていたんじゃないか。ジュネは、支えるために、人のことをじっと見た。人をじっと見れば、自分の孤独を意識することができる。誰かの視線を封じることは不可能だ。そのことを、警官たちを正面から見すえるときのジュネは承知していた。ジュネはここにいると同時にあちらにいた。ここではないどこかにいて、不死の存在だった。ジュネは自分にも他人にも厳しかった。書くことに彼は命を張っていたんだ。『綱渡り芸人』を書きながら、彼は自分自身の命を賭けていた。彼がわたしに話し、わたしが彼に話す、そして彼はわたしの言うことをそのまま受け入れるんだ。はつらつとして、前に進み、休むことはなかった、何につけそうだった。『綱渡り芸人』は、自己実現を望む人間への耳打ちだ。ひとたび死に導かれるようになったら、失敗は許されない」

いま芸術家であるジャッキーは、ジュネから決定的な影響を受けている。彼はジュネの言説を、その要請を、その疑心を、自分のうちにとり込んでいる。ジュネがブーグリオーヌのところに住んでいたころに自分が描いたジュネの肖像は破り捨ててしまったと、彼は言った。鮮やかな赤を色調にした、ちょっと変わった絵だった。ジュネは気にいらなかったんだと思う。ひょっとしたらジャッキーにはそれがわかって、それでその絵を破棄したのかもしれない。現在、ジャッキーは番人だ。ジュネの作品に関することは、彼を通さなければ何もできない。彼の不満は――もっともな不満だ――小説作品や『綱渡り芸人』、『アルベルト・ジャコメッティのアトリエ』といったテクストを、芝居に脚色したがる人間がちらほらといることだ。彼は怒りだす。「やつらは何もわかっていない！『綱渡り芸人』は映画で台なしにされた！ピコリのだらけようったら〔ジュネとアブドッラーの関係に着想を得たニコ・パパタキス監督『軽業師たち』*Les Équilibristes*（一九九二年）で、俳優ミシェル・ピコリはジュネを髣髴とさせる作家を演じた〕！ジュネが徹底的に嫌っていたことさ、あの無気力で、どうでもいいというような態度は。ジュネは芝居や映画用にあのテクストを書いたんじゃない。読むためのもので、観るものじゃないんだ。芝居なら戯曲を書いているんだから、それを上演させなきゃならない、当然ジュネが残した指示には従ってもらうが！」

書くこと

ジュネは作家として自尊心を傷つけられるということがなかった。うぬぼれやナルシシズムの問題ではなく、公正さ、厳密さにかかわる問題だ。覚えているのは、アンジェロ・リナルディ〔一九四〇―。作家、文芸評論家〕の記事を読んだときのことだ。当時リナルディは『エクスプレス』誌に書評を書いていて、容赦なく批判することもたびたびだった。そのリナルディによれば、ジュネの小説は黴くさいというのだ。不当な酷評だった。わたしはそのけんか腰の書きように腹がたった。次の日、わたしはそのことをジュネに話した、慎重に慎重を重ね、とくに具体的に彼の本に触れないように気をつけながら。

「リナルディの記事を読んだら、きみの小説についてあまりよくないことが書いてあるんだ……古びてしまって、たいしておもしろくない、とかなんとか。

――だってそのとおりじゃないか、頭のいい批評家だよ！　もちろん、わたしの小説は古びてしまった。そう言ったり書いたりするのはあたりまえだ。

――でも、悪意があって、偏っているじゃないか。

――いや、わたしが自分の小説にはとことんうんざりしているのは知っているだろう、だから彼のしたことは正しいんだ」

その日、わたしたちの会話は、あらためてナルシシズムの問題、作者とその作品との関係という問題に及んだ。忘れがたいレッスンとなった。ジュネという作家に対する深い賛嘆の念は、わたしをとらえたままだった。日ごとに少しずつその人物を知ってはいたが、『死刑囚』を書いた人間に感じた魅惑は記憶の片隅に残りつづけていた。ジュネにとって大切なのは、自分を愛することではなく、自分に誇りをもつことだった。ナルシシズムの必要性は、その意味で理解されるべきものだったのだ。それ以来、わたしは自分が書くもののことは忘れるように心がけている。忘れることで救われるのだ、忘れることでわたしは道を誤ることなく歩みつづけることができ、自分の書くものが重要だと思い込んでしまわずにすむ。自分の本にもっと手を入れるべきだった、あの本やあの本は出版するべきではなかった、という考えは強くなるばかりで、わたしはジュネがいてくれればと思う、彼の視線が恋しい、あの批判もだ。彼は巧まずしてわたしを助けてくれた、わたしをうぬぼれの誘惑から、見栄や自己満足の誘惑から、解き放ってくれた。彼がそこにいるのを感じることがある、わたしが書いているとき、迷っているときに、姿を見せてくれるのだ。ひとつの文を書くのに、わたしはまずそれを頭のなかで何度も吟味する。そのために、わたしは原稿に削除の線をほとんど引かない。ジュネと同じように、一章まるごとやり直すのだ。破り捨てるか、消去してしまうかして、そしてあらためて書く。わたしはそれを、教えられずして彼から学んだ。わたしは、ジュネだったらこうしただろう、こう言っただろうと、想像するのだ。ひょっとしたらわたしはまちがっているのかもしれないし、ジュネはもっと次元の高いことを求めていたのかもしれない。しかし、何度かの中断を挟みながら約十年のあいだ彼と交わることで、わたしは彼が作家に、創造者に何を求めているのかを学んだ、いや察したのだ。明晰で鋭利な彼の前では、ひと芝居打ったり、何かのふりをしたり、嘘をついたりすることは断じてしてはならなかった。嘘は彼にとっては特別なことだ。ジュネは明白な物事をそうではないと否定しかねなかったが、それは内容の否定ではなく、ただ形式を否定するのだった。

恩人たち

わたしは機会に恵まれて、互いにまったく異質でありながらいずれも秀でた人物たちと、交流をもつことができた。今日のわたしがあるのはその人々のおかげだが、おそらく相手のほうはそうとは知らないだろうし、あるいはこれまでは知らずにいただろう。ジュネと出会うそのほんの少しまえには、『ル・モンド』紙の編集長ピエール・ヴィアンソン＝ポンテと、エドモンド・シャルル＝ルーがいた。三者三様の精神、人となり、なみはずれた生涯だった。ヴィアンソンがわたしを『ル・モンド』編集部で自分の下に置いてくれた。彼に言われてわたしは週末の附録「オージュルデュイ・ル・モンド〔今日の世界〕」に記事を書いていた。わたしは彼のそばで、マスコミのために書きつつ文学的に書くこともなおざりにしない術を学んだ。フリーの身分を捨てて正規社員のジャーナリストになるのはよしたほうがいいと助言してくれたのは、彼だった。彼はわたしに言った。「忘れてはだめだよ、きみは作家なんだ、作家として新聞で発言することはできるが、ジャーナリズムは文学的創造とはちがう」。わたしはその言葉に従い、そしてのちに感謝することになったが、しかし残念なことに、そのときすでにヴィアンソンは他界していた。友人を失ったその悲しみは、長いあいだ癒えることがなかった。彼と接しながら、わたしはまた、厳格であること、慎み深くあることを学んだ。

ジュネからの教訓とヴィアンソンのそれとはちがうものだった。ヴィアンソンは偉大なジャーナリストだったが、何かに抗議することも何かを要求することもせず、自分の仕事をこなすことに辣腕を振るっていた。ある日彼が、よく知っていたフランソワ・ミッテランについて、こう言ったことがある。「見ていなさい、いつか大統領になったら、彼は約束を守りはしないよ」。ヴィアンソンのあまりにも早い死の翌日、わたしは、とりついでもらうこともせずに彼のオフィスに入った。そこはもう別の人間、ジャン・プランシェ〔一九二一―二〇〇六。ジャーナリスト〕とかいう男の部屋になっていた。わたしは小文をもってきたのだった、わたしにあんなにたくさんのことを教えてくれた人物に感謝を伝えるわずかばかりの言葉、心を振るわせながら、注意深く選んだ言葉だ。プランシェはわたしに答えた。「空きがありませんね」。わたしは食いさがった。「十五行程度だ」。「無理ですね、ムッシュ、空きがないんです」。その日を境に、わたしの『ル・モンド』への寄稿はしだいに間遠に、むずかしくなっていった。ある連中にとってわたしは、「ヴィアンソンの子飼いでジュネの仲間」だったのだ。身に余る光栄というものだ。わたしは何年にもわたって干されることになる。友人のフランソワ・ボットからは、『ル・モンド・デ・リーヴル』

への記事の依頼があった。わたしに仕事をくれたのは彼だけだ。ヴィアンソンの死が、友人たちのみならず、『ル・モンド』という新聞に与えた痛手の大きさを、わたしは感じていた。

エドモンドはというと、一九七八年にマルセイユの本の見本市《サロン・デュ・リーヴル》「薔薇祭」でわたしをミッテランに紹介してくれたのが、彼女だった。ジュネのこともよく知っていたエドモンドは、わたしの作家人生の忠実な同伴者だった。わたしがゴンクール賞を受賞したときにそこにいたし、ゴンクール賞選考委員に選ばれたときもそこにいて、いまも一緒にその任に当たっている。わたしはつねに彼女の知性と、活力と、マグレブことにモロッコについての知識に、魅了されてきた。そしていまでもその優雅さと冴えわたる分析力の虜だ。わたしがある日ジュネに彼女のことを話すと、彼は笑みを浮かべて言った。「ガストン〔・ドフェール」〔一九一〇－八六。フランス社会党の大物政治家。三十年以上にわたってマルセイユの市長を務めた〕が対決したんだって！　笑わせるよ《セ・リゴロ》！」

この三人が、わたしの人生にとってかけがえのない存在となった。わたしはこのうえなくすばらしいものを三人に負っている。

導師《シャイフ》マ・エル・アイニーン

二十世紀初頭のモロッコの抵抗運動の英雄、導師《シャイフ》マ・エル・アイニーンについて、わたしに最初に教えてくれたのはジュネだった。モロッコ南部でフランス人とスペイン人を敵にまわして戦い、一九一〇年にティズニットに埋葬されたその人物に、わたしは夢中になってしまい、彼の生涯を調べることに没頭し、そして彼が単なる戦士ではなく、賢者にして神秘家でもあるということを知った。モロッコにおいて導師《シャイフ》マ・エル・アイニーンはまぎれもない象徴的存在だが、というのも彼がイスラム教の本質的な価値をけして捨てず、つねに廉潔と威厳の範を示したからだ。そうした経緯からわたしは、一九八〇年の自分の本『不在者の祈り』〔石川清子訳、国書刊行会、一九九八年〕で彼を登場人物のひとりにした——人生から放り出され、あらゆる望みを奪われたアンチヒーローたち、除け者たち、幻視者たちが、現代のモロッコを旅し、見て、語るという話だ。

わたしがその小説を刊行したのは、ちょうどJ・M・G・ル・クレジオが『砂漠』〔望月芳郎訳、河出書房新社、二〇〇九年〕を出版しようというときだったのだが、偶然の一致とはいえ不思議なことに、その作品でも導師《シャイフ》マ・エル・アイニーンが言及されている。そのことが縁でわたしたちは知りあい、友人になった。ジュネがまたしてもわたしに道を開いてくれたことになる。

謎

ジュネの死の二年後に、ミシェル・クルノ〔一九二二‐二〇〇七。作家、映画評論家〕が『ヌーヴェル・オプセルヴァトゥール』誌（一九八八年四月二十九日‐五月五日号）でこう書いていた。「知れば知るほど、理解できなくなる。ジュネは文学における絢爛たる謎でありつづけている」。彼の死からほぼ四半世紀を経たいま、わたしは若く、精力的で、太陽のように輝くジュネの姿を夢に見ることがある。彼のほうもわたしを見守っている、わたしの運命を見守ってくれているとわたしが何かにつけ思う自分の両親と同じように。ジュネの書いたものを読むと、なぜだろう、彼の声が聞こえてくる。目の前で彼の本の一冊を開き、何ページか読んで聞かせてくれと頼もうものなら我慢がならなかったはずの彼、その彼の声が。

ある日、彼が電話をかけてきて、袋をひとつもってこちらに来てくれと言う。理由を尋ねる間もなく切られてしまった。ブーグリオーヌの部屋に行って、彼に会った。彼はひとりで、煙草を吸っていた、マリー＝キュリー癌センターでの治療から帰ってきたところだったのだが。袋が必要だったのは、自分の全集をわたしにプレゼントしてくれるつもりだったからだ。赤い布で装丁された、その第五巻に、彼は献辞を書いてくれた。「親愛なるタハール、いまさらわたしの友情をきみに伝える必要があるだろうか。ただきみを抱きしめるだけにしたいと思う。心を込めて」。この献辞もジュネという謎、クルノが言い当てている謎の、一部なのだ。

『花のノートルダム』について、ミシェル・クルノは書く。「比類のない美しさを湛える四百ページ、まちがいなく現代におけるもっとも偉大なテクストのひとつ。自由、豪奢、きらびやか、魅惑的、崇高な文章からは、粗野で孤独な光ではなく、無教養とは対極にあるものが放たれていた。充実であり、記憶であり、あまたの文学の至宝に共通する、練達の筆を振るうよろこびだ」。クルノは記事をこう結ぶ。「おそらく、やはり、ジャン・ジュネその人について考えを巡らすべきだろう。信じられないほどに高潔な、献身を厭わない人間で、わたしが見たかぎりでの彼はいつも、不当なことがおこなわれていると、たとえば、一九七〇年代にはよくあったように、その辺のモロッコの若者が不当にレイプの罪に問われていると知らされるとすぐに、身を粉にして救おうとするのだ。それからわたしたちが知る必要のないジュネ、つまり、自分の愛する者たちと人生をともにし、彼らにすべてを与えるジュネがいる。そして魔術師のようなジュネがいる、『薔薇の奇跡』やほかのあの多くの作品によって、わたしたちに生涯で二度とめぐり会えないほどに美しい文章を遺してくれたジュネだ」

アルベール・ディシィとパスカル・フーシェによる『年譜の試み、一九一〇－一九四四年』〔Albert Dichy et Pascal Fouché, *Jean Genet. Essai de chronologie. 1910-1944*, Bibliothèque de Littérature française contemporaine, 1988〕の出版に際して掲載されたこの記事は、繊細かつ的確に、ジュネという人物の二重性を提示している。人間ジュネと作家ジュネだ。ジュネとは彼の本について話すことができず、わたしはいつも飽き足らなく思っていた。ある朝、わたしは彼に言ってみた。「昨日、きみの小説のひとつ〔どの小説かはっきり言う気はなかった〕を読み返したんだが、古典的で厳密な書き方だと思うな」

彼は怒りはせず、部屋の汚いカーペットをじっと見て、しばらく黙っていたあとで言った。
「なあ、このアパルトマンは汚いよな、きみのレバノン人の女友だちがそれでけっこうわたしを責めたっけ、ほら浴室はあんな状態で、バスタブは牛乳パックと〈ジタン〉の箱でいっぱいときている、すっかりご覧のとおりのありさまさ、さてところがだ、何かを手に入れるためにはここをぴかぴかに掃除しなければならないと言われたら、わたしはそうするよ、ダイヤモンドのように汚れひとつなく、きれいな状態に磨きあげてみせる。同じことだ、刑務所から出るために、わたしは全力を注いで、けちのつけようのないところにまで達しようとした。だから、万引きをしながら、厳密に、飽くことなく完璧を求めて書くっていうことは、可能なんだよ。

——それにしてもきみの書きぶりは古典的、厳密に古典的であろうとしていて、すきがなくて……

——まさにわたしは、自分が言語に対して最上級の厳密さと敬意をもちうる人間だということを証明したかったんだ。ネルヴァルの言語〔フランス語〕にひどい扱いをするつもりも、わたしが刑務所から出る助太刀をしてくれるものを使って何か実験めいたことをするつもりもなかった」

この言葉は彼の当時の、わたしが読んだか聞いたかして、感銘を受けてノートに書きつけておいた声明のなかの次の言葉とも、つながるものではないか。**「天才とは、絶望のなかにおける厳密さである」**

「しかし、きみを刑務所から出してくれるっていうことなら、ホモセクシャルであのころずいぶんと影響力のあったジャン・コクトーのような人たちの介入もあったじゃないか。

——同性愛が決定的な要因になったとは思わないな、それどころか、そのおかげでことは面倒になっていたかもしれない。自分で書いた本のほうが誰それの介入よりも役立ったというのが、わたしの考えだ」

エドマンド・ホワイトの伝記によれば、ジュネには一生の男がふたりいた。ジャン・ドゥカルナン、一九四四年八月十九日、パリ解放の戦闘のさなかに殺害された若きレジスタンス活動家と、アブドッラーだ。ドゥカルナンの名前は、わたしの前ではジュネの口から一度も出なかった。そのかわり、アブドッラーとのことは断片的によく話してくれた。慎みをもって、まるで詩を詠むように。アブドッラーの美しさ、優雅さ、知性についてくどくどと繰り返すことはなかった。彼にとってそれは自明のことだった。アブドッラーに当時彼の同胞であるアルジェリア人たちを殺していたフランス軍での兵役を逃れさせるために、彼らがどのようにしてフランスを離れたのか、ジュネは教えてくれた。その逃亡劇、そのヨーロッパ旅行に、ジュネは興奮していた。警察を、あらゆる権力を、小ばかにすることが好きなのだ、と言った。それから脱線して、話はボビー・シール〔一九三六—。一九六六年にブラックパンサー党を創設して、黒人解放闘争を展開した〕のこと、「ソルダッド・ブラザーズ」〔一九七〇年、カリフォルニア州ソルダッド刑務所で看守を殺害したとして告発された、ジョージ・ジャクソンを始めとした黒人の囚人たち〕のこと、ブラックパンサーのことになる〔ジュネがボビー・シール、ジョージ・ジャクソン、ブラックパンサー党支援のために書いた文章は、『公然たる敵』に所収〕。一九七〇年三月、アメリカ警察の「鼻をあかして」ブラックパンサーと合流したことに、彼は喜色満面だった。彼の年で、捕まらずにアメリカの国境を越えられたことが、うれしくてたまらなかったのだ！

アブドッラーについても同じだった。体制を、権力を、逃れるべし。ある日の午後遅く、もう寝ようかというときになって、ジュネが綱の上のアブドッラーのことを話しはじめた。彼は言った。「綱の上の彼の体とわたしの目のあいだには、もう一本、別の綱が張られていた。わたしが視線を落とすと、それに引っぱられて彼も落ちてしまうんだ！」

アブドッラーが死んだあとに自分も自殺を図ったことを、彼はわたしにはまったく話さなかった。それをはじめて知ったのは、彼がいなくなってからのことだ。わたしにわかっていたのは、彼が自分の書いたものを破るか、燃やすかしたということ、彼がその愛する人を失うという不幸に耐えられなかったということ、彼が絶望のなかを彷徨したということだった。その喪の悲しみを行動のなかでまぎらす必要があった。ひょっとするとジュネの政治的闘争への関与は、その不幸が起源なのかもしれない。空虚を埋めること、できる限界を越えてさらにその先まで進むこと、彼にはもう失うものは何もないのだから。

性愛《セクシュアリテ》

アブドッラーの死後、ジュネは愛する相手として、彼に代わる誰かを探し求めていたのだろうか。ムハンマドが――その肉体の優雅さ、その生まれたままのような気質によって、その田舎の人間の純朴さによって、また、彼が脱走兵で浮浪者になりかけていたということによって――ジュネのために、彼にとって失った悲しみがあれほど大きかった人間の代役を務めることができたのは、立派だったと思う。もうここにはいないけれど、かけがえのない存在で、ジュネの心にとり憑いて、彼にみずから命を絶つことを考えさせるまでにいたった、そういう人間の代役なのだ。しかしながら、ジュネとムハンマドのあいだには、やはりつねにずれがあった。それは当然で、ありがちなことだとわたしは考えていた。ジュネが好きだったのは自分と似た境遇の者たちで、知識人や、彼が一九五〇年代にジャン・コクトーやジャン＝ポール・サルトルのそばで名をあげていったときにまわりにいたような人間たちではなかった。自分の人生、自分の本当の人生、自分の情熱、自分の危険を、彼は自分が生きてきたのとは別のやり方で生きてみたいと考えていた。

ある日わたしは彼に尋ねた。「ムハンマドとふたりきりのとき、何をしゃべるんだ？」その質問は彼の気に障った。「何って、何でもだよ、決まっているだろう。ムハンマドはとても頭がよくて、敏感だ、世界で何が起きているのかを知っている、ラジオを聴いて、ときどきアラブのメディアが言っていることを教えてくれるんだ、いいか、フランスのメディアが情報として流していることとはまったくちがう、やつらは選り分けているからな、それもシオニストやイスラエルが悲しむ姿は見たくないから、というのがしょっちゅうだ。ムハンマドが文盲なものか！　アラビア語の古典の詩をそらで覚えている。彼がそれを朗唱するのに耳を傾けるのがわたしは好きなんだ。わたしたちはあらゆることについて話す、どれもこれも意味のあることだ」

ムハンマドの見方はちがった（記憶を頼りに彼の言葉を再現する）。

「ムッシュ・ジャンは、知ってのとおり、ぼくとぼくの家族にとっては予言者だ、われらが予言者ムハンマド、彼にアッラーの救済と慈愛あれかし、と同じだって言っているんじゃない、ちがう、だけど彼はぼくたちを助けてくれる、何も見返りを求めずにそうしてくれるんだ。なあ、彼が作家、大作家だってことはぼくだって知っているよ、でも彼の本を読んだことはないんだ、そもそも彼のほうも読んでもらいたいなんて思っていないけど。フェズの本屋でアラビア語の彼の本を探したことはある、でも一冊もアラビア語に訳されていないと思うよ。不思議だけどね。ぼくたちが何をしゃべっているかだって？　ぼくは彼に奥地での子ども時代のことを、どんなに貧しかったかってことを話すし、軍隊や上官たちの暴力について話すし、母親のことも話すな、彼は母親の話を聞くのが好きなんだ、彼女には会ったことがあるしね。彼はぼくに金をくれる、モロッコにいるときには郵便為替で送ってくれる、ぼくはそれを使ってしまう、ハシシュを少しやるし、彼には言わないでくれよ、それに売春宿にも行く。金があればできないことなんてない！　彼はぼくにアメリカのこと、パレスチナ人に生きていてもらいたくないと思っている連中のことを話してくれる、そうさ、彼はまわりにいいことをしてやる、ぼくのためにいいことをしてくれるように、パレスチナ人にも同じことをしてやるんだ。そういえば、彼にある話をしたら、彼はそれを書いて映画にしたがっている、そんなことができるのかどうかわからないけど、彼はぼくにアラビア語で書きだしてほしくて、きみがそれを訳すことになるよ。それからこのままは、分厚い本をテーブルの上に置いて、言うんだ。「おまえがこれを訳すんだ、タハールが手伝ってくれる。ガリマールに話をもっていくつもりだ」。『千夜一夜物語』だったんだ。まさかだろう？　千ページの本を訳せって言うんだ！　彼はその計画にこだわっている。ぼくはできないって言ったよ。ふたりでローラン［・ボワイエ］のところに行って、彼がその話をした。ムッシュ・ジャンはとんでもないよ、何か考えついたら簡単にあきらめたりしない、頑固なんだ。ぼくも頑固だ。それが共通点だな」

ジュネはわたしの前では性の問題にけして触れなかった。彼らはセックスをしたのだろうか。ジャッキーによれば、ジュネにとって「性愛はひとつの契機で、本質ではなかった」。それに対してムハンマドは会いにいく売春婦の話ばかりしていた。要するに、答えはわからずじまいだったということだ。

当時はまだその問題を気安く語れる雰囲気ではなかったことを覚えている。たとえば、タンジールにボーイ・ハントに来るときのロラン・バルトも、その気詰まりを感じていた。一度、彼と一緒に〈カフェ・ド・パリ〉にいたとき、わたしが見ていると、彼の視線はいかにもたくましい靴磨きやカフェのギャルソンに釘づけになる。バルトはわたしにまさにこう言ったのだ。

「どんどんやりにくくなっているよ」

わたしは一九六五年に、ラバトの大学の文学部で、バルトの学生だった。わたしの記憶のなかの彼は、繊細な、内気な人間で、すばらしい教師だ。タンジールで彼にまた会うようになったのはずっとあとになってからのことで、しかもごくまれにだった。ジュネにバルトのことを話すと、彼は聞いてはいても、何も言わなかった。ミシェル・フーコーの話題となると別だった、ジュネはフーコーと知り合いだったし、彼に対しては敬意と同時に畏怖の念を抱いていた。わたしはフーコーから、イスラエルに赴いてヨーロッパの新聞数紙のためにルポルタージュを書かないかと依頼されたことがある。アラン・フィンケルクロート〔一九四九－。ユダヤ系フランス人の作家、哲学者〕がアラブ諸国でおこなうルポルタージュとぶつけようというのだった。当時はアンワル・アッ＝サーダート〔一九一八－八一。一九七〇年から一九八一年に暗殺されるまで、エジプト大統領〕のイスラエル訪問（一九七七年）の直後で、アラブの知識人たちにとっては、「エジプトの裏切り者」に追随してはならない、というのが至上命令だった。イッズアッディーン・カラックも暗殺されたばかりで、マフムード・ダルウィーシュやライラ・シャヒードといったパレスチナ人の友人たちは、そのイスラエル旅行はよしたほうがいいとわたしに助言した。ジュネにそのことを話すと、彼は驚きで固まって、すぐさまパレスチナ人たちの意見に同調した。しばらくあとになって彼は、この件についてのミシェル・フーコーの動機は断じて怪しいということを、わたしに語ってきかせようとした。「彼にはユダヤ系チュニジア人の恋人がいて、そいつにフランスで何か文学賞を獲らせたがっているんだ」。わたしにはそれとこれがどう関係があるのかわからなかったが、いずれにしても、ジュネとフーコーの間柄は気が置けないというものではなかった。

　というわけで、ジュネの口から性愛についての話を聞いたことは、一度もなかった。一九七〇年代始めにヨルダンに旅して、イスラエルとパレスチナの紛争がいかに破廉恥なものかを知ったときから、彼は自分の余生をその戦いに捧げようと決意したのだと思う。「わたしの体はどうでもよかった。丸くて白い頭を載せているだけの代物だ〔『恋する虜』〕」と、そのころ彼は書いている。もちろん、『恋する虜』には、戦士の身体の美しさと官能性について述べている箇所がある。しかし、彼がハムザについて頻繁に語るとすれば、それは何にもましてハムザの母へと至るためである。ハムザの母は、わたしの考えでは、ジュネの全作品の鍵となる人物だ。ジュネが書いた最後の本はいうまでもなくパレスチナ人に関するものだが、しかしそのページの下には、あの難民キャンプの美しい回想の下には、個人的な物語が、ジュネ自身の密やかな物語が、母の探求という物語が、透けている。

ジュネがウンム・ハムザ（ハムザの母）のことを話しているとき、わたしは彼の声に、彼の視線に、ある戦士の母親のことを思い出しているというのとはちがう何かを感じていた。彼は知らず知らずのうちにハムザと同化し、そうすることに自分の母と再会する望みを託しているのだ。朝早く、彼がほかの戦士たちのところに出かけようかというときに、クレープを作ってもってきてくれるような母に。

一貫せず

一九七七年十一月。ジュネの記事「暴力と蛮行」が引き起こした騒動から数週間後のことだ。『ル・モンド』紙はジュネへの非難の声を掲載しつづけていた。彼は打ちひしがれ、沈み込んで、どうして自分に対してこれほどの攻撃の火の手があがっているのか、知ろうという気も起こさなかった。わたしは、それを発表するとか、発表するならどの新聞だとかいう当てはいっさいないままに、彼に対談のかたちで冷静に自分の考えを述べたらどうかと提案した。ジュネは自分の考えを深めることに意欲を示し、質問されて答えるという定型の実践に、根気よく、腰を据えてとり組んだ。

わたしから最初の質問をするまえに彼がこだわったのは、言葉をあらためて定義することだった。「蛮行は目的をもっていないが、暴力にはひとつの、あるいはいくつもの、目的がある。わたしは暴力を、ふだん人が生命と呼んでいる現象とだいたいにおいて同じものだと考えている。非暴力と呼ばれるもの、たとえばガンジーのそれだって、とてつもない内なる暴力を必要としていたということを言っておきたい。ひとりの人間がみずからのうちにこもる力によって、表向き平和なやり方でイギリス人に抵抗する以上は、彼のなかにあるのは内なる暴力で、それが彼がもくろんだすべてを、ハンガー・ストライキや祈りや説教といったことを、可能にしてくれているはずなのだ。

――じゃあ、現在の非暴力についてはどう思う?

――新聞の情報が正しいとすれば、体制の蛮行を打ち砕くのに成功した非暴力の例は、ここのところ皆無だ。

――ところで、ときに暴力が蛮行に変異してしまうこともあるんじゃ……

――その可能性はある、だが、純粋な蛮行があるとき姿を一変させて、否定的なものから肯定的なもの、さらには実りあるものになることだってありうる。

——どんな実りをもたらすんだ？

——実りある、というのは、生を持続させる、という意味だ。

——その一方の姿から他方の姿への移行では、不公正が生じる危険があるのでは……

——ああ、もちろん。どのようにして暴力が劣化し、空転して、蛮行そのものでしかなくなってしまうのかは、よくわかっている。いま体制は、さまざまなことにすぐに蛮行で反応するような芽を個人個人のうちに育てようとしている。ごく些細な例を挙げよう。わたしが郵便局に行って八〇サンチームの切手をくれと言うと、窓口の女が下品な声で言い返してくるんだ。「なんですって、そんなものあるわけないでしょう！」

体制が拠って立つ原則のなかには、けして遵守されることのないもの、否定されるものが、いくつかある。権力は原則の名のもとに行動しながら、みずからその原則を否定する。それが蛮行の手口のひとつだ。ときには暴力が、生の持続のことなどいっこうに気にかけない、野蛮なふるまいそのものになってしまうこともある。

——きみの記事はテロリストの擁護のように人の目には映ったんだが、それについてはどう考える？

——ブルジョワのマスコミは、自分たちがいま「テロリスト」呼ばわりしている人間たちを、三か月もすれば「正式な交渉相手」と呼ぶようになる。そんな例をわたしは長いあいだ見てきた。

アルジェリア人は初めは「テロリスト」だったが、しばらくしたら交渉相手だ。パレスチナ人の場合もそうだった。パレスチナ人は最初イスラエルにとっては存在しない人々だった、それからテロリストになり、それから、とにもかくにも、正式にパレスチナ人になった、そうしておけば、そのパレスチナ人たちを、ＰＬＯに属していない者に限るが、いずれかのアラブ代表団に組み込むことができるからだ。

――**でも、テロリズムはげんに存在している……**

――もちろんだ、テロリズムは体制の内部に、体制化されたあらゆる運動のなかに存在している、たとえば、しかじかの行動、誰それの人間を指す語彙を押しつけてきて、われわれの選択の自由を奪うというようなかたちでだ。八歳のわたしが「ドイツ野郎《ボッシュ》、それが敵だ」と言われたとき、わたしはテロを受け《テロリゼ》たんだと思う。テロリズムというのは、恐怖《テルール》を撒くものだ。本当のテロリズムは、革命家たちが武器をとらざるをえなくなる本質的な理由を隠蔽することにある。ミュンヘン［一九七二年］以前、イスラエルの刑務所には大勢のパレスチナ人が入っていたし、いまでもそうだ。占領地内での投獄に対して、パレスチナ人が、武器を手にして、どんな手段を使ってでも獄中のフェダイーンを救い出そうとしなかったのだったら、それはみずからの務めに対する怠慢ということになっただろう。

――**目的が手段を正当化すると……**

――わたしの考えでは、諸悪の根源は、目的と手段を分けたことにある。あちらに目的があって、こちらにそれに到達するための手段がある、となったときから、ふたつの道徳的立場が可能となってわれわれの前にたち現れた。目的が手段を正当化する、という立場（冷めた連中の解釈）か、あるいは、いかなる目的の遂行のためであれ使用が許されない手段がある、という立場（人道主義的な解釈）だ。しかし、そのふたつの解釈が可能なのは、行動というものが半分に割られたからだ。実際には、行動はその連続性において存在していて、目的と手段は分けられない。行動そのものを濁りのない目で見ずに、型にはまった言い方に頼っているんだ。

――たとえば？

――一九一七年の革命は、ロシア皇室の息の根を止めた。支配者たちはすべてを統制しようとするもので、反乱についても例外じゃない。反乱を統制するということは、それを起こさせないということだ。つい最近になってようやく西洋の列強は、パレスチナ人には祖国と領土が必要だということを認めたが、しかし、それは全部、ひとつの決議、国連決議二四二号の枠内でのことで、しかもその決議はいまにいたっても十全に重んじられてはいない。

（わたしはジュネにその考えをもっと詳しく、明確に述べてほしいと頼む。一九一七年の革命とパレスチナで起きていることとの結びつきがわからない、と彼に言う。彼は答えず、それから、何かしらの一貫性をもたせる気などさらさらなく、移民たちの生活条件へと話を転じる。）

移民たちは貧しさのどん底にある地域からやってきて、自分たちの権利のことなんかまったく知らない。都会からの連中も、わたしはモロッコで知ったんだが、スラム出が多い。彼らはフランスで契約をして、ブルジョワたちの非公式の臨時雇いになる、二種類のブルジョワ、彼らを送る側のブルジョワと彼らを使う側のブルジョワの。移民労働者たちは厳重に監視されていて、組合の代表に選ばれたせいで、国に戻ったときに逮捕される者もいるくらいだ。

——移民労働者は長いあいだ実体のない存在でした。

——一九七〇年代の初め、二百人、三百人の極左がフランス経営者全国評議会を占拠した、五人の北アフリカ系労働者が酸欠で死んだからだ〔『公然たる敵』所収「フランス人よ、今一息だ」を参照〕。その事件で、家族たちは、フランスで死んだ五人の労働者の遺体を引き取ることができなかった。警察救急隊は、夜中に通報を受けて、彼らを助けるために重い腰を上げることはしなかった。家族には補償金はびた一文払われていない。わたしが証人として出たある裁判の公判で、その事件にも触れられたが、誰も、何人かの弁護士と左翼数人を除いては誰も、その五人の移民労働者の名前を知らなかった。この事例から得られる教訓はこうだと思う。ブルジョワにとって、ひとりの移民労働者というのは、労働力となる筋肉の塊のことでさえないし、当然、その人間固有の心や感情をもつものでもない。労働者とは、その肉体的労働力ではなく、筋肉が産む労働力が取り引き可能な労働生産物に変換される場にほかならない。それは、八時間労働でこれこれの価値を産み出し、これこれの利益をもたらすもの、なのだ。

——ならば、もちろん名前など……

——移民労働者に名前などない、性もない、何もない。

——だからといって、その姿は目に見えないものだろうか。

——その姿が見えるのは場ちがいなところを動き回っているときだ、たとえばパリの十六区とかね。人の目はそれを脅威としてとらえる。おそらく性的な脅威としてよりも、反抗の脅威としてだ。ほかの、グット・ドール〔パリ十八区〕やベルヴィル〔パリ二十区〕のような移民労働者が集まっている街だったら、その平均的集団から出ないかぎり、移民労働者の名前は、一部のフランス人たちにとって、相手がそれぞれ別の個人だろうが、みんなムハンマドのままだ。

——しかし、ではどうして、影のような存在に向かって一斉射撃をするということが起こりうるのだろう。

——生きている人間を撃つよりも、的っていう名前の的を撃つほうが簡単なんだ。アラブにしろムハンマドにしろ、そういう総称は、的の名前だ。その名そのものが的を意味している、その名そのものがアルジェリアでは、八年間、的を意味していた。

——何を排除しようというのだろう。

——フランスでアラブ人が撃たれるのは、思うに、移民労働者に対するわれわれの不正義を照らし出す恐れのある一筋の光のようなものを、消し去ろうとしてのことじゃないか。イスラエルがデイル・ヤシーン〔一九四八年四月、エルサレム近郊ディル・ヤシーン村の住民たちがユダヤ人攻撃部隊によって虐殺される〕やカフル・カセム〔一九五六年十月、テルアビブの東、ヨルダン川西岸地区近くに位置するカフル・カセム村のアラブ系住民を、イスラエル国境警備隊が虐殺する〕でパレスチナ人たちを撃ったのと、どこかしら同じところがある、パレスチナ人が自分たちが犠牲となっている不正義を世界に向けて訴えるまえに、パレスチナ人が危険をもたらすぞ、と叫んだんだ。

――いま、きみはパレスチナ人の未来をどう見ている？

――一九七〇年代ごろ、パレスチナ民族全体が抱いていた大きな望みは、矛盾の実現だった。領土すなわち祖国を手に入れると同時に、アラブ世界に革命を引き起こしうる運動のままでいようというのだから。

一九七四年にマグレブを旅したときには、知識人一人ひとり、学生一人ひとりどころか、どの男、どの女も、パレスチナの革命運動のなりゆきを固唾を呑んで見守っていた。市《いち》でもどこでも、ちょっと人が寄り集まったところにはかならずトランジスタラジオがあって、ダマスカスからの声、カイロからの声を届けていた。ラバトの〔アラブ連盟〕首脳会議を数か月後に控えていたあのころ、アラブ諸国の政府は、国民の希望をそれなりに尊重していた。いま、レバノンの内戦を経て、どうなのかはもうわからないが。

――どうしてきみはつねに、反体制運動、革命運動、抵抗運動に引き寄せられて、その味方をするということになったんだ、たとえばブラックパンサー党やパレスチナ、最近ではバーダー団ということになる。

――まず、「団」じゃない、きちんとした名前で呼ばないといけない、RAF〔ドイツ赤軍派〕だ。パリにいたブラックパンサーの代表団がわたしに、ボビー・シールのために何かしてもらえることはないかと言ってきた。アメリカに入って彼らと行動をともにしていると、今度はジョージ・

ジャクソンのために何かしてくれないかと言われたんだ。

一九七〇年九月の虐殺〔ヨルダン軍によるパレスチナ・ゲリラへの攻撃。「黒い九月」事件〕が起きたとき、パリで、マフムード・ハムカリ〔爆弾テロのために一九七三年十二月に暗殺された〔正しくは、一九七二年十二月に爆弾テロに遭い、その一月後に死亡〕〕からヨルダン行きを誘われた。六か月間ヨルダンにとどまってフェダイーンと一緒にいたのは、アラファトに頼まれたからだ。

RAFの場合は、その運動のパリの代理人が、ウルリケ・マインホフ〔一九三四―七六。獄中で縊死〕とグドルン・エンスリン〔一九四〇―七七。獄中でほかのメンバーとともに集団自殺〕が書いた本のゲラをもって、それへの序文を依頼してきた。その序文が『ル・モンド』のジャック・フォーヴェのところに渡って、「暴力と蛮行」という題で掲載されたんだ。

――どうしてみんな、ほかの人間ではなくてきみに、声をかけてくるんだと思う？

――どうしてなのか、ブラックパンサーやパレスチナ人やRAFのメンバーに訊いておくんだったな。

――なぜきみは、彼らの要求に応えることを承知するんだ？

――すぐに思い浮かぶ、本当にいちばん近い答えはこれだな。わたしにこの世でほかに何ができる？

――自分の記事が引き起こした反応についてはどう考えた？

――正直言って、まったく何も思わない。わたしが何かを書くと、かならず誹謗中傷がついてまわるからね。今回だけ例外だったとしたら、そのほうが不思議だ……

――しかし、すべてが中傷というわけではなかった。個人的には、きみがソヴィエト国家について書いたくだりは、わたしには納得できなかった。そもそも、タス通信〔ソ連の国営通信社〕は、RAFの構成員を殺人と犯罪を犯した普通犯だと言ったんだ。

――あの記事のソ連への賛辞は、完全にわたし独自のものというわけじゃない。あれは、ほぼあのかたちで、ウルリケ・マインホフとアンドレアス・バーダーの本のゲラのなかに見つけたものだ。とはいえ、彼らが書いていることと距離を置くつもりはない。その本の序文を書くことを引き受けた以上、その序文で、この見方は正しい、こちらはまちがっている、とあげつらいながら彼らを評価することはできない、そんな態度をとれば裁判官か文芸批評家（同じことだ）になってしまう、というだけではない。それだけではなくて、わたしには受け入れられないんだ、アメリカによる本当の意味での帝国主義［であるもの］と、ソ連が与える影響やイデオロギー的支援を定義するのに、同じ「帝国主義」という言葉を用いてしまう考え方が。一方の、つまりアメリカあるいは現在のヨーロッパの側の帝国主義は、投資と市場のシステムによって低開発国全体を搾取するものだ。ソ連がともあれはっきりと目指している目的は、低開発国をより正しい政治的意識に目覚めさせること、そしてもちろん、その政治的意識に目覚めたならば、それらの国々に武器の供与をすることだ。ソ連が一九七七年においては植民地主義国家でありつづけている唯一の国だという主張に対しては、簡単に反論できる、一九四六年以来、アメリカは国旗に星をふたつ、ということは州をふたつ、アラスカとハワイを足しているじゃないか。それに、アメリカのモンロー・ドクトリン〔一八二三年に大統領モンローが打ち出した、アメリカとヨーロッパの相互不干渉の原則〕は、南アメリカと中央アメリカを植民地主義の支配下に置いたままにしておこうというものだ。

――では、グラーグのことは？

――自分が知らないことについて何かを言うことはできない。いずれにしても、ソ連は、西洋社会とは完全に異なるタイプの社会の実現を企てたんだ。あちらの社会とこちらの社会で同じ座標軸を使おうというのは、どうしたって無理な話だ。

――しかし、どれだけの犠牲の上に、ソ連はその社会を実現しようとしているんだ？

――一九三九年にイギリスとフランスはドイツに宣戦布告した。公式の理由は、ダンツィヒでポーランドがさらされていた危険〔を回避し〕、ヨーロッパからファシズムと国家社会主義を排除するため、だ。それは成功した。だが、どれだけの犠牲の上に？　六千万人の死者だ！

――きみはソ連で暮らせる？

――わたしはどこでだって生きていける。フランス人は、ほんの十五歳からわたしに感化院と刑務所に耐えることを強いた。ソヴィエト連邦のほうがずっとましだっていう気がするな。

――フランス共産党とはどんな関係なんだ？

――第一に、わたしは一度もフランス共産党に入党したことはない。第二に、とくに移民労働者を救う意志と能力をもった、見込みのある唯一の政党、それがフランス共産党だと思う」

わたしは同意できず、モンフェルメイユ〔イル＝ド＝フランスのパリ東郊外の町〕の共産党員市長によって、表向きは家族のひとりが麻薬を売っているという理由で立ち退きさせられた、モロッコ人一家の話をした。共産主義者たちは、労働総同盟に加入して雇用者との戦いの口実となってくれる一部の移民は助けたが、市町村議会選挙の共産党候補者リストに移民の名前が載ることはなかったし、国民議会選挙ではなおのことだった。フランス共産党は労働者階級の総意を反映しており、労働者階級は外国人労働者を容易には受け入れていなかった。

たしかに、一九七一年にわたしが毎週土、日曜日にジュヌヴィリエ〔イル＝ド＝フランスのパリ北西郊外の町〕で、ほかの活動家仲間と一緒にマグレブ系移民たちに語学教育をしていたとき、それがおこなわれていた場所は労働総同盟の建物だった。労働会館の一部屋か二部屋を、わたしたちに使わせてくれていたのだ。組合の活動家の何人かが演説をしたが、しかし、移民たちは理解できなかった。彼らの文化にはないことだったのだ。彼らはわたしたちに意見を求め、自分たちが望んでいるのは何よりも生活条件の改善なのに、と打ち明けた――彼らのうちの大多数が移民仮収容所に住んでいて、そこに女性を入れることは許されていなかった。わたしが彼らの感情と性に関する貧困をはじめて知ったのはそのときだ、のちにわたしの博士論文の研究の出発点となる発見だった。一九七〇年代、フランスの左翼は移民の権利の擁護のためにはまったく動かなかった。それは四百万人の移民労働者が目に見えない存在だった時代だ。彼らはそこに存在していたが、人の目には映らなかった、彼らがどこでどのように生きているのかを人は知らなかった。社会全体による大いなる否認だ。クロード・モーリヤック、サルトル、フーコー、そしてジュネといった知識人たちが行動を起こすためには、「オイル・ショック」とマルセイユやパカ〔プロヴァンス＝アルプ＝コート・ダジュール〕地域圏での数十人単位でのマグレブ人の殺害事件が必要だったのだろう。一九八一年の大統領選挙戦でフランソワ・ミッテランは、一部の地方選挙、市町村議会選挙で移民に投票権を与えることを公約に掲げた。その約束は守られなかった。ミッテランはのちに、フランス国民にはまだその準備ができていなかった、と言うことになる。わたしはジュネに、ジュヌヴィリエの経験を経て、移民たちにとって投票権は最重要課題ではないということ、もっと差し迫った問題があるということがわかったと説明した。投票権を彼らが獲得したとしても、それは彼らにとって尊重と認知の象徴にしかならないというのが実情だろう。

対談を終えて、わたしはジュネの不誠実さと、彼に終始厳密さが欠けていたことに、いらだっていた。彼にそう指摘すると、彼は疲れた様子で立ちあがり、わたしの反応には答えずに、そのかわりこう言った。「報道の自由なんて存在しない。それについては、なんなら明日話そう」。わたしは暇を告げた、彼の睡眠薬の時間だった。翌日、彼はもうそこにいなかった。ホテルを出てしまっていた。わたしはその対談のことは何もせずにそのままにしておいた、まだ途中だと思っていたし、何よりジュネと一緒に手を入れる必要があったからだ。二か月後、ジュネはまた姿を現した、もう覚えていないがモーリタニアかモロッコから帰ってきたところだった。わたしが対談のことをもち出すと、彼は言った。「全部忘れたよ！」

わたしがこの対話を書き写したかったのは、ジュネがいかに不愉快になりうるか、とりつくしまがない態度をとりうるかを、示すためだ。彼は矛盾したことを言い、わたしには支持しがたいと思えること、たとえば当時のソ連の政策を、支持するのだ、ちがう時期であれば彼もその国とその国の全体主義的なイデオロギーには憤慨しただろうに。彼の関心は、挑発すること、顰蹙を買うこと、言ってはならないことを言うことだった。彼がブルジョワジーについて話すのを聞いていると、まるでそれが均質で、一枚岩の階級であるかのようだった。『ル・モンド』の記事が出たあとのあれほど激しく、あれほどの敵意に満ちた反応が、彼を深く動揺させていたのだ。わたしの質問に答えたとき、彼はまだメディアによるリンチの痛手から抜け出していなかった。幸いなことに、その一九七七年秋からまもなくして、彼は生気をすっかりとり戻すことになるのだが。

つまるところ、当時の彼にとっては、あいかわらずパレスチナの戦いだけが重要だった。ほかはすべて些末なことだった。だから、テヘランで権力を掌握したホメイニが、シャーの体制を打倒する自分に協力してくれた人間の何人かを処刑しだしたときも、ジュネは考えを述べるのを拒んで、「たいしたことじゃない！」というしぐさをしてみせるだけだったのだ。

もうひとつ例を挙げよう。キューバやソ連やイランやあるいはほかのいくつかの国で起きていて、人の口にのぼりはじめていた、ホモセクシャルの排斥についてわたしが話したときのことだ。そこでもまた彼は拒絶の意志を示し、議論をしたがらなかった。いずれにしても、フランスでのことであれよその国でのことであれ、ジュネがホモセクシャルの擁護のための運動や団体に関わることを承知したためしはなかった。それは彼の戦いではなかったのだ。パレスチナだけが彼の心を占め、ほかのことはもう何も目に入らなかった。

わたしが彼の前で、ハサン二世がアブデラティフ・ラービ〔一九四二―。モロッコの作家、詩人。言論の自由のために闘って何度も投獄され、一九八五年にフランスに亡命〕やアニス・バラフレージといった知識人を含む反体制派に科した運命に触れたときも、同様だった。彼は答えなかった。わたしの話を聞いてはいたが、言論罪で投獄されたその反体制派のために行動を起こそうという気はなかった。何よりも不思議なのは、その後、ジュネがライラを通じてアニス・バラフレージと知りあい、死ぬまで近しい関係を保つということだ。しかも、ムハンマドが事故死したあと、イッズアッディーンの学費の面倒を見てやるのが、ライラであり、ほかならぬアニスだった。アニス・バラフレージはアメッド・バラフレージの息子だ。アメッド・バラフレージといえば、イスティクラール党、すなわち独立党の大物指導者のひとりで、ムハンマド五世とハサン二世下で変わらぬ忠誠をもって王政に仕えた人物である。外務大臣を幾度も務め、その後一九七〇年代には「ハサン二世の個人的な代理人」となった。彼の息子が「国家安全侵害罪」で逮捕されて法廷に召喚されたとき、彼は王に干渉して、自分の息子は王政に対する陰謀を企ててなどおらず、釈放されるべきだと訴えた。頑なで情け知らずの人間であるハサン二世は、当時の複数の証人が語ったところによると、こう答えたらしい。

「帰れ、そして二度と王宮に足を踏み入れるな！」この情報の信憑性については定かではないが、しかし、その出来事から時を置かずして、アメッド・バラフレージが発作に襲われ、何年ものあいだ続く昏睡状態に陥ったことは事実だった。ジュネは生前の最後の年をラバトで、ライラと、そしてアニスと交わりながら過ごすことになる。彼は『恋する虜』を書いていて、病が進行しているのを感じながら、ずっと仕事をしていた。一九八五年から八六年にかけて、わたしは彼に会わなかった。わたしたちの友情を終わりにしようと決めたということなのか、それとも書くことに没頭していて、そのふたりの友人を除いてもう誰とも会わなかったということなのか、わたしにはわからない。驚きでも心配でもなかった。わたしは思っていた、いつものように、ある日また彼は姿を現すだろう、ある日彼のしわがれた声がわたしを起こし、わたしたちはパレスチナの話をして一日を過ごすだろう、と。

サルトルの死

ある日、わたしがブーグリオーヌの部屋に着くと、いらだって、顔を赤くしているジュネがいた。その狭い場所に、彼の三人の最後の友＝恋人、アメッド、ジャッキー、ムハンマドが顔を揃えていた。わたしが来るまえに彼らのあいだでどんな口論があったのかはわからないが、空気が張り詰めている。わたしの姿が目に入ると、ジュネは三人に向かって言った。「よし、さあ、出ていくんだ、ちょっとぶらついてこい、ひとりにしてくれ」。わたしが間が悪かったんじゃないかと尋ねると、彼は答えた。「いや、その逆だ、訪ねてきてくれたおかげで連中を追い出せる……」。そして、わたしの驚いた様子を見て、何があったのかを説明しはじめた。「そう、あの三人一人ひとりのことは好きだ、だが、全員一緒になると我慢がならない。妙だけどな、それにしても失敗だった、彼らにわたしの遺言のことを話したんだ、それをローラン・ボワイエに渡してもらうためにジャッキーに預けたら、そこで案の定、気まずくなったというわけだ。きみには遺言の内容を言ってもいい。著作権はアメッド、ジャッキー、ムハンマドの三人に等分に譲り、ジャッキーを包括受遺者とする。さあ、これで包み隠さず全部だ。イッズアッディーンについては、父親がちゃんと面倒をみてくれるといいんだが、いずれにしてもライラとアニスとは話しあっておいた。連中がみんな一緒だと、息が詰まるよ、おかげさまで毎日のことじゃないが！」

サルトルが死んだのは、その日か、あるいはその翌日のことだった。わたしはいつもの部屋でジュネに会った。彼は言った。「ローラン・ボワイエのところには、わたしにサルトルについて一言くれというジャーナリストからの依頼が、ひきもきらないそうだ。言うことは何もないし、何も言わない。放っておいてもらいたいもんだ」。説得力のない言葉だった。わたしには彼が気をとられていて、同時に普段とはちがう精神状態でいるように見えた。わたしは彼に言った。

「わたしはジャーナリストじゃないが、でも、サルトルが死んで、きみはどうなんだ？」

彼はたっぷりと間をとり、小型葉巻に火をつけて、それをじっと見つめた。

「サルトルが死ぬことかい。一服した煙がどこかに消えていくのと同じだな」

サルトルとジュネのあいだには、単なる忘恩の問題以上のものがあったと思う。ジュネはサルトルに対する自分の思いを、胸のうちにとどめて表に出すことがなかった。その思いをパレスチナ問題をめぐるふたりの意見の齟齬と混同させて、人目を欺いていた。実際には、その複雑で波乱に富んだ関係を理解するには、本格的な歴史家の研究が必要になるだろう。わたしの記憶のなかでは、サルトルの名前はつねにジュネの名前に貼りついている、どうしてそこまでなのかはわからないが。わたしたちが一緒にその事態を解明する機会はなかった。考えるに、サルトルとの関係がジュネにとって現実に何を意味したのかを思い起こすには、あまりに遅すぎたのだ。パレスチナ難民キャンプに滞在し、あの出口の見えない紛争の嵐のなかで、ジュネの関心は別のことへと移ってしまっていた。彼にとってはハムザの母が代理表象となり、そのおかげで、自分自身の母、彼の全生涯の集束点であり、彼の晩年の秘められた、しかし真の目的である自身の母の探求に旅立つことが、はじめてできようとしていたのだった。

それからあと、わたしたちのあいだでサルトルのことは二度と話題にはならなかった。これまで繰り返してきたはぐらかしをさらに重ねることを、ジュネはよしとはしなかった。わたしの考えでは、『恋する虜』を書いたことが、サルトルとその友人たちへの全面的、決定的な回答である。また、ジュネのジャック・デリダに対する友愛の念も、そのサルトルの超克の証左となるものだ。ジュネはデリダのうちに、まごうかたない大哲学者デリダを認めることができた。より古典的なやり方でフランス語と交わってきたジュネが、控え目だが正真正銘の「脱構築」の産みの親デリダを認めることを知っていたのだ。

疑問

ジュネにとってわたしとは何だったのだろう。それについてふたりで話したことはなかった。多くを求め、間歇的で、濃密ながらときに姿を消してしまうその友情、心のこもった、しばしば肉親さながらで、ややもすると共犯者のそれともなり、しかし疎遠でもあるその関係、一方通行で要求される、熱烈でありながらそれをひけらかさない、実直で深いその存在。わたしにとっては意味のある結びつきだったし、おそらくジュネにとっても意味はあっただろう——だが、その意味をわたしが知る日は訪れるのだろうか。人物について確かで決定的なことを書くのはむずかしい。ジュネの作品のほうがジュネ本人よりも分析されるのにふさわしい。疑いをいれないのは、わたしたちの結びつきが、彼がほかの人間とのあいだにもった結びつきとはまったく異なるものだということだ。その人間たちが彼に裏切られたかどうかという問題ではない。思うに、わたしは正体のわからない未知の友情の手ほどきを受ける新米だったのだ。わたしには彼独自の限度がどこにあるのかわかっていたし、彼もわたしの限度を知っていたが、しかし、わたしには、ムハンマドのためであれ『夜が来て』のシナリオ執筆のためであれ、彼がわたしを必要としているときに彼に会うのを断るような真似はできなかった。わたしはいつでも駆けつけるのでなければならなかった。わたしはわたしたちの関係を失うのが怖かったのだ。その不誠実さ、その挑発のセンスがいついかなる場面でも発揮され、しかもいついかなる場面で発揮されるかわからないという点において、ジュネはつかみどころがなく、信用のおけない人間だった。だが、よくよく考えてみると、わたしが不誠実だととっていたものはおそらく、特異なかたちのユーモアだったのだ。彼は言っていた。「本当のものだけが美しく、何かが美しいとすれば、それが本当のものだからだ」。その美と真の関係にわたしは惹かれていたが、しかし同時にわたしは、ジュネはつねに本当のジュネなのだろうか、といぶかっていた。彼は役を演じているのではないか、彼はあらゆることを、何よりもまず自分自身を、どこか嘲笑っているのではないか、と。

ふたりの議論では、一般論はかならず避けるようにしていて、形容詞でも、「感じのいい」、「優しい」、「勇敢な」、「心地よい」、「親しい」、「団結した」といったものは、つまり、すべてを包括して明確なことを何も示さないようなあらゆる概念は、用いなかった。反対に、ジュネは的確さ、論証の厳密さ、語の選択の正しさを好み、そして比喩を嫌い、弱さと同義である善意と混同されるような寛容を、譲歩を、妥協を嫌った。彼は自分を曲げず、頑として不寛容だった。彼と話すとき、わたしは注意を払って言葉を選び、自分の考えをしっかりとまとめた。それには正直なところくたびれた、とくに一日の終わり、ジュネが議論をうち切って寝にいこうとするころには。意見のやりとりは翌日にもち越しになる。ジュネは前の日の最後に言った台詞を完全に覚えていた。わたしたちは挨拶、「サラマレック」〔アラビア語の挨拶「アッサラーム・アライクム」から生まれたフランス語で「ばか丁寧な挨拶」の意〕で時間を無駄にすることはしなかった。天気については、空の配管点検といったところだ！文句なし、異常なし。健康がちょっとすぐれなくても、口にはしなかった。年をとれば体の節々が痛むようになるが、彼は一言も不平をこぼさなかった。そんなことを話して何がおもしろいものか。互いにそう了解し、わたしたちはすぐに本題に、問題の核心に入った。

ふたりの会話の内容を書き留めることを、わたしはつねに自分に禁じてきた。そうしていたら、彼を利用しているような気に、あるいは彼の意に反することをしているような気になっただろう。彼はわたしを信頼してくれていたと思う、そうでないなら、どうしてほかの誰よりも先にわたしに病気の秘密を明かしただろう。彼の名声を、さもなければスキャンダルと天才が相半ばする彼の評判を、利用しようなどという気は一瞬たりともわたしには起こらなかった。わたしは彼に何も求めなかった。彼にわたしの原稿を読んでもらうのは、いつも彼がそうしたいと言ってきたからだ。読んで批評してくれとか、自分でも心もとないテクストに時間を割いてほしいとか、そんなことをジュネに頼む厚かましさは、わたしには断じてもてなかっただろう。彼が計算づくで近づいてくる人間には我慢がならないことを、わたしは承知していた。まとわりついてくる連中を、彼は粉微塵に粉砕した。「自分の男たち」（アメッド、ジャッキー、ムハンマド）を除く誰に対しても、彼は時間と金を費やしはしなかった。わたしと知りあったころの彼は、パレスチナの話しかしなかった。ライラ・シャヒードの存在は知らなかった。彼に誰かを紹介するとき、わたしはまえもって彼にそう告げ、会うかどうかを何にも左右されずに決められるように、ゆっくりと考えてもらった。ライラについてジュネに話した日のことを覚えている。「きみにふたりの親しい女友だちを紹介したいんだ、ひとりはパレスチナ人、もうひとりはレバノン人なんだが……」。彼は答えた。「すぐにでも。パレスチナ人はなんていう名前だ？」もちろん、彼はレバノン人に興味はなかった。わたしは彼にはっきりと言った、彼女たちは無二の親友で、ディマはキリスト教徒だが、キリスト教の陣営を「裏切った」キリスト教徒だ！

わたしはその対面がうまくいくようにできるかぎりのお膳立てをし、ジュネはパレスチナの傑物と直接の関係をもつことになった。「傑物」というのは、少なくとも、ジュネがある日わたしに言ったことだった、ライラが具合を悪くしたときだ、彼女は喘息もちだった。ジュネは、しかし、自分が望むほど頻繁にはライラに会えないことをいつも残念がっていた。彼はナビラ・ナシャシビとも交際があった、名家の出で、アメリカ人と離婚したパレスチナ人女性だ。彼女はユニヴェルシテ通りの立派なアパルトマンに住んでいた。ある日ジュネと連れだって彼女の家に行って、みんなでレバノンのカフェ・ブラン〔お湯にオレンジ水やバラ水を入れた飲み物〕を飲みながら、アラファトについて話したことを思い出す。

最後の年

人生の最後の一年を、ジュネはほぼずっとライラとともに過ごした。彼は一九八六年四月十六日にパリで死んだ。遺体をフランスからモロッコに運んでララーシュで埋葬するための、もろもろの手続きを引き受けたのはライラだ。飛行機での移送のときに棺に貼るラベルに「移民労働者」と記載させたのも、きっと彼女だった。

一九八五年から八六年にかけて、わたしは仕事のために旅ばかりしていた。ジュネが弱っているということは知っていたが、彼に会うことができず、また、この十年間わたしたちが会うときに守ってきた原則にばか正直に従って、あえて自分から会いにいくことをしなかった。ライラが彼の様子を教えてくれたが、彼女は彼の健康を、とくに彼が少しも自分の体をいたわろうとはしないことを、心配していた。ムハンマドがジュネを失望させたのだと思う。ジュネはもうムハンマドから手を引いていた。モロッコには行ったが、ムハンマドに会わないこともあった。ムハンマドが自堕落な生活を送る一方で、ジュネは病と衰弱をおして、パレスチナと、執筆している本に全身全霊を傾けていた。ジュネには、『恋する虜』を終わらせること、最後まで行くこと、ハムザの母と再会すること、一九七二年にヨルダンで始まった円環を閉じることが、必要だった。彼はみずからに問う。「わたしはここに何をしにきたのか。［……］突飛な出来事がいくつも重なってわたしはここに導かれ、それに好奇心もあって、そのことをおおいによろこぼうと決めたのだ。ハムザと再会することになるだろうか、だが彼との再会はわたしにとって必要なことなのか。彼の母は透き通るようで、ほとんど見えなかったにちがいないが、わたしはわたしのために彼女に人生の残骸以上のものを見なければならなかったのか。彼女と彼女の息子、ふたりの愛、ふたりに対するわたしの愛が、すでにわたしに、わたしについてすべてを語ってくれたのではなかったか」〔『恋する虜』〕

ジュネのパレスチナに対する情熱のすべてはこの言葉のなかに、この母の探求のなかにある。彼はハムザと同化する、それは識閾下での綿密周到な作業、彼だけが回り道や落とし穴をつくることができるような作業だ。一方で彼はその探求を最後の戦いと定め、ただしそれは今回ばかりは彼自身のための戦いで、ほかの人間たち、この世の虐げられし者たちのための戦いではない。ジュネは土地なき土地を、目に見えない敵に占領された領土のなかをまさにさまようのだ、みずから戦士に扮装しながら、あるいは、簡単には生きられない、つまり皆と同じようには生きることができない状況を軽やかに乗り切ろうと、女装した敵に身をやつしながら。ハムザが死んでいようがハムザの母が死んでいようが、彼にはたいした問題ではなかった、自身の死が彼にとってはもはや問題ではなかったのとまったく同じように。食べることも風呂に入ることさえも忘れて日々黒く埋めているその原稿が終われば死が待ちうけていることを、彼は承知していた。彼がついに電話でハムザの本当の声を聞いたことに、どれほどの意味があっただろう、そのとき以来、その声は彼の文章と彼の美学によって変質させられたのだから。ハムザの母が、息子が戦士の義務を果たしにすでに家を出たあとで、食事にパンケーキを用意してジュネを起こしたあの夜の思い出は、永久に変容させられたのだから。「……ハムザと彼の母、わたしが欲したのはそのカップルだ、いうならばわたしはそのふたりを、自分の身の丈に合わせて、時間と、空間と、民族的、家族的、血縁的帰属との連続体から切り抜き、ふたりが生まれながらに結びついているすべての人々から切り離したのだった。みごとにうまくいって、そこから自分が受け入れることのできるふたつの構成要素——母と息子のひとり——を抜き出し、ついうっかりとでもいうように、ほかの息子ふたり、娘、娘婿、そしておそらく一家族、一部族、さらには一民族からさえ、遠ざけた。そうなるのも、自分が今日、一九七〇年にそうだったように、「革命」の夜に関心を払っているかどうかはあやしいからだ」〔『恋する虜』〕

最後のページ

ジュネの最後の本『恋する虜』の最後のページの最後の一行は、有名だが、謎めいている。「わたしの本のこの最後のページは透明である」

この「透明」は、すべての終わりに、本の終わり、みずからの一生の終わりにそれを書くジュネにとって、何を意味するのだろう。そのまえに書かれていることを読むと、その透明とは、「彼のうち」にあると同時に彼の「向こう」にある、「ほかの場所」のようなものらしい。その一節に耳を傾けてみよう。「現実というものがわたしの外にあり、それ自体で、それ自体のために存在していることは、まちがいない。パレスチナ革命も、自分以外の何ものも頼むことなく生き、これからも生きていくだろう。イルビドで最初に出会った人々のなかにいた母と息子が中心をなすパレスチナ人の一家族、その家族をわたしが発見したのは別の場所である。おそらくはわたしのなかでだった。その母と息子のカップルはフランスにもいて、そしてどこにでもいる。わたしはふたりを、自分ならではの光で照らし出したのだろうか。ふたりを、異郷の人として外から観察するのではなく、わたしのうちから飛び出したカップルに仕立ててしまったのだろうか。お手のものの夢想に任せてそのカップルを、ヨルダンの戦闘でいささか翻弄されていたパレスチナ人の息子と母のふたりにかぶせるようにして、こしらえたのだろうか。わたしが語ったこと、書いたことは、すべて実際に起きたことだが、どうしてあのカップルが、パレスチナ革命がわたしに残した、深遠な何かなのだろう」

この数行のなかで、「大嘘つき」でいることの多かったジュネが自分の最後の真実を明かしているように、わたしには思える（そもそも、少しまえで彼は、「この本を書くまえに、わたしはそのなかで真実を語ることを自分に誓った」と書いているのだ）。病気で衰弱し、彼にはもう嘘をつくこと、演じること、挑発すること、裏切ることができない。その本の最後の言葉を書くとき、ジュネはラバトの一室で自分自身と向きあっている、ひとりで、ひとりきりで。彼のまわりを、果てしない静寂のなかをさまよう亡霊のように、最後に彼が愛した人間たちが通り過ぎていく。

ジュネはこうして、その「透明なページ」と、そのいくつもの謎を残して、みずからの作品と人生の幕を引く。がむしゃらに彼が身を投じていた「向こう」の探求は、神秘主義のそれしか比するものがないような探求で、ジュネは神秘主義をみずからのうちに認めることを拒んでいたが、しかしそれはたしかに彼のなかに根を下ろしていたのだ。その「虜」が、偉大な神秘家と同様に、唐突にその本の最後の数ページでみずからの誕生を思い起こし、そしてそれまで人生における灰色の時期として描いてきた幼少期を幸福なものとして回想するのは、偶然だろうか。

死を前にしたジュネは、もはや自分に嘘をつかなかった。かつての彼は、ある日、わたしがシオランの本『生誕の災厄』〔出口裕弘訳、紀伊国屋書店、一九七六年〕——彼にとってはじつに考えさせられるタイトルなのだが——のことを話題にすると、またしても平気ではぐらかすようなことを言ったものだ。わたしがへまをしでかしたとでもいうようにこちらをじっと見て、こう答えたのだった。「シオラン？ ちょっとした箴言か……。だが、夜外出するときには、ちんぴらに襲われるんじゃないかとびくびくしているさ！」

「ジャン・ジュネ死去」

ジュネは時間と、死と、競走していた。ガリマールに原稿を渡したとき、それ以外のことは彼にとってどうでもよくなっていた。死はいつ訪れてもおかしくなかった、彼にはこれ以上戦うつもりはなかった。それでも、逝くまえに初校に手を入れる時間はあった。

わたしはといえば、離れていなければならなかった。ジュネは自分が没入していることからわたしを遠ざけていた。ライラとアニス・バラフレージが、その時期、きわめて濃密、きわめて厳粛なその時期、終わりに先立つその時期につき添う友だった。

わたしが彼の死を知ったのは、オスローへの旅から戻ってきたときのことだ。あっけないものだ、キオスクに並べてあったパリの新聞の見出しを見て知ったのだった。「ジャン・ジュネ死去」。そしてそのすぐ隣には、「シモーヌ・ド・ボーヴォワール逝去」。吹き出したくなった。運命とはおかしなものだ。トルバドゥール〔フランス十二世紀から十三世紀にかけて、オック語で愛の詩を唄った宮廷詩人〕のように、あるいは旋舞教団〔イスラム神秘主義の一派で、信者はスカートをはいて回転しながら踊る〕の信者のように、華々しくわたしの人生に闖入してきたこの男の死を、わたしは数か月まえから覚悟していた。すぐには悲しみは湧かなかった、しばらくまえから穿たれはじめていた穴が、ついにぽっかりと開いた感じがしただけだ。家に帰ると『ル・モンド』紙から連絡が届いていて、長くて三ページ程度で彼との思い出を語ってほしいというのだった。なかなか書けなかった。何を言うべきなのか。どこから始めるべきなのか。まとまりのある文を組み立てることができないのだ。わたしは、自伝『代書人』のために書いた一章分を引き出しのなかにしまっておいたことを思い出した。三ページを書く材料をそこから借りてくるために、読み返すことにした。ポワロ＝デルペシュは伝統的な追悼記事を書いていた。

わたしは誰かとぜひとも話をしたい気分だった。しかし、ライラはつかまえることができなかった。わたしは考えた。残念ながら、いやむしろよかったのかもしれないが、わたしは埋葬というものが、とくに近親者の場合には、好きじゃない。翌日、わたしはまた旅立った、モロッコで、心臓を悪くした母の面倒を見るためだ。あらためてパリに戻ると、ジュネをララーシュに埋葬できるようロラン・デュマが役所の手続きに尽力したということを、人づてに聞いた。しかし、わたしは、もうすでに自分にはかかわりのないことだと感じていた。わたしにとってジュネは生きつづけていて、わたしは、わたしたちが議論を交わしたころのようにまた彼と会うために、『恋する虜』の刊行を待った。

彼の墓にすぐには詣でなかった。ムハンマド・ショクリーが一緒に行って黙禱しようと言ってくれていたが、その気にはなれなかった。わたしはいまでも墓というものになじめない。両親の墓参りもめったにしない。墓石の下の土のなかで固まっている死者たちの姿を想像するよりも、記憶や夢のなかで彼らと再会するほうが、わたしの好みなのだ。

ある日ついに、友だちづきあいがうまいとはとてもいえなかったジュネという人間への友情の証のためというよりも、好奇心からその墓を見たいと考えている友人たちに、わたしもついていくことになった。なるほど、彼の墓は彼に似ている。霊廟ではなく、家族の地下墓所ではなく、きちんと建てられた、花に囲まれた墓でもない。ただ土が盛られ、頭にあたるところに石が置かれていて、そこに名前と生没年が記されている。わたしは特段胸が詰まるということはなかったが、ただ、関係に少しの誤解もいささかのなれなれしさも入り込まないように距離をとりながら、ジュネがわたしたちのあいだに築くことができた、あの、傍らにいるという感覚は蘇った。

ジュネの死から数か月後、わたしは、当時パリのアメリカ広場に住んでいたマフムード・ダルウィーシュと再会した。ふたりでジュネの思い出を語らい、マフムードはわたしにこう言った。「彼の〔パレスチナの〕戦いへの関与は、はっきりしていて、嘘のないものだった。アラファトはずいぶん評価していた。実際、さっぱりわからない映画を撮ったジャン＝リュック・ゴダール〔『ヒア&ゼア　こことよそ』（一九七六年）のこと〕とはちがうよ！」

夢

父の夢を見ることがあるように、ときどきジュネの夢を見る。そのふたりの人物には、少なくとも、皮肉と怒りという共通点があった。わたしはジュネを父の代わりだと考えたことはなかったし、彼もまたわたしを息子とは思わなかった。しかし、それを越えたところで、わたしたちは、わたしがほかの友人関係ではけして知ることのない仕方で結びついていた。ジュネはおのずから特別な存在だった。わたしの賛美は控え目で、ときに揺らいだ。わたしたちは同じ気質をもちあわせていなかったし、とりわけ経てきた人生がちがった。

作品のなかの作家ジュネの声は、人間ジュネの、とくにブラックパンサーと共闘するころからのジュネの声と、同じではない。作家ジュネは古典的で、詩人であり、かつ、ことに最後の本ではシュルレアリスト的なひらめきも見せる。その言語はきわめて純度が高い。そのイメージは、突飛なものであっても、入念に作りあげられている。ジュネはひとりの詩人として言葉を自在に操ることができたが、しかしその言葉を、みずからのうちに膨らむ正義のための行動への欲求と折りあわせるにはいたらなかった。彼が自分の書いたものについて話すのを拒むとき、目の前で誰かが彼の小説は力強いとか美しいとか言いだして彼が腹を立てるとき、彼はたしかに線を引いている、壁を設けているのだ、自分の人生のふたつの決定的な段階、刑務所の時代と闘争の時代のあいだに。自分はもう同じ人間ではないと思わせようとしていた。自分のなかのならず者がふたたび頭をもたげたのは、盗みを働こうというのではなく、虐げられた人々、その戦いの正当性を知らしめるために自分と自分の知名度を必要としている人々に、奉仕するためなのだ、と。その意味で、彼はフランスにおける最後の「参加する《アンガジェ》」(彼はこの言葉が大嫌いだった)知識人だったのだろう。今日のフランスを見わたすとき、そのような人物は姿を消してしまっている。この国にはひとりのジュネが、ひとりのフーコーが、ひとりのクロード・モーリヤックが、義憤をたぎらせることを知り、その怒りを爆発させる場所を選ぶことをしない人間たちが、欠けている。サルトルは参加する人間で、そのために尊敬され、またいくつかの過ちを犯して槍玉にあげられた。ジュネは「アジテーター」であり、メディアが耳を塞いでいるときでも自分の伝えたいことを伝える才能をもつ役者だった。彼には失うものは何もなかった。その一生を彼は、逃げて、警察を避けて、ありとあらゆる検査官の裏をかいて過ごした。彼には決まった家も、余分な服も、趣味も、守るべき名声も、家族もなく、根なし草だった。彼はすべてを捨て、みずからの生涯をひとつの永遠の不満、甘んずることを知らない生まれながらの反逆児の不満と化したのだ。

わたしが彼のそばで学んだのは、ロラン・バルトの講義から学んだことと同じで、社会は斜めの角度から見なければならず、正面からじかに向きあうことも、同じ方向を向くようなことも禁物だということだった。バルトが「迂回」と呼ぶものを、ジュネはむしろ「対角線」と呼んでいる。世界を斜めに走る対角線だ。だからこそ、わたしは小説家としてモロッコのことを語ってきたのだ、客観的な、現実の、目に見える、一枚岩のモロッコではない、そうではなくて、いくつもの矢に貫かれ、いくつもの線が走り、いくつもの鏡に映され、いくつもの溝が切られたモロッコだ。その教えはわたしの力となったし、いまもまだ力を与えてくれている。ハサン二世の警察国家に反旗を翻す必要があった時代、敢然とたち向かう人間たちがいたが、その体制が揺らぐことはなかった。ムハンマド・カイール＝エディヌ〔一九四一－九五。モロッコの作家。一九六五年から七九年までパリに亡命。

生前モロッコではその作品は発禁処分を受けていた」は、詩は前線に立つことができず、とはいえスローガンを積み重ねるだけでよしとはしないということを、わたしたちのあいだで最初に理解したうちのひとりだった。ジュネがわたしに道を示してくれた、しかも、またしても、わたしたちのあいだでそれについて一言も交わされることなしに。

　ジュネの死の数か月後、ジャッキーからムハンマドの死を知らされた。忘れもしない、場所は、ガリマール書店があるセバスチャン＝ボタン通り五番地の入口の前だった。ジャッキーは沈んでいて、何か口ごもったあとでこう言った。「怖いんだ……。ジュネはムハンマドを一緒に連れていってしまった、あまりいい気分じゃない……怖い……」

　わたしはそのとき、フアン・ゴイティソーロが指摘したように、ジュネを知った者は「無傷ではすまない」ということを理解した。

ジャンへの手紙

親愛なるジャン、

「万事うまくいっている」、ときみに言いたかったが、知ってのとおり、何もかもあまりうまくいっていない。きみに天気の話をしたくはないが、それにしても、気候がひどく不順になってしまい、季節は農耕民を嘲笑うかのようで、都会で暮らす農民は増える一方だ。農村の過疎化については、きみもその弊害を何度も目の当たりにしたが、それが続いている。これまでの春夏秋冬は通用しなくなり、地球はあいかわらず、飢えた人間たち、でたらめと不正を載せて、回っている。いずれにせよそんなことは全部きみが予想していたことで、きみはおもしろがって見ているにちがいない、きみがいま「よきイスラム教徒」さながらに顔をメッカに向けながらいる、ムハンマドがふざけて言っていた、かつての売春宿と刑務所に挟まれたその場所から。

反逆児のきみがモロッコの地のキリスト教徒墓地に眠っていることは、きみと親しかったわたしたちにとってはうれしいことだ。きみの墓は人の訪れる場所になっていて、巡礼の地とは言わないが、ほとんどあらゆるところから人がやってくる。墓守は亡くなって、息子が跡を継いだ。彼が堅表紙のノートを一冊買って、奥さんがそれを訪問者に見せ、五〇ディラハムを払えばそこに自分が感じたことを書けるようになっている。ノートは賛辞でいっぱいだ。きみにとってはどうだっていいことだとはわかっているが、しかし、みんな遠路はるばる旅をして、いつまでも質素なままのきみの墓に黙禱を捧げにくるんだ。そうだ、言うのを忘れていたが、最初の墓碑は盗まれてしまったよ。またまた、きみらしい出来事だ！

だめだ、朗報はない。きみが言っていたように、「幸せかどうか知りたいなら、新聞を読むもんじゃない」、ということだ。パレスチナ人は割れてしまっている。きみが逝ってから、インティファーダが二度〔一九八七年と二〇〇〇年〕あった、蜂起した若者たちが投石で占領者に抵抗したんだ。きみがいたら、群衆に紛れ込んで、実弾を撃ってくるイスラエル兵に向かって二つでも三つでも石を投げつけたかっただろうな。だが、事態は悪化した。イスラム教を遵守する人間たちはひとつの運動を形成して、それを「ハマス」と呼んだ。それ以降、自由選挙を経て、ハマスはガザを掌握し、パレスチナ自治政府はラマッラー〔ヨルダン川西岸の都市〕を押さえている。ガザ地区の人々はトンネルを掘って、エジプト国境から食料、医薬品、武器を運び込んだ。しかし、エジプトはつい最近その穴を塞いで、彼らの生存の道を断った。

二十年の歴史を語ることはしないが、言っておきたいのは、パレスチナ人が攻撃と虐殺と陵辱の犠牲でありつづけたということだ。戦争が何度もあった。パレスチナ側に何千人もの犠牲者が出た。世界はその犯罪を目撃しながら、そっぽを向いている。パレスチナ民族の孤立はひどいものだ。「もうたくさんだ！　イスラエルは犯罪を犯している」、という声はときどきあがるが、イスラエルはいっさい意に介さない。

ほかにも、それほど深刻ではないニュースがある。イッズアッディーンのことから始めよう。背が高く、ハンサムで、目は濃い栗色、まあ黒だ、そして頭もとてもいい。パリで暮らしていて、会計の勉強を終えたが、わたしが会ったときには職に就いていなかった。息子がひとりいて、イッズアッディーンがドリスと名づけた。イッズアッディーンはきみのことを覚えていて、きみの本も何冊か読んだ。ジャッキーがとても親しくしている。ふたりでよく会っているよ。

ジャッキーは元気だ。きみの遺産の管理を、じつに抜かりなく、きっちりとこなしている。きみの作品に目を光らせて、きみの書いたものを使っていいかげんなやつがいいかげんな真似をするのを許さない。徹底して用心深くて、あれはきみを見習っているんだ。そもそも話し方もきみみたいだし、きみの怒りっぷりだけじゃなくて、気質も受け継いでいる。いまもギリシャで暮らしている。白髪になったが、痩せているのはあいかわらずだ。彼はアメッドにも会っている。アメッドはいまイタリアに住んでいて、馬の世話をしている。

ムハンマドは、これを伝えなければならないのは残念だが、きみが逝って六か月後に、自動車事故で死んだ。おんぼろの車を買っていたんだが、ラバトの道路で嵐に巻き込まれたんだ。

ジャッキーとライラとアニスがイッズアッディーンの面倒を見た。現在はムハンマドの兄がララーシュの家に住んでいる。

ライラ・シャヒードは、パリで駐EUパレスチナ自治政府大使を務めたあと、ブリュッセルで同じ任に就いている。みごとな仕事ぶりだ。

わたしたちの友、詩人のマフムード・ダルウィーシュが心臓の手術を受けたあとで亡くなってから、それほど時間は経っていない。ぽっかりと穴が開いたようだ。

こうしてきみに手紙を書いているいま、世界はベルリンの壁崩壊二十周年を祝っている。そうなんだ、壁はなくなって、ふたつのドイツは統一された。きみが「女性的」だと考えたあの民族を、有能で馬力のある女性〔二〇〇五年からドイツ首相を務めるアンゲラ・メルケル〕が率いている。

フランスの「教会の長女」としての影は薄くなるばかりで、非宗教性《ライシテ》を守ろうと必死だ。イスラム教と一部のイスラム教徒に頭を痛めている。アルジェリア戦争がふたつの共同体の記憶にまだ残っているということは、言っておく必要がある。移民の家庭のなかには、娘たちをヴェールを被ったままで学校に通わせているところもある。行政機関や公共の場で宗教的な標章を着用することを禁止する法律が可決された〔二〇〇四年三月十五日成立のいわゆるスカーフ禁止法〕。きみは、わたしが思うに、その禁止に反対しただろう。きみの反骨精神が、頭で考えるよりも早く反応したにちがいない。結局、イスラム教は、イスラム教を旗印にして「虐げられた者たちの西洋に対する復讐」を唱える一部のテロリストたちによって、人質にとられたのだ。きみも知ってのとおり「平和への帰順」であるその宗教の名のもとに、人が殺され、虐殺がおこなわれている。

　フランスのテレビ局から声をかけられて、去年の冬、モルヴァン地方アリニィー〔生後まもないジュネはこの村に里子に出され、十二歳まで過ごした〕に行って、きみのいた学校を訪ねた。ほんとうに寒くて、じめじめしていて、陰気なところで、すぐに、きみがそこから逃げ出したくなったのももっともだと思った。空の光はくすんで灰色だ、そこから憂鬱の空気が広がってくる。きみを引き受けた家族も、水浸しの土地にねっとりととらえられたその穴のような場所については、どうしようもなかった。きみはそこで書くことを覚えた。その学校から二十世紀フランス文学の異端児《アンファン・テリブル》が、そしてあれほど多くの人々をうるさがらせた挑発者にして闘士が、いかにも出現しそうだと思わせるようなものは、ひとつも見あたらない。その訪問で感じた気詰まりと悲しみは、まだわたしの胸のうちで疼いている。同時に、わたしはきみが子ども時代を過ごした場所にまた戻ってきたいという気もしていた。もう二度とそこには行かないだろう。わたしは、きみが一九七六年二月十三日に『ディー・ツァイト』紙の記者フーベルト・フィヒテに明言していることを、あらためて思った。「わたしには父も母もいない、養護施設で育てられて、ほんの子どものときに知った、自分がフランス人じゃないということ、自分がその村の人間じゃないということを。わたしは中央山地で育てられた。わたしはそういったことを、ばかばかしい、冴えないかたちで知ったんだ、こうだった。学校の先生がちょっとした作文をするように言って、生徒がめいめい自分の家を描写することになった。わたしは自分の家のことを書いた。たまたまわたしの書いたものが、先生によれば、いちばんみごとな出来だった。先生がそれを読みあげると、みんながわたしをからかった、「でも、自分の家じゃないよ、捨て子だぞ」って言ってね、そのときだ、あれほどの空虚、あれほどの屈辱を感じたのは。わたしはあっという間に完全なよそ者になっていた、ああ、言い過ぎなものか、フランスが憎い、じゃまったく甘すぎる、フランスが憎い、フランスには吐き気がする、よりもっとひどい言い方が必要だろう」〔「フーベルト・フィヒテとの対話」、『公然たる敵』所収〕

もうこれ以上伝えることはない。世界の情勢は芳しくない。しかし、黒人がアメリカ合衆国の大統領になった。そう、それはいい知らせだ！　きみもよろこんだだろう。

最後に、きみの戯曲作品がいまではプレイヤード叢書に入っているということ、そしてフランスが、世界中のいくつもの大学が、きみの生誕百周年を祝おうとしているということを、知らせておくよ。きみがいて、お祝いを台なしにしてしまうことがないのは幸いだ！

もうひとつだけ、親愛なるジャン、きみの生物学上の父親の名前がわかったよ、きみは笑うだろうな、生き返って、さんざん毒づいてわたしをうんざりさせるだろう、気を確かにして聞いてくれ。ムッシュ・ブラン〔フランス語で「白」あるいは「白人」を意味する〕だ！　あやうくなるところだったんだ。ジャン・ブランにね！　その名字のせいだけで、きみは家族を替えていたはずだ、そうだろう？

心を込めて、友へ。

タハール

追伸：日記をつけていたノートを見つけた、ちゃんとした日記にはほど遠いが。忘れていたよ。引っ越しをしているときに偶然出てきた。見てみると、驚いたことに、その薄手の紙三ページにわたって、きみについてのちょっとした走り書きがあった。ある友だちはこうわたしに言ったよ。「それは思し召し、神の思し召しだぞ」。冗談だったとは思うが。わたしたちがあれほど頻繁に会っていた時代、いまではずいぶんと昔のことになってしまったあの時代の生き残りであるその言葉をあらためて読んで、わたしは胸が詰まった。きみのためにここに書き写すよ、きみにとっては少し腹だたしいことだと重々承知しているけれど。

一九七七年二月八日火曜日

今朝、ジュネから電話。「文化欄を担当している女に、インタヴューを断ってやったよ、あの新聞、『ル・モンド』のことは見下げはてたものだと思っているからな。アブ・ダウド事件〔ミュンヘン・オリンピック事件を起こしたパレスチナ武装組織「黒い九月」のリーダーであるアブ・ダウド（一九三七－二〇一〇）は一九七七年にパリで拘束されるが、フランスはその身柄をイスラエルにも西ドイツにも引き渡すことを拒否した〕のときは次の日から恥知らずな態度をとった、ジャクソンが死んだとき〔一九七一年八月、ジョージ・ジャクソンはサン・クエンティン刑務所内で殺害された〕と同じだ」

わたしは言う。「『ル・モンド』は誠実だよ、ある限度まではね」

怒って彼は言い返してくる。「誠実さに限度があってはだめだ、あるならそれはもう誠実とはいえない」

それから彼は今週の『ヌーヴェル・オプセルヴァトゥール』誌に載ったモーリス・クラヴェル〔一九二〇－七九。作家、ジャーナリスト〕の記事のことを話す。クラヴェルはジスカール・デスタンを絶賛している。ジュネは言う。「『ル・モンド』はジスカールと瓜ふたつ、フランスにおける多国籍企業の代理人だ」

一九七七年二月九日水曜日

いつものように朝早くジュネからの電話。「『ル・モンド』の女が電話をかけてきた。きっぱりと断った。「あんたは軽佻浮薄な世界の人間だ」と言ってやった。そしたら泣くんだ。ほんとうに泣いたんだ。そこらへんの小娘と変わらんよ……」

それから話題はフーコーのことになる。「いいか、フーコーが『監視と処罰』〔『監獄の誕生』〕のなかで強者に悪の責任を負わせるとき、弱者の側も共犯だということを忘れているんだ」

わたし「移民たちの場合、そうだと思う。反抗しないことで、彼らは共犯者になっているんだ」

ジュネ「そうだ、それにしても、暴力や人種主義といった言葉は再定義の必要がある」

わたしはジュネに、彼が準備していて、わたしが会話部分を担当することになっている、映画シナリオを読ませてくれるように頼む。
ジュネ「だめだ、まだ見せられない。完璧になったら渡すよ。第二稿に手を入れている。シーンごとに台詞が三つほしい、アラブ人が登場するのは三〇シーンだ。だから、きみに書いてもらう台詞は九〇だな」
それからわたしたちはムハンマドのことを話す。
ジュネ「彼は、わたしといるのがとてもいいんじゃないか。ときどき弱気が顔をのぞかせるが、それともうまくつきあっている。両親に会えないこともふさぎの原因だ。彼の両親は、何が起きているのか、さっぱり呑み込めなかった。子どものなかでもいちばん頼りなかったのが、突然いちばん立派になるのを目の当たりにしたんだ。あれはばかじゃない、知っているだろう」
わたし「ああ、わかっているよ、彼は頭がいい。彼の目に宿る暴力に愛情の光が差すのを見るのが、わたしは好きだ。たとえば、きみのことを話しているときとかね。一度彼は、きみは自分にとって予言者だってわたしに言ったことがある」
ジュネ「わたしは神でもないし予言者でもない。芝居がかったところ、赤ん坊のようなところがあるんだよ。彼はどうしてもわたしの息子になりたいんだ。息子のように、たぶん甘やかされた息子なんだろうが、不満を言ってくる。彼の顔には詩がある」
わたし「フランスの人種主義について話すときには、まなざしに暴力がこもるよ」

ジュネ「そうだな、やつらをひとり残らず殺すことなんてできやしない……無理だ、次から次へと生えてくる」

一九七七年二月十六日水曜日

ジュネから電話。一緒に仕事をしなければならない映画業界の人間たちが、いかに見栄っぱりでナルシシストなのかを、話しだす。商売人根性にはうんざりだと言う。それから別の話題に移る、声が変わり、楽しげに、明るくなる。「昨日、ライラに会った。彼女はほんとうに頭がいい、大好きだよ。ムハンマドも彼女のことは好きだ。彼女は自分が生まれたレバノンのことをたっぷりと、じつに達者に話してくれた。彼女の名前〔シャヒード〕は、いいかい、「殉教者」っていう意味なんだ。だから、そういうことさ、映画の連中からもらった電話が空しく、しみったれに思えて、一晩中暗い気持ちになったんだ。あの映画を撮るかどうかわからん。映画を観せて人を感化しようとしても、人の心には観た映画のことしか残らない。

わたしがブラックパンサーとパレスチナ人から学んだのは、反乱の何たるかをもっとも理解させることができるのは詩的表現だということだ。その表現が曲解されてしまうこともあるだろうし、一種の美学として見られる可能性もある。注意が必要だ。簡単なことじゃない。

人種主義を、無益で邪悪な蛮行を理性によって告発することで、もし何かをなしうるのであれば、告発されているものはもうとっくに根こそぎ追い払われているはずだ。多くの人間がそうしたのに、それでもまだそれは残ったままじゃないか……」

一九八〇年五月十五日

書いている小説の何ページかをジュネに読んで聞かせる。タイトルをどうすべきか、まだ見えない。彼が言う。「ああ、マ・エル・アイニーンか！　たいしたレジスタンスの闘士だ！　彼の子孫の何人かに会ったことがある。みんな威厳に満ちあふれていた。わたしはそういうモロッコが好きだ！」

わたしはジュネに打ち明ける。自分の性格で気にしているところがひとつある。応戦すべきときに応戦することができないんだ。批判されてもなかなかやり返すことができない。それが無関心なのか、弱さなのかわからないんだ。

ジュネは小型葉巻に火をつけ、それをじっと見て、そして言う。「批判にいつも応えていてはだめだ。自分目がけて飛んでくる批判にいちいち応えなければならなかったとしたら、生きる時間も誰かを愛する時間もなかったよ。いいかい、かつてわたしはちんぴらだった、あまりいばれる話じゃない。人生のある時期、そのことが役に立ったのはまちがいないが。いまは、わたしにもいろいろとわかっている。だからこそ、もう新聞を信用していない。新聞は権力者に守られている制度だ。やつらがパレスチナ人や移民の苦しみに関心をもつようになると思うか？　それをとりあげるとしても、当たり障りなくやるのであって、そんな慎みは度しがたい卑劣さの裏返しだ。結局、過度の幻想を抱かずに世界を見ることを学ばなければならない、ということだ……」

対話と記事

フランスの移民についてのジャン・ジュネとタハール・ベン・ジェルーンの対話*

『ル・モンド』

TBJ――ジャン・ジュネ、あなたはフランスにおける移民労働者の入国・滞在・労働条件に関する法案を丹念に読まれました。それを読まれて何をお考えですか。

ジュネ――待つしかない。フランスが植民地の時空と決別できるのは、まだまだ先のことだ。バンギの宝石事件〔中央アフリカ（首都はバンギ）の独裁者ボカサ（一九二一－九六）からフランス大統領ジスカール・デスタンにダイヤモンドが寄贈されたのではないかと噂された〕はある根本的な真理を開示して、それを照らし出している。つまり、世界地図の上ではフランス帝国を象徴する薔薇色がほかの色にとって代わられてしまったとはいえ、フランス人たちはあいもかわらずみずからの優越を生きているということだ。ただ、その優越は、彼らの体のなかにさらに少し潜り込み、ずっと下っ腹のほう、たぶん曲がりくねった腸のどこかまでくだってきてしまっている。かつて尊大だったその優越は、自分の最期も近いということを悟って、とげとげしくなる。さらにその優越をいらつかせることには、いまやフランスのいたるところに黒人、混血、アラブ人がうようよしていて、しかも彼らはもう目を伏せやしない。彼らの視線はわたしたちの視線と真っ向からぶつかる。

何か手を打たなければならなかったのさ！

もちろん、黒い肌、褐色の肌の男女が日増しにずうずうしくなるからこの法律が制定されようとしているわけじゃない。だが、そのずうずうしさはひとつの予兆ではある。

TBJ――「何の予兆ですか」、とお訊きするまえに、ひとつ指摘させてください。わたしは、移民たちの視線がフランス人の視線と真っ向からぶつかるまでになっているとは思いません。彼らは目を伏せて生きてはいませんが、しかし自分たちの権利と尊厳のための戦いに踏み出すまでにはいたっていない。彼らは恐れている、いやもっと正確に言えば、彼らは、フランス人に関する正義と外国人に関する正義が同じものではないということを知っているのです。わたしの考えでは、あなたが話される移民の態度はかならずしもそのとおりではない。いえ、わたしが言おうとしているのは、フランス人や警察の目をまっすぐに見つめるのは、移民の子どもたちだということです、ただ、その子どもたちは移民ではありません、彼らは旅を経ていません、彼らはここフランスで生まれ、そのおかげで恐れは小さく、それほど引け目を感じることなく自分の考えを表明できるのです。

ジュネ――たぶんそうなんだろう、ただ、わたしの頭のなかでは、すべては視線の問題なんだ。目がどこを見ているかがすべてだ。

さて、「何の予兆か」という質問だな。いいか、移民労働者とボカサの共通点はひとつだ。どちらもフランスに利用され、ときにはぼろぼろになって、挙げ句は捨てられてしまう。

フランス人が外国人に対してもっている優越感（はっきり言って、それは外国人嫌いなんかじゃない、人種主義だ）は、スケープゴートを取っ替え引っ替えしてきた。一八九〇年から一九一〇年まではユダヤ人、一九三〇年には硬い髪と吊り目をした全員、十把一絡げにアジア人で、それからほとんど同じ時期だが、ディエン・ビエン・フー〔ベトナム北西部に位置するこの町で、一九五四年三月から五月にかけて激しい戦闘がおこなわれ、フランスが敗北して、インドシナ戦争は終結に向かった〕のあとに顕著になるのが、支配者に反抗する者としてのアラブ世界全体だ。

フランス人は始めはパレスチナ人の抵抗を知らずにいた。その抵抗は、フランスのわたしたちのところに突然、そう一九六八年に、やってきた。難民という名のもとにすべてが一緒くたにされていた。誰もその民族がどこから来たのか言わなかった、誰もその民族がイスラエルによって自分たちの土地を追われてきたということを言わなかった。まさに一九六八年五月の小集団《グルプスキュール》と呼ばれたいくつものグループが、ほかならぬソルボンヌで、難民でしかないと思われていた者たちがまぎれもない革命家であるという、その真実を白日のもとにさらしたのだ。

わたしたちが移民労働者と呼ぶアフリカ人たちだが、彼らはけして、フランスで働くことをそれほど望んだわけではない。ベルギーやオランダやドイツのほうがよかった。そういう国も彼らの権利を尊重しないということではフランスと変わりはないが、しかし、賃金はあちらのほうが高いのだから。ところが、なかでも北アフリカの、とくに田舎では、人は政治への関心が比較的薄くて、ゆえにより従順で、フランスの工場のために労働力を集めることを請け負った怪しげな周旋屋が飛び回ったのだ。

一九六七年にマドリードの駅で、モーリタニア人の一行が二手に分けられるのを見たことがある。半分はポルトボウ〔スペインとフランスの国境東端の町〕から、もう半分はアンダイエ〔同国境西端の町〕からフランス入りということらしい。周旋屋のうちのふたりが彼らを引率、監視し、全員のパスポートと団体切符を管理していた。

当時、それだけサハラ砂漠産の頑健な肉体が、サン＝ナゼール〔ロワール川河口にある造船業の町〕やティオンヴィル〔ロレーヌ地方、ルクセンブルクに近い鉄鋼業の町〕には不可欠だったということだ。

こっぴどく痛めつけられても、その肉体はヌアディブ〔モーリタニアの港湾工業都市〕で生きつづけようとはするだろうさ。

ＴＢＪ――あなたにとって、祖国を捨ててまで労働力としてみずからを売らざるをえない集団というのはすでに生から追放されている、それはただ生き延びているにすぎないのだと……

ジュネ――彼らは祖国を捨てることになるとは思わなかったのだ。出稼ぎに来いとそそのかされて、なんだか成りあがれるような気がしただけだ。求人、採用の仕方はなかなかの見物で、場所として市《いち》が立ったわけではないが、あらゆる点でそれは家畜の売買そのものだった。周旋屋が触って筋肉の質を確かめ、歯や歯茎を検査し、手の堅さ、頑丈さを調べる。まだそれほど何年もまえの話じゃない。ところがサヘル地帯〔西アフリカ、サハラ砂漠の南に沿う半乾燥地帯〕の干魃のせいで、砂漠は干涸らびた労働者たちであふれかえった。おまけに景気が後退しはじめていて……アフリカ人たちが一杯食わされたと気づいたときには、すでにあとの祭だ。

TBJ ―― 干魃だけではありません、独裁政治もあって、ボンゴ〔一九三五－二〇〇九。一九六七年から死去するまで、四十年以上にわたって大統領としてガボンを支配した〕**、ボカサ、モブツ**〔一九三〇－九七。一九六五年にクーデタでコンゴの大統領となり、国名をザイールと変えて、長期独裁を築いた〕**といった連中がフランスやベルギーに支援され、その一方で国民たちはひどい状況で生きている……**

ジュネ ―― ああ、もちろんだ、〔ジャック・〕フォカール〔一九一三－九七。外交官、政治家。ド・ゴール、ポンピドゥ両大統領に仕え、対アフリカ政策を主導して、「ムッシュ・アフリカ」と呼ばれた〕がいなかったら、フランスはどうなっている？　豊かな土地でありながら開発の遅れているあのアフリカがなければ？　その点で、政治的問題は倫理的問題になる。アフリカはその資源の一部を奪われ、そしてアフリカ人は移民となることを余儀なくされているんだ！

TBJ ―― イギリス人技術者がフランスに働きにくる場合には……

ジュネ ―― わたしたちが「移民労働者」と呼ぶ人間は――ストレリュ氏も「新しい身分規定」のための解説でそう言っているのだが――かならずしも移民労働者だけではない。

フランスにいる外国人ならばそう。旅行者もそう。そのような人間たちはさらにまちまちで、見るもの聞くものに驚いている観光客だったり、一時的な亡命者だったり、自分の滞在しているこの国の言葉を読み書きできない者だったり、居心地の悪い思いでいるイスラム教徒だったり、フランスの現実を前に目を丸くしている者だったり……つまりフランス人だって国外ではたとえばスイスでは――そのいずれでもありうるのだが、しかし、フランスに入国したアフリカ人たちは絶対的な移民労働者として定義された。すなわち、絶対的移民労働者とは階級のその下に位置する階級であり、彼らがそれから逃れることのできない本質であって、というのも行政が目を光らせているからだ。行政は、彼らを閉じ込める枠組み、囲いをもっている――アランク〔後注を参照〕というね。

TBJ――アランク、ですか。

ジュネ――いや、わたしはただアランクの刑務所がとり壊されたのかどうかを訊いたんだ。「移民労働者」もひとりの人間だと言われれば、人はあたりまえだと考えるはずだ。だがフランスでは、その言葉に誰もが、とりわけ行政は、かつて農民たちが「流浪の民」、「ジプシー」、「浮浪者」といった言葉のなかに見ていたものを見ているのだ。そう呼ばれた人々が村を出入りするには、ごみ捨て場の脇に設けられた専用口――だが常設にはほど遠かった――を通らなければならなかった。

「移民労働者」にはそれ――それにはストレリュ氏も注意を払っているだろうが――以外にも、さらなる恥辱が待っていることがある。移民が自分の手を道具にして働いているためだ。マリ人のごみ収集人を元旦にエリゼ宮のカメラの前に招待したとき、共和国大統領が証明したかったのはおそらくそのことだ〔一九七七年一月一日、ジスカール・デスタンはごみ収集人たちを大統領府での朝食に招待した〕。つまり、招待された労働者の手は、応接間の真ん中では、無用の長物もいいところなのだ。それができることといえば、防寒帽をもつことだけ。エリゼ宮のシャンデリアの下には、ピックハンマーはないからな。

TBJ――ポーズでしかない。ただし、現在の移民政策を弁護するつもりはありませんが、「家族呼び寄せ」を認めたのはジスカールです〔一九七六年四月、正規の移民労働者がフランスに家族を呼び寄せることが可能になった〕、それなりには評価しないと！

ジュネ――ジスカールかその相談役の誰かが『究極の孤独』を読んだんじゃないかね！　そんなのは、移民労働者の最大の収益性を保証するためさ。やつが移民に選挙権を与えていたら、ひょっとしたらいまごろ、行政もフランス人も彼らの生活条件にもっと気を配っていたかもしれないぞ。

TBJ――フランスとはひとつの理想なのでしょうか。それともひとつの幻想なのでしょうか。

ジュネ――すべての資本主義国家は、新植民地主義国であろうとなかろうと、国内の労働力を保護するものだ。そのような国々のなかでも、威光を笠に着てわれこそが文明の範だと誇示する国は、フランスのほかにひとつもなかった。働くため、学ぶため、あちこち見てまわるためにフランスに来るアフリカ人が感嘆して帰っていくということも、考えられないわけじゃない……。わたしたち文明側の人間のほうは、文明とは世界の貧窮に喘ぐ人々をないがしろにするこの法案のことでもあるということを、いまや承知している。

TBJ――それでもフランスは文明国です。

ジュネ――フランスが、高邁なる精神の要請に従って、アフリカをその貧困から救い出すという使命を引き受けたことなら、誰も疑っていないよ。そもそもフランスは女性的な国で、母親や恋人の柔和な徳をすべてもちあわせている。ポルトガルやイギリスの、切って捨てるようなところがフランスにはない。フランスは「善意の塊」だ！　フランスがみずからのかつての奴隷たちをもろ手を広げて歓迎することを、わたしたちは期待していたのだ（じつは、何ひとつ期待していなかったが！）。

TBJ――あなたはまえに一度わたしに、女性的なのはドイツで……フランスではない、と言ったことがあります。

ジュネ――フランスは教会の長女だぞ！　忘れちゃだめだ。娘にして母、愛人にして色情狂！繰り返して言うが、フランスにはお隣の国々の切って捨てるようなところがない。

TBJ――奴隷は、昔の話では……

ジュネ――どうやってそれは始まった？　モロッコではこうだ。〔ユベール・〕リヨテ〔一八五四―一九三四。一九一二年から二五年まで、短期の中断を挟み、モロッコの総督を務める〕の統治も終わりのころ、一九三〇年前後には、フランス人は各部族に属する土地を買う権利をもたなかった。彼らは迂回策をとって、その土地を私有地に変え、それをモロッコ人のダミーから買った。こうして部族から先祖伝来の土地が奪われ、部族民は働きに出るほかなくなる。まずはモロッコの港に、そしてパリに、最終的にはフランスの地方にだ。その地方では、バブーシュのような履き物に慣れた彼らは、どた靴をもち上げなければならないとなると思うにまかせず、足を引きずるようにして歩いていた。

チュニジアでも同じこと――ほぼ同じこと――が、バルドー条約締結〔一八八一年。それをもってチュニジアのフランス保護領時代が始まる〕のほんの少しまえに起こった。ベイ〔チュニジア国王の名称〕の娘婿が、フランスの仲買業者に数万ヘクタールの土地を売ったのだ。たいへんな安値で、しかもクリーニング済みで（クリーニングというのは、つまりアラブ人たちのテントがきれいさっぱりと撤去されたということだ）。〔トマ・ロベール・〕ビュジョー元帥〔一七八四－一八四九。一八四〇年から四七年までアルジェリア総督を務める〕、のちのイスリー公は、さらにそれに先駆けた一八三〇年すぎに、アルジェリアの入植に手をつけていた。ご存知の方法でだ。横並びに一列になったフランス兵たちが、トゥーロンから来た、同じく一列に並んだ「娼婦」たちの前に立ち、太鼓が打ち鳴らされるとそれぞれの兵隊が自分の正面にいる女に歩み寄る。結婚成立だ。誕生したばかりの夫婦はすぐにくじを引いて、自分たちが地主になる土地区画を選んでいく。

　一九一四年以前には、フランスには移民労働者が、もちろんイタリア人を除いてということだが、ごくわずかしかいなかった。植民地現地人たちがフランス人として、あるいはフランスに同化した人間として、血を流す栄光に浴したのは、ヴェルダンやシュマン＝デ＝ダム〔フランス北部エーヌ県に位置する第一次世界大戦中の激戦地〕の戦いのおかげだ。一九四四年にはガリリャーノ川の戦い〔イタリアに上陸した連合軍とドイツ軍の激戦〕、一九五四年でいえば、ディエン・ビエン・フー……

TBJ――ちょっと指摘しておきたいのですが、わたしがフランスに来た一九七一年には、移民たちは存在していなかった、どういうことかというと、彼らはたしかにいましたが、しかし人の目には映っていなかったということです、彼らはひとり残らず移民仮収容所に押し込められていて、

彼らの存在を気にかける人間などいなかった。一九七三年のオイルショックを待って、フランスは、青天の霹靂で、自分の懐に何百万人ものアラブ人を抱えているということを知ります。

ジュネ――そのとおりだ、メディアはその事実に口を塞いでいた、アルジェリア戦争が起こって、全員移民労働者でもあるアルジェリア人たちが、FLN〔アルジェリア民族解放戦線〕の呼びかけに応じてデモに出てきたときはそうはいかなかったが。さあ、フランス警察がたっぷりお楽しみだ。次の日、セーヌ川にはアルジェリア人の死体が数十体も浮いていた。まったく、あのとき、政治家と軍人と警察はぐるになってフランスのアルジェリア人を屈従させようとしていたんだ。そしていま、アラブ人を撃つ警官は、人種主義的欲求を満足させている。だって、それは人種主義以外の何物でもないからな。

TBJ――フランスには、ヨーロッパのほかの国よりも人種主義がはびこっているとお考えになりますか。

ジュネ――ヨーロッパのほかの国と比べてだなんて、愚問だ！　わたしがフランスで人種主義を目にしないときなどなかった。人種主義はフランスを作っている、堅く目の詰まった、しかし猫の目のように色を変える生地なんだ。わたしの若いころに嫌われていたのはユダヤ人で、どぶさらいのモロッコ人やセネガル人はずいぶんと好かれていたからな。

　植民地征服のときのフランス人たちは攻撃的で、そこに生来といってよい人種主義が加勢した。攻撃的であることがばかにされるような大勢ができあがると、残るのは人種主義だけで、それを愚かきわまりない方法で活用しようと腐心しはじめる。「食うや食わずのこの労働力を使おう」、と叫んでおいて、あとから、「アフリカ野郎どもを追い払え」、と叫ぶのだ。そう簡単には追い払えまい、彼らがやられるがままにはならないことを願うよ。船や列車や飛行機に詰め込み、工場の労働者を空にする……。いや、できないね。

TBJ――今日、かつてより反ユダヤ主義は下火になっていると思いますか。

ジュネ――いや、反ユダヤ主義は変わらずにそこにある、ただ、人種主義は身を翻して、アラブ人に的を絞っているんだ、なんといっても、フランスのアラブ人が擁護するパレスチナの戦いは許しがたい罪だと考えられているからな。ユダヤ人を好きではない人間はアラブ人も好きじゃない、そんなことはわかりきっている。

TBJ――フランスでより多くの人々が実効のある手段で行動を起こすのは、反移民の攻撃に対してではなく、反ユダヤ主義的行為に対するときのほうだとお考えですか。

ジュネ――言っただろう、反ユダヤ主義はヨーロッパ社会に根を下ろしたままだ。絶えたためしはなかったし、それどころかそれはもうひとつ別の人種主義からさらなる養分を得た。その新しい人種主義のおかげでヨーロッパ社会は反ユダヤ主義を隠蔽し、アラブ人への憎悪を表に出すことができたんだ、あろうことか弑逆の罪を犯したアラブ人に対してね。

わからないが、確かなことがひとつだけある。人種主義との戦いは人種主義なしでおこなわれなければならないということだ。侵害は侵害でしかない。ひとりの人間はほかのどんな人間とも同じ価値をもつ。そんなことはありふれた、当然の事実であるべきだろう。わざわざ念を押す必要もないことだ。フランスはそれでも、みずからが強制収容所に送ったユダヤ人に対して負債がある。その負債はさまざまなかたちで記憶に刻まれている。反ユダヤ主義もその一部だ。
　ジャック・デリダを知っているかい。いつか会うことがあったら、この問題について彼と話してみてほしい。わたしの敬愛する友人のひとりだ。ひょっとしたら、わたしにとってはかつてのジャコメッティと同じくらいに大切な存在かもしれない。そう、こんなことを言うのも、彼が瞠目に値する仕方で自分のアルジェリアのユダヤ性を生きているからだ。

ＴＢＪ —— 問題の移民法に戻りましょう。可決されないと思いますか。

ジュネ —— ほどほどにならば、どんでん返しを期待してもいい。一人ひとりのフランス人を人間並みにしてくれることになるだろう神の恩寵をね。
　もしこんな法律が可決されたうえで、フランス国民がそれでも健全にふるまおうとすれば、そのふるまいは自然と、ドイツ占領下での何人かの共産主義者や貴族たちと同じものになるだろう。苦境に落ちた労働者には偽造身分証が与えられ、秘密裡に匿われ、助力する神父たちが現れ、地下組織が誕生し、役人たちは見て見ぬふりをし、そしてフランスはデンマークと呼ばれることになるかもしれない〔第二次世界大戦中、デンマーク国民がドイツ占領軍によって強制された法律に従わなかったことへの暗示〕。

ＴＢＪ —— フランスは現在、戦争状態にはありませんが……

ジュネ —— そうだが、有罪の状態にはある、なぜなら自国の工場や建設現場に働きにやってくる人間たちの尊厳を軽んじているからだ、彼らを搾取しておいて彼らのことを見ようともしない。移民は植民地主義の当然の帰結だ。そのことは、きみも声を大にして訴えていたと思う。だからいまこそ敬意を、満腔の敬意をもぎ取るために、おおがかりな抵抗の土台作りに乗りだすべきなんだ。

TBJ——この社会の未来をどのように見ていますか。

ジュネ——きみはたまに妙な質問をする！　わたしは占い師でも千里眼でもない、ただ……。女占い、ジプシーの女、きみたちの国モロッコでいう悪魔《シャイターン》に扮装して、行く末の吉兆を告げるのは、興味をそそるな。未来ね！（**彼は一呼吸おき、そして芝居がかって、目を閉じ、魔法の玉を撫でるふりをしながらしゃべる。**）未来が！　おおフランスの街という街は、いや増すアラブ人、黒人、ジプシーで満たされている、そしてフランスは恐れている、植民地の兵には覚えがあるとりどりの臭いと色をたずさえて来たるその者たちに、恐れおののいている……（笑い）……。ほかには何も見えないよ。

TBJ——共産党の人々と交際があるとお見受けしますが、ロラン・デュマとも友人ですし、あなたは左翼ということになるのでしょうか。

ジュネ——左翼がユダヤ＝キリスト教的な論理と倫理の型に固執するかぎり、そういう政治的である以上に観念論的な左翼に、自分が同化できるとは思えない。もうずいぶんまえに、わたしは、サルトルの政治思想が思想とは似て非なるものだということを悟った。わたしの考えでは、人が「サルトルの思想」と呼ぶものはもう存在しない。彼の政治的行動は思想に属するものではない。

(ジュネはわたしからメモ帳とペンを取り、自分の手で対話の続きを書く。)

彼の政治的行動は、世界を知らない及び腰の知識人ならではの拙速な判断にすぎない。S・ド・B〔シモーヌ・ド・ボーヴォワール〕の美辞麗句は、むしろその文体の陳腐さにあきれるばかりだ。

――パレスチナ革命の未来

――フェダイーのイマージュは強力で、それは快活と解放を同時にもたらすある種の「判読不能」をすべてのアラブ人のなかに、さらにはそれ以外の人々に引き起こし、たとえ即効性はなくても、それは十分な力を蓄えた革命のエネルギーでありつづける。

(彼はわたしにノートを返し、次の文を書き加えるように言う。)

千三百年来、伝統的に自分のものだった土地に、およそ六十年まえにそこに腰を落ち着けたヨーロッパ人たちを受け入れる、そんなことができるほど、きみは自分のことを強い人間だと思うかい。

TBJ――あなたは?

ジュネ――わたしは自分の、この放浪者の立場をふいにしたくはない。いつでもどこへでも行けるままでいたい。もちろん、わたしは土地を手に入れようとしている人々の側にいるが、自分では土地をもつなんてご免だ。

＊

この対話――一九七九年十一月十一日付『ル・モンド』に掲載されたものは削除版であり、完全版は今回が初出〔したがって、逐一示すことはしないが、「タハール・ベン・ジェルーンとの対話」として『公然たる敵』に収められている版との異同は大きい〕――の着想は、ジュネがシナリオ『夜が来て』を執筆しているときに生まれた。わたしたちは移民やフランスの外国人政策について多くのことを語りあっていた。ジュネは現状を明らかにするとともに、当時の政府が準備していた法案〔肉体労働者・移民問題担当政務次官リオネル・ストレリュによって提出された法案で、フランス領土における外国人の入国・滞在・労働条件を監督する国家移民局の創設を目指していた〕に異論を唱えることを望んだ。とりわけ問題だったのは、外国人が国外退去のまえに閉じ込められる、アランク〔マルセイユ郊外の海沿いの街〕の留置センターの存在である。そのセンターは「軽い《ライト》」版刑務所だった。ジュネは、フランスが、フランスの解放のために命を犠牲にした人々の子孫をそのように扱っていることに、憤っていた。

移民について考えを表明したのは、「暴力と蛮行」が引き起こしたスキャンダルを忘れさせることを狙ってもいたのだと思う。

対話は、一九七九年十一月の始めに、二日間にわたっておこなわれた。ジュネがわたしに向かって語り、わたしが書き留めた。たびたび、彼はひとつの語、ひとつの表現をとり消して、別のものに換えた。『ル・モンド』紙について、彼は日ごろ口にしていた指摘をあらためて繰り返した。「まったく、『ル・モンド』っていうのは、アルジェリア戦争中に括弧《ギュメ》のしごく便利な使い方をものにしたんだ」。ときに彼は皮肉を交えたが、言ったあとでその冗談をなしにして、ふたたびまじめな、深刻だといってよい口調に戻った。

愛の唄
『ル・モンド』

わたしたちは遅かれ早かれ幻想に遊ぶ現行犯で捕らえられる。わたしたちには刑がくだされ、秩序の番人がさもしげに懲罰を与える機会をうかがって目を光らせるそのもとで、裸の石と、愛の温もりのない塗られた空の切れ端とのあいだに、ひとり幽閉されるのだ。

わたしたちのうちにこもって、わたしたちの欲望は渦巻くだろう、なんと多くの互いに隔離された体の、なんと多くの生から切り離された魂の、なんと多くの似通って兄弟のように睦まじい孤独の、そして示しあわせた息づかいの、眩暈と狂熱のなかで。

石が迫り出し、光がおぼつかなくなるのは、わたしたちの体が大きくなるからだ、そしてわたしたちの孤独は、愛され、愛撫され、空と野を渡り、美に狂い愛によって狂うまなざしのおおいなる沈黙に交わる。すると愛の唄が、みずからの肩を愛撫する手から生まれ、喉の奥に飲み込まれる喘ぎから生まれ、別の孤独が訝りやり直すひとつのしぐさから生まれ、その唄が響くと、灰色の石は軽く、透明に、秋の葉になって、か細いストローがそれを貫き、煙草を吸うふたつの口が結ばれる。だが、しがないのぞきにすぎず、刑務所の領域を監視する以上のことはできない不吉な目が、深い自由に狂う幻想を処刑する。愛の唄は続く、互いの手が触れる野で、体が土と草にまみれて愛しあい、幽閉にあって孤独が頓挫する野で。

それは至上の愛を歌う唄、さまよう星から盗んだ唄、唇を何度も裸の石に押しつけたひとりの子どもの記憶。

御しがたき人、ジャン・ジュネ*
『ラ・レプッブリカ』

われらが友ジャン・ジュネ、偉大な作家、詩人、小説家、戯曲家である彼は、つねにファシストであり、ヒトラーの賛美者であり、反ユダヤ主義者であった。なんたることだ！ 二十世紀フランスの錚々たる知識人たち、ジュネを助けたジャン・コクトーやジャン＝ポール・サルトルのような知識人は、彼について見誤ったのだ。さらに、その身寄りのない子ども、孤児院に引き取られたその子どもは、不幸な幼少期を過ごしたのではなかった、それどころか、彼はかわいがられ、甘やかされ、フランス大ブルジョワジーの道楽息子のような生活を送ったのだ。ジュネは嘘つきで、詐称者で、そして何より、ファシストの理想に魅せられた男だ！

以上が、『ジャン・ジュネの明かしえぬ真実』〔*Les Vérités inavouables de Jean Genet*, Le Seuil, 2004〕というタイトルの、イヴァン・ジャブロンカという若い学者によって書かれた新刊書（スイユ社、四四〇ページ、二三ユーロ）が、平然と断言していることである。

この著者のことは知らない。わたしはじりじりとしながらこの本を読んだ、なぜなら、一九七四年からジュネが没する一九八六年まで親密なつきあいがあったわたしとしては、根拠を知り、分析したかったからだ、自分はぺてんにかけられていたのかと思って、いろいろな点について教えてもらいたかったのだ。

ああ、ところが！　この本は重大なことをいくつも断言しておきながら、その確証を示さない。筆者がおこなうのは作為的な同一視と、根拠のない推定である。一例として、二二二ページを見よう。「一九三四年のその躍進時であれ、一九四四年の敗北のときであれ、いかなる民主主義社会からも爪弾きにされているナチスを、ジュネは擁護する。その無法者への共感は、政治的、思想的、軍事的なモデルへの積極的な支持にともなわれており、そのことはジュネのナチスに対する恒常的な賛美を証明するものだ……」。それはまったく何も証明しない。ナチスはジュネが愛していたならず者たちと同列の無法者ではなく、ユダヤ民族の根絶計画を実行に移した、きちんと組織化された政党だったのだ。二四五ページにも別の例がある。「一九六〇年代の終わりから、ジュネの反ユダヤ主義は、アメリカの人種問題闘争とイスラエル＝パレスチナ紛争のなかにその居場所を見つけることになる」

なんとか理解してみよう。ジュネがアメリカに行って黒人の闘士たち、ブラックパンサーを支援するとき、アンジェラ・デイヴィスの横で政治集会に参加するとき、黒人の死刑囚ジャクソンの本に序文を書くとき、反ユダヤ主義からそれをおこなっている、というのだ！　同様に、ジュネが一九七三年にパレスチナ難民キャンプを訪れるとき、あるいは、パレスチナ自治政府の現パリ代表であるライラ・シャヒードとともに、パレスチナの家族が殺戮されたあとのサブラとシャティーラで数時間を過ごすとき、そしてそのどちらの場合でも自分の目で見たことを書くとき、そうするのはユダヤ人が好きではないから、なのだ！

同様に、ジュネが『恋する虜』を書いてハムザの物語、パレスチナで彼の母を探す物語を語るとき（まっとうな文学研究者に言わせれば、ジュネは母の、もちろん彼自身の母の、欠落を語るためにこの本を書いたのだった）、占領と、パレスチナ人がイスラエル人によって日常的に味わわされている恥辱について触れるとき、それを反ユダヤ主義からしていることになる。二四五ページで、著者はこう書く。「ブラックパンサーや一部のパレスチナ人の反ユダヤ主義と、ジュネがヒトラーのジェノサイドの汚名を雪いでイスラエル国家を攻撃している『恋する虜』の、ヒトラー主義的で、暴力的なまでに反シオニズムである反ユダヤ主義とのあいだに、断絶はない……」。国家を攻撃しながら、だからといってヒトラーのような凶悪な犯罪者の汚名を雪ぐことなどせずにいることは、可能だ。

二二六ページ。「初期のファシストたちがそうであったのとまったく同じように、ジュネは国家主義を憎み、保守主義を憎み、ブルジョワジーと彼らがまどろむ安寧を憎む」

ことほどさように、国家主義、保守主義、ブルジョワジーなどなどが気にいらない人間はすべてファシストだというわけだ！　著者は、占領中、戦時中のふるまいを糾弾されたリュシアン・ルバテ、ピエール＝アントワーヌ・クストー、ロベール・ブラジヤック、ドリュ・ラ・ロシェルといったファシスト作家、反ユダヤ主義作家を引き合いに出す。イヴァン・ジャブロンカは二二五ページで「ジュネは明らかにこの流れに属している」と書いている、すなわちファシストだというのだ。なぜ？「ドリュ・ラ・ロシェルの想像力とジュネの想像力にはきわめて似通った点が多々ある［……］子どものころ、彼らはドイツで血煙に酔い、ナチの突撃隊に魅せられたのだ……」。ジャブロンカ氏にとって、ジュネと正真正銘のファシストであるドリュ・ラ・ロシェルを同列に扱うのには、これだけで十分なのである。

冗長なこの本のいたるところに、「明らかに属する」や「似通った点がある」といった類いのいいかげんな断言が顔を出すのだ。

まともにとりあうべき本ではない、著者の主張について説得的な根拠が提示されないからだ、感じ取れるのは偏見であり、どうあってもジュネの名を汚そうという意志であり、そして何より、ジュネについて忌むべきイメージを与えて、ジュネを知らない若い世代がこれから彼の作品を読むことを妨げようという、強い意図である。

手法は破廉恥であり、誰かしっかりした編集者が本全体に目を通して、イヴァン・ジャブロンカによる自説の論証のあやふやさを明らかにする労をとらなかったことを、わたしは残念に思う。

今日フランスには、どんな知識人であれ、イスラエル政府の政策を批判し、パレスチナ民族を支持しようものなら、悪魔と見なされてしまうという傾向が存在する。知的テロリズムと呼んでよい事態だ。ジュネはいずれの国家も、フランス国家もモロッコ国家もイスラエル国家も、重んじていなかった。彼はつねに疎外された民族に、収奪された人々に、迫害された人々、弱き人々に惹かれた。ある日、ふたりで一緒に『ル・モンド・ディプロマティーク』紙に載せる記事にとり組んでいたとき、彼はわたしに言った。「パレスチナ人が国家を手に入れた暁には、わたしはもう彼らに関心がなくなるだろうな」。アメリカの黒人たちがいくつかの権利を獲得すると、彼らのことはもうジュネの口にのぼらなかった。日本の環境運動活動家たちであるゼンガクレンについても同様で、日本がその若者たちが提起していた問題を解決すると、ジュネは彼らを顧みなくなった。

ジュネは一筋縄ではいかなかった。矛盾の塊、予測不能な人間、嘘つきで、しかし彼が嘘をつくのは冗談のため、話している相手を困らせるためだった。制度というものが好きではなかったし、生ぬるい思考も気にいらなかった。人を挑発し、挑発されたほうは自己批判を余儀なくされるのだった。

たとえば、彼は友情の観念をもちあわせていなかった。裏切りを、つまり友人に対する背信を、おこなった。彼は裏切りにはなはだ独自な意味を与えていた。ある日、わたしは彼に、近東和平のために活動しているユダヤ人の友人を紹介した。彼はその友人にひとつだけ質問をした。「あなたは自分の生まれを裏切ったのかい?」ジュネは、パレスチナの側につくということが、みずからのユダヤ性の反省を前提としているのかどうかを知りたかったのだ。彼はそういう人間で、本質にずけずけと踏み込み、容赦がなかったが、人種主義的な考えとは無縁だった。誰に対しても仮借ない彼は、しかし、土地と家をもたないからといって殺される人々の救済に駆けつけるのだった。

『泥棒日記』のなかでしきりに言及される裏切りは、性愛の場面にせよ心理分析の場合にせよ、ひとつの隠喩である。裏切りとは秩序との、あらゆる秩序との断絶であり、それは諸価値の転倒、それへの揺さぶりであり、それは新たな思考、思いがけない思考、未踏の道を切り開く思考を惹起しようとする試みなのである。

ジュネは何にもまして偉大な詩人、偉大な作家であり、書くものの優雅と美によってみずからを救いえた異端者であった。彼はわたしに言ったものだ、自分は刑務所から出るために、出るのに手を貸してもらう人間たちを自分の文学で満足させられるように、非のうちどころのない文章を書くことに懸命だったのだ、と。

政治的には、ジュネが決まった派閥に与することはなかった。ドイツのバーダー団のテロリストたちを擁護するとき、彼は暴力と蛮行の区別のためにそうするのだ。彼がドイツ国家よりも革命家たちのほうに共感を覚えるのは当然のことだった。ただ、如才なく言葉を操って両極端のあいだで自分の中立を保つということをしなかったのだ。テロリストたちに劣らない孤独と迫害を感じるために、彼はその記事を書いて『ル・モンド』に掲載した。その通りになった、フランスとドイツの全メディアが猛り狂ってジュネに襲いかかったのだ。彼は孤立無援となった。何かしてくれないかとわたしに頼んできた。それでわたしは「ジャン・ジュネのために」という小文を書き、『ル・モンド』に載せた。ジュネの考えに賛同はしていなくても、彼は誰も殺していないし、テロ行為を実行したわけでもないということをあらためて指摘しておかなければならなかったのだ。それがジュネだった、理解するのは容易ではなく、分類するのは困難で、なんらかのイデオロギーの系列に押し込めることは不可能なのだ。恋愛絡みを除いては、彼の頭のなかに妥協が入り込む余地はなかった。

＊　二〇〇四年十一月にイタリア語で発表された記事

訳者あとがき

本書はTahar Ben Jelloun, *Jean Genet, menteur sublime*, Gallimard, 2010の全訳である。原著はのちにフォリオ叢書にも収められるが（coll. Folio, Gallimard, 2013）、本文に異同はない。別丁図版は割愛した。原題を直訳すれば『ジャン・ジュネ、崇高なる嘘つき』ということになるが、大仰な「崇高なる」を「驚くべき」、「とんでもない」とやわらかくしてもやはりうるさく思われるので、語呂よく、たんに『嘘つきジュネ』とした。

〔　〕を用いて、割り書きでの訳注とともに、人物の姓名補完、文脈の補足、抜けがある引用の補綴などをおこなった。

引用については、邦訳がある場合にはそれをおおいに参照しつつ、すべて原文からあらためて訳した。言及されているおもなジュネの著作の最新版邦訳を次に、（　）内の原著の初出年順に示しておく。

『花のノートルダム』（一九四三年）鈴木創士訳、河出文庫、二〇〇八年／中条省平訳、光文社古典新訳文庫、二〇一〇年
『薔薇の奇跡』（一九四六年）宇野邦一訳、光文社古典新訳文庫、二〇一六年
『葬儀』（一九四七年）生田耕作訳、河出文庫、二〇〇三年

『ブレストの乱暴者』〔本書では『ブレストのクレル』と表記〕（一九四七年）澁澤龍彦訳、河出文庫、二〇〇二年
『女中たち／バルコン』（一九四七年／一九五六年）渡辺守章訳、岩波文庫、二〇一〇年
『泥棒日記』（一九四八年）朝吹三吉訳、新潮文庫、一九九〇年
『アルベルト・ジャコメッティのアトリエ』（一九五七年）鵜飼哲訳、現代企画室、一九九九年
『シャティーラの四時間』（一九八三年）鵜飼哲・梅木達郎訳、インスクリプト、二〇一〇年
『恋する虜』（一九八六年）鵜飼哲・海老坂武訳、人文書院、二〇一一年
『公然たる敵』（一九九一年）、アルベール・ディシィ編、鵜飼哲・梅木達郎・根岸徹郎・岑村傑訳、月曜社、二〇一一年

本書は、作家タハール・ベン・ジェルーンによる、作家ジャン・ジュネとの交流の回想録である。内容をよりよく理解する一助ともなるように、まずは両者の略歴を紹介しよう。

モロッコ出身のフランス語作家であるタハール・ベン・ジェルーンは、一九四四年、フェズに生まれた。小学生のころに一家でタンジールに移って高校までをそこで過ごし、おもにフランス語で教育を受ける。首都ラバトの大学に進んで哲学を学ぶが、一九六五年にモロッコ全土の大都市で起きた学生デモの首謀者のひとりと見なされて、軍の懲治キャンプに送られる。一年半の拘束ののちに解放され、学業を再開して、修了後は高校の哲学教師となった。一九七一年、心理学

の博士号を取得するためにパリに出て、大学都市の学生寮ノルウェー館に入居する。一九七二年からは日刊紙『ル・モンド』に寄稿しはじめ、翌年には処女小説『ハッルーダ』を発表。以後、旺盛な作家活動を続け、一九八五年に代表作となる小説『砂の子ども』(菊地有子訳、紀伊國屋書店、一九九六年)を上梓、その続編である一九八七年の『聖なる夜』(菊地有子訳、紀伊國屋書店、一九九六年)ではゴンクール賞を受賞し、二〇〇八年からはゴンクール賞選考委員に名を連ねる。また、詩や小説を書くだけではなく、モロッコ、マグレブ諸国、アラブ世界が直面する問題にも積極的に関与している。二十数か国語に翻訳されることになる『娘に語る人種差別』(松葉祥一訳、青土社、一九九八年)などで啓蒙に腐心し、二〇一〇年末からアラブ諸国で継起した民衆蜂起にはすばやく反応して『アラブの春は終わらない』(齋藤可津子訳、河出書房新社、二〇一一年)、『火によって』(岡真理訳、以文社、二〇一二年)を著した。現在も多方面での執筆に衰えを見せていないが(画家としての活動にも力を入れているようだ)、一九九〇年代に初期の著作がよく邦訳されたのに対して、近年のものがあまり日本語で読めないのは残念なことだろう。

かたや、ジャン・ジュネがパリで生まれたのは一九一〇年だから、ベン・ジェルーンよりも三十歳以上年長である。生後七か月で母によって養護施設に遺棄されると、すぐに地方の村に里子に出され、小学校では優秀な成績を修めたが、卒業後は職業訓練学校に入れられる。そこを脱走し、それからは逃げては捕まるを繰り返すことになる。十五歳でメトレ農業感化院に送致され、その過酷な生活から逃れるために、今度は志願兵となって軍務に就く。しかし数年後には、招集に応じずに、そのままヨーロッパ放浪の旅に出た。やがてパリに戻ってからも、根無し草であることに変わりはなく、盗みなどの犯罪で糊口をしのぎ、何度も投獄される。転機は、一九四〇年代になって、獄中で書いた詩「死刑囚」、小説『花のノートルダム』がジャン・コクトーやジャン＝ポール・サルトルの目にとまったことだった。さらに『薔薇の奇跡』、『葬儀』、『ブレストのクレル』、『泥棒日記』といった小説で文学界に衝撃を与え、作家たちの嘆願によって共和国大統領から恩赦を得るにまでいたる。その後一時期創作活動から離れるが、一九五〇年代後半からは劇作家として息を吹き返し、『バルコン』、『黒んぼたち』、『屏風』という大作を発表した。一九六〇年代後半になると、さまざまな政治的問題に独自の仕方でかかわっていく。フランスのマグレブ系移民の惨状改善を訴えるデモに参加し、アメリカの黒人解放運動組織ブラックパンサーを支持し、そしてPLOの求めにしたがってパレスチナ難民キャンプを訪れた。それらの体験が遺作『恋する虜』として結実する。晩年は喉頭癌を患い、一九八六年、パリのホテルの一室で死去した。本書カバーの写真は、廊下から見た、その部屋である。

二〇一〇年がジュネの生誕百周年だった。同年フランスではそれを記念して関連書籍が数点刊行され、本書もそのうちの一冊である。また、日本でも、先に掲げたジュネの新しい訳の刊行がやはり二〇一〇年前後に多いのはそのためだ。ベン・ジェルーンが本書で茶化しているように、ジュネ本人が存命であれば、そのような祝賀は鼻であしらうか、ひょっとすると自分からつぶしにかかったのかもしれないが。

さて、こうして両作家の年譜を並べてみると、一九七四年にふたりが知りあって親交を結んだ十年あまりは、まずベン・ジェルーンについていえば、処女小説を発表してからゴンクール賞を受賞するまでの、作家としての形成期だった。計りしれないものをジュネに負っている、という彼の言葉に偽りはあるまい。駆け出しの作家が、百戦錬磨の作家と膝を突きあわせて、世界との対峙について、抵抗の仕方について、書くことについて、指南を受けるのだ。ベン・ジェルーンが「怪物作家」と一緒に仕事をしていることを友人たちがしきりと羨んだのも、けだし当然だろう。

しかしながら、そのような一種の師弟の絆を披瀝することに終始していたならば、読者をむしろ白けさせるだけだったかもしれない。ところが本書は、ジュネとベン・ジェルーンの親密さを語りながら、同時に、両者のあいだに越えがたく存在する懸隔を隠しはしないのだ。ジュネは底なしに不誠実であり、それはベン・ジェルーンをいらだたせる。妊娠したムハンマドの妻の中絶を画策するジュネを、昼食に招待してくれた友人夫妻にあんたたちには関心がないと言わんばかりの態度をとるジュネを、フランスの体制を唾棄しながらソ連の全体主義や強制収容所には目をつぶるジュネを、ベン・ジェルーンは許せない。どうしようもなくジュネに魅了される幸福と、どうしてもジュネを理解することができない困惑あるいは絶望の、その混在が、本書の深みだろう。

ジュネの側から見るならば、ベン・ジェルーンが回想しているのは、その最晩年の十年である。その時期については、現在のところジュネの生涯全体についての最良の伝記で、本書も言及しているエドマンド・ホワイトの『ジュネ伝』（上・下巻、鵜飼哲・根岸徹郎・荒木敦訳、河出書房新社、二〇〇三年）でも、全二十一章中の最後の二章で扱われているにすぎない。本書は、それを補う貴重な証言としての価値をもっている。たとえば、パレスチナについて書くとき、代替のきかない絶対の一語を求めて執拗に修正を繰り返したというのだから、ジュネはやはり詩人であり言葉の人なのだとあらためて思い知らされる。一方で、記事「暴力と蛮行」によって世論を憤激させてしまったジュネのひどい意気消沈ぶりは、良識を逆なですることがつねの彼らしからぬ反応に思えて、驚きだ。あるいは、ベン・ジェルーンが同胞としてとりわけ近く接していたからこそだろうか、「弟子」ショクリーと「最後の恋人」ムハンマドの姿を、両者とジュネとの特異でいびつな関係を、これほどの精彩をもって描き出したのは本書が初めてだろう。また、そのほかにもジャコメッティやデリダなどが登場するその多士済々のなかにあって、おもしろいことに、ベン・ジェルーンの父親がえもいわれぬ印象を残す。その父とジュネが歯なし生活談義をしている場面に横溢する陽気さは、『恋する虜』などでジュネが語るパレスチナの女たちの快活な笑いと通じるところがあるようなのだ。

ただし、ベン・ジェルーンが語ることがどこまで真実なのか、その記憶がどれだけ確かなものなのかは、わからない。一例を挙げるなら、映画シナリオ『夜が来て』について、『ジュネ伝』では台詞作成の協力を頼まれたベン・ジェルーンはきっぱり断ったことになっているのに、本書ではその作業にかなりの程度まで参加しているのだ。しかし、そんなふうに回想の信頼性を逐一、躍起になって検証しても、詮ないことだろう。ここで語られるジュネはベン・ジェルーンにとっては紛れもない真実のジュネであり、たとえばショクリーやムハンマドにも、彼らにしか語りえない真のジュネがいたのではないか。ベン・ジェルーンが本書で試みようとしたのは、厳然たる事実を語ることではなく、いつまでも彼のうちに響いて消えることのない「声」を、おそらくはショクリーにせよムハンマドにせよ、ジュネとかかわったすべての人のなかに同じように響いているのだろう「声」を、再現することだったのではないか。その「白く光り輝いている、ジャン・ジュネの声」を。

ジュネ自身が書いたフランス語原文が失われてしまっているテクストを、翻訳したことがある（『公然たる敵』所収、岑村傑訳「集まった人々」「十万の星への挨拶」）。現存しているのはジュネではない訳者によって英語に訳されたテクストのみで、それを別のジュネではない訳者がフランス語に訳し返したものを、そこからさらに日本語に移すというのだから、わたしによるその邦訳には実証的な資料としての重みは無きに等しい。しかしそれでも、フランス語から英語への訳者が、そして次の英語からフランス語への訳者が、ジュネの声を掬い、響かせてくれていると信じて、自分も懸命に耳を澄ましてそれを聴き取ろうとしたものだ。いや、考えてみるならば、二重、三重の重訳までいかずとも、通常の翻訳からして、伝えられるものは、伝えるべきは、つまるところ原文に宿る声でしかないのだろう。本書にはジュネの声が満ち、それに絡むようにベン・ジェルーンの声が満ちている。それぞれの声とその共鳴を、日本の読者に少しでも鮮明に、調子を外さずに届けられていることを、切に願うばかりである。

二〇一七年十一月

【著者】

Tahar Ben Jelloun（タハール・ベン・ジェルーン）

1944年モロッコ，フェズに生まれる．詩人，小説家．1973年小説第一作 *Harrouda* を刊行．1987年 *La Nuit sacrée*（『聖なる夜』）でゴンクール賞．2008年より Académie Goncourt の会員としてゴンクール賞の選考にも携わっている．

ノンフィクションを含む主な作品に，*Moha le fou, Moha le sage*（1978,『気狂いモハ、賢人モハ』澤田直訳，現代企画室），*La Prière de l'absent*（1981,『不在者の祈り』文学の冒険，石川清子訳，国書刊行会），*Hospitalité française*（1984,『歓迎されない人々――フランスのアラブ人』高橋治男・相磯佳正訳，晶文社），*L'Enfant de sable*（1985,『砂の子ども』），*La Nuit sacrée*（1987,『聖なる夜』いずれも菊地有子訳，紀伊國屋書店），*Jour de silence à Tanger*（1990），*Le Racisme expliqué à ma fille*（1997,『娘に語る人種差別』松葉祥一訳，青土社），*Partir*（2006,『出てゆく』香川由利子訳，早川書房），*Beckett et Genet, un thé à Tanger*（2010），*Par le feu*（2011,『火によって』岡真理訳，以文社）ほか．

【訳者】

岑村傑（Minemura, Suguru）

1967年生まれ．東京都立大学大学院を経て，パリ第4大学文学博士．慶應義塾大学文学部教授．専門は，ジャン・ジュネを中心に，19世紀後半から20世紀前半のフランス文学．著書に『フランス現代作家と絵画』（共編著，水声社，2009年），*Dictionnaire Jean Genet*（共著，Honoré Champion，2014年）ほか．訳書にジュネ『公然たる敵』（共訳，月曜社，2011年），クルティーヌ編『男らしさの歴史 III』（共訳，藤原書店，2017年）ほかがある．

嘘つきジュネ

タハール・ベン・ジェルーン

訳　者　岑村　傑

2018年1月20日　初版第1刷発行

発行者　丸山哲郎
装　幀　間村俊一
写　真　港　千尋

発行所　株式会社インスクリプト
〒101-0051 東京都千代田区神田神保町1-14
tel: 03-5217-4686　fax: 03-5217-4715
info@inscript.co.jp
http://www.inscript.co.jp

印刷・製本　三松堂印刷株式会社
ISBN978-4-900997-69-1
Printed in Japan

シャティーラの四時間

ジャン・ジュネ／鵜飼哲・梅木達郎 訳

1982年9月、西ベイルートの難民キャンプで起きた凄惨なパレスチナ人虐殺。事件直後に現場に足を踏みいれたジュネは、そこで何を見たのか。本書は、事件告発のルポルタージュであると同時に、70年代パレスチナの光煌めく記憶を喚起しながら、若い戦士たちとの交わりを通して幻視された美と愛と死が屹立する、豊穣な文学作品である。20世紀後半のフランス文学を代表する傑作『恋する虜』に直結する、最晩年のジュネの激烈な情動が刻まれた比類ないテクスト。事件をめぐって証言するジュネへのインタヴュー、鵜飼哲の論考、パレスチナ国民憲章全訳、他資料併録。

四六判上製224頁　ISBN978-4-900997-29-5
定価：本体2,000円＋税

ライティング・マシーン—ウィリアム・S・バロウズ

旦敬介

ライティング・マシーン＝バロウズ誕生前夜の南米旅行に焦点を合わせ、初期作品『ジャンキー』『クィア』と当時の書簡の厳密な読解を軸に、自己の喪失と発見の過程を辿りながら、バロウズの作家としての出発点が南米とヤヘ体験にあったことを示して、『裸のランチ』に至る作家的自立の過程を跡づける。50年代バロウズを誰よりも厳密に読み込み、そのテクストと人生に触れんばかりに接近することで、他者を渇望するバロウズの魂についに共振する斬新鮮烈なライフワーク。バロウズを〈南〉から新たに発見する鮮烈な評論。

四六判上製286頁　ISBN978-4-900997-30-1
定価：本体2,700円＋税

サマータイム、青年時代、少年時代
――辺境からの三つの〈自伝〉

J・M・クッツェー／くぼたのぞみ 訳

三度目のブッカー賞候補作「サマータイム」に「青年時代」「少年時代」を併せたノーベル賞作家クッツェーの自伝的小説三部作。著者自身が全面改稿して合本とした*Scenes from Provincial Life*の完訳。「自伝はすべてストーリーテリングであり、書くということはすべて自伝である」(クッツェー)。鋭い批評意識、複雑かつ精緻な方法論でコントロールされた「他者による自伝」(autrebiography)――自伝への批評を併せもつ自伝／反自伝であるこの三部作は、事実と虚構を巧みに織り交ぜながら深々とした生のドラマを浮かび上がらせ、クッツェーの文学を読む醍醐味を存分に味わわせる。

四六判上製684頁　ISBN978-4-900997-42-4
定価：本体4,000円＋税

〈関係〉の詩学

エドゥアール・グリッサン／管啓次郎 訳

マルティニク――地球を流浪する魂たちの場。セゼール、ファノンから、コンフィアン、シャモワゾーまで。その中にあって誰よりも壮麗な響きを奏で続けるクレオールの星座の結節点、エドゥアール・グリッサン。もっとも小さな情景や叫びに〈世界の響き〉を聴きとり、閃光とともに炸裂するカオスの中に〈関係〉の網状組織を見抜きつつ、あらゆる支配と根づきの暴力を否定する確信と持続。グリッサンの思考がもっとも精緻に展開された、圧倒的な批評の軌跡。ロジェ・カイヨワ賞受賞作。

四六判上製288頁　ISBN978-4-900997-03-5
定価：本体3,700円＋税